So erbarmungslos wie gewaltig: Die Kräfte von Natur und Schicksal sind stärker, als der Mensch glaubt.

Nebel steigt auf über dem Fluss bei Ross Point in Maine, und auch um die hohe Brücke vor der Mündung ins Meer wallen Nebelschwaden. Dort steht Luke Roy und wartet. Er will springen – schon öfter hat er an Selbstmord gedacht. Als der Himmel endlich klar wird, hört er vom Fluss her Schreie. Ein Ausflugsboot ist gekentert, und ein Junge wird von der Strömung Richtung Klippen und Meer getrieben. Luke zögert nicht: Der Außenseiter wird zum Helden wider Willen, und sein Leben ändert sich auf eine Weise, die er sich nie hätte träumen lassen …

GERARD DONOVAN wurde 1959 in Wexford, Irland, geboren und lebt heute im Staat New York. Er studierte Philosophie, Germanistik und klassische Gitarre, veröffentlichte Gedichtbände, Shortstorys und Romane. Sein erster Roman »Ein bitterkalter Nachmittag« wurde mit dem Kerry Group Irish Fiction Award ausgezeichnet und stand auf der Longlist des Man Booker Prize. Sein Roman »Winter in Maine« war ein internationaler Bestseller.

Gerard Donovan

In die Arme der Flut

Roman

Aus dem Englischen von
Thomas Gunkel

btb

Der Titel des Originalmanuskripts lautet »The Dead Lit Faintly«.

Penguin Random House Verlagsgruppe FSC® N001967

1. Auflage
Genehmigte Taschenbuchausgabe Februar 2023
btb Verlag in der Penguin Random House Verlagsgruppe GmbH,
Neumarkter Straße 28, 81673 München
Copyright © 2020 Gerard Donovan
Copyright © der deutschsprachigen Ausgabe 2021
Luchterhand Literaturverlag, München
Umschlaggestaltung: semper smile, München
unter Verwendung eines Motivs von © plainpicture /Alexander Schönberg;
Shutterstock /gyn9037
Druck und Einband: GGP Media GmbH, Pößneck
MSP · Herstellung: sc
Printed in Germany
ISBN 978-3-442-77301-5

www.btb-verlag.de
www.facebook.com/btbverlag

»Es sind nun hundert Jahre,
seit unser Kinder fort sind.«

Stadtchronik von Hameln, 1384

DIE BRÜCKE

1.

Es ist der dritte Freitag im Oktober. Luke Roy lehnt am Eisengeländer einer hohen Brücke. Nächsten Monat wird er siebenunddreißig. Er blickt in einen fünfunddreißig Meter tiefen Abgrund hinab.

Als er vor zehn Minuten ankam, blinzelte Luke in die gleißende Sonne, während er die Rampe hinaufging, und blieb in der Mitte der Brücke stehen. Doch inzwischen hat sich das Licht ringsum getrübt.

Die Sonne ist in eine Dunstschicht gehüllt, wirkt so schwach, dass sie sich vom Himmel lösen und herabstürzen könnte.

Wahrscheinlich bloß niedrige Wolken im Osten, denkt er. Die Sonne wird höher steigen, in den blauen Himmel hinauf, wird die Landschaft in ihr Licht tauchen.

Schon seit Wochen werden die Nachmittage kühler und die Abende länger. Doch in den Nachrichten am Morgen wurde ein brennend heißer Tag ohne hohe Luftfeuchtigkeit vorhergesagt. Über Central Maine soll sich am Wochenende eine trockene Hitze breiten. Von der Küste werden dann leichte Windstöße kommen, flattern wie Bettlaken an einer Wäscheleine. Die Wiesen werden sich erwärmen und den Duft von Süßgras verströmen.

An solche Tage können sich die Leute besser erinnern als

an den gesamten Sommer. Die kalten Monate sind in einem Traum verstrichen, und die Frühlingsblumen warten direkt unter der Erde. Es ist ein Geschenk, abgelegt auf der Schwelle eines Morgens.

Luke wird nicht da sein, um den Beginn dieses verheißenen Tages zu erleben.

Das Städtchen Ross Point liegt zwei Kilometer flussaufwärts. Auf dieser Seite der Brücke haben die Erbauer die Felsen aus dem Fluss gebaggert. Wer dort hinunterspringt, hat gute Chancen zu überleben.

Aber das ist nicht die Seite, für die er sich entschieden hat. Er hat das Gesicht dem Meer zugekehrt. Unter ihm strömt der Fluss in eine enge Schlucht, in der die Ingenieure die Natur unberührt ließen.

Wenn er nicht beim Aufklatschen auf dem Fluss den Tod findet, dürfte er auf einen der großen Felsen prallen, die tückisch im Wasser verstreut sind. Manche ragen hervor, andere liegen einen halben Meter unter der Oberfläche, getarnt als schimmerndes Lichtspiel – nicht zu erkennen als Steinmassen, die sich jahrhundertelang nicht mehr vom Fleck gerührt haben. Wenn er mit Tempo achtzig dort aufschlägt, dürften die Knochen in der weichen Hülle seines Körpers zersplittern.

Sollte er zwischen die Felsen stürzen und überleben, werden ihn die zahllosen Steine im Flussbett wie Messer zerschlitzen.

Und sollte er irgendwie auch dieses Geröllfeld überleben, wird ihn der reißende Fluss ungestüm ins Meer hinaustreiben. In dem Drang, sein Leben zu retten, könnte er versuchen, ans Ufer zu schwimmen. Doch mit jedem Zentimeter, den er vorankäme, würde er fünf Meter näher ans Meer gespült werden und in der tückischen Strömung unweigerlich ertrinken.

2.

Von da, wo Luke am Geländer lehnt, kann er meilenweit sehen.

Der Fluss ergießt sich in den Meeresarm, der sich zur Chandler Bay weitet. Zehn Kilometer weit draußen trennt eine Inselgruppe die Bucht von der Schwelle, an der der Meeresboden zu den ersten Atlantikwogen abfällt – den ersten bedrohlichen Regungen eines Ozeans.

Vor den Inseln ankern zwei Containerschiffe – beides Stahlkolosse, vermutlich um die dreihundert Meter lang. Er beobachtet, wie die gelben Tupfen ihrer Deckleuchten zu Grau verblassen. Die riesigen Schiffe verlieren ihre Silhouette an denselben Dunst, der die Sonne ereilte.

Plötzlich sieht er sie nicht mehr.

Das ist das Land der tausend Nebel.

Vor der Küste von Maine mündet ein Teil des Golfstroms in kältere Breiten. Wenn das Wasser verdunstet, bilden die Tröpfchen kalte Wolken, die zu schwer sind, um aufzusteigen. Manche dieser Wolkenfetzen lösen sich, kaum sind sie entstanden, gleich wieder auf. Sie hängen an Gartenbäumen oder schweben als Schemen über kleinen Teichen.

Näher an der Küste kräuselt ein frischer Wind die Wellen in der Bucht, und die Trawler brechen zu den Fischgründen auf. Die Möwen folgen ihnen in Erwartung der Fische, die irgendwann zum Vorschein kommen müssen, in Knäueln und Schwärmen über den hüpfenden Bootsrümpfen, die aufs Wasser klatschen und Gischt aufspritzen lassen.

Doch als sie die Mitte der Bucht erreichen, flaut der Wind ab. Etwas nähert sich.

Auf dem spiegelglatten Wasser wird das Tuckern der Motoren viel leiser, und die Boote gleiten in den zunehmenden Dunst. Die Kapitäne in ihren Ruderhäusern lösen sich in Gespenster auf. Die Möwen schlagen mit den Flügeln und folgen ihnen ins Nichts.

Luke bleibt, wo er ist, und beobachtet alles. Von der Brücke bis zur Küste sind es nicht mal zwei Kilometer. Er hat noch nie einen so schnell aufziehenden Nebel gesehen.

Vielleicht ist es ja gar kein Nebel.

Dieses Ding, das über das offene Wasser treibt, hat keine Ränder, keine Oberkante, die es vom Himmel trennt. Vom Wasser scheint eine Feuchtigkeit aufzusteigen, die auf die Entstehung der großen Nebelwand wartet.

Die Chandler Bay ist inzwischen unsichtbar.

Kurz blitzt eine Erinnerung auf.

Er sieht ein Land, das stets voller Sonnenlicht ist. Dieses wunderbare Land hat Luke erstmals als Kind erblickt, beim einzigen Mal, als er in einem Flugzeug saß. Nach dem Start flogen sie eine Minute durch tristes, feuchtes Wetter hinauf, bevor sie die Membran aus Regen und Kälte durchstießen. Von seinem Fensterplatz aus sah er, wie sich auf allen Seiten eine unbegrenzte neue Landschaft erstreckte, schattiert von schwerelosen Bergen und Tälern, alles unter reiner Sonne in reines Blau gehüllt. In seinen Kinderträumen war das der Ort, an dem die Engel wohnten.

Diese Gedanken dienen bloß der Zerstreuung. Sein Körper kämpft sich durch Erinnerungen, die ihn aufhalten sollen, bis er es sich anders überlegen kann.

Zeit zu gehen.

Er legt die Hände aufs Geländer und schließt die Augen.

3.

Der Fluss unter ihm ist still.

Es heißt, Wasser sei überall gleich. In den über vorstädtische Wodkanachmittage verteilten Swimmingpools, in den riesigen, vom Kap heranrollenden Wellenwänden oder dem innigen Frieden des Saltonsees.

Wer das gesagt hat, war noch nie auf dieser Brücke.

Die zerklüftete Küstenlinie von Maine erstreckt sich über 5597 Kilometer – eine größere Strecke als die über den Atlantik. Und trotz dieser Strecke gibt es dort keinen Fluss, der gefährlicher wäre als der, der unter ihm strömt.

Von der Quelle in den West Hills fließt der Moss River in sanftem Gefälle meerwärts, vorbei an bewaldeter Landschaft und dem hohen Gras üppiger Weiden. Auf diesen herrlichen zwanzig Kilometern ist er ein Jane-Austen-Fluss, ein romantisches Gedicht, an einem traumverlorenen Tag von einem Schüler vorgetragen, der sich danach sehnt, dem klebrigen

Tisch des Klassenzimmers zu entfliehen. Das ruhige Wasser ist ein Ort für sommerliche Hausboote und lange Tage trägen Angelns, die man auf Felsvorsprüngen und Sandbänken verbringt. Man lässt sich mit einem Stuhl an einem der Rastplätze nieder, die das Ufer säumen.

Das Laub ausladender Eichen sprenkelt die Seiten eines gemächlichen Buches, das man in Händen hält. Schläft man ein, fließt beim Erwachen derselbe Fluss.

Doch sobald er Ross Point erreicht hat und an der alten Papierfabrik, einem finsteren Gebäude aus Stein und Glas, vorbeiströmt, nimmt der Fluss auf starkem Gefälle zum Meer an Fahrt auf.

Vor dreihunderttausend Jahren wurde die Küstenlinie durch ein Erdbeben um etwa drei Meter abgesenkt. Dabei wurden uralte Bäume überflutet, die einen Sandstrand säumten. Der Strand versank und ließ stattdessen eine Felsküste und einen Sumpf zurück.

Als das Erdbeben den Sandstrand zerstörte, kaperte das Meer den Fluss und vergrößerte sein Gefälle. Die Flut strömt nun fünf Kilometer landeinwärts, bevor sie sich wieder zurückzieht.

Den Einwohnern ist diese Abfolge wohlbekannt. Deshalb halten sie sich vom Flussufer fern.

Zuerst setzt die Flut ein. An der Mündung sammelt sich das Treibgut von seetüchtigen Booten. Unter der Brücke steigt das Wasser, bis nur noch die Spitzen der darunterliegenden Felsen herausschauen wie die Augen lauernder Krokodile.

An der Oberfläche entsteht wie beiläufig eine Falte, die flussaufwärts rollt. Eine zehn Zentimeter hohe Welle. Für einen Fremden mag sie etwas Gefälliges haben.

Auswärtige Vogelbeobachter hat man schon »Seht euch das doch mal an!« rufen hören.

Kurz bevor die Welle sie erreicht, werden ihre Stiefel vom Wasserdruck zusammengequetscht, und der Fluss steigt ihnen rasch bis über die Hüften. Arm in Arm taumeln sie ans Ufer und husten das Wasser aus, das sie geschluckt haben.

Später fragen sie sich, warum sie nicht rechtzeitig geflüchtet sind.

Die Flut zieht an der Stadt vorbei. Dann schwächt sich der Drang des Meeres allmählich ab, bis der Fluss von beiden der Stärkere ist.

Die gegnerischen Wassermassen schließen einen Waffenstillstand. Vierzig Minuten lang ist Ross Point eine Ansichtskartenidylle.

In dieser Kampfpause ist die Stille das lauteste Geräusch. Die Leute berichten, dass selbst der Gesang der kleinsten Vögel nicht länger hinter dem Schleier des rauschenden Wassers verborgen ist. Die Fische patschen den Lärm aus dem Fluss heraus; im Wald tritt jemand auf einen Zweig. An kalten Wintertagen dröhnen aus den Holzfällerlagern westlich der Stadt die Kettensägen. Boote tuckern mit Kleinmaterialien als Fracht von Ufer zu Ufer.

Wenn die Flut sich zurückzieht, sinkt sie anfangs nur alle paar Sekunden um wenige Zentimeter. Die Wasservögel harren nicht aus. Sie paddeln unverzüglich in höher gelegenes Terrain.

Sobald die Strömung Schritttempo erreicht hat, drängen sich Stöcke in Strudeln zusammen, und eine gekräuselte Welle gleitet flussabwärts.

Am Ende dieses Schauspiels hat der Fluss die Oberhand gewonnen. Während die Strömung stärker wird, reißen sich in den Lagern flussaufwärts Baumstämme los. Sie werden zu langen, langsam dahintreibenden Geschossen, die sich nicht aufhalten lassen. Sie haben schon die Rümpfe von zehn Meter langen Booten durchbohrt. Einer trieb in einen Pier und verwandelte die Trümmer in ein driftendes Floß.

Wenn das aufgewühlte Wasser die Biegung in der Nähe der alten Fabrik erreicht, hat die tosende Strömung ein Tempo von fünfundzwanzig Stundenkilometern. Alles auf dem Fluss ist dann Teil des Flusses.

Jedes Jahr reißen sich Boote los, die nicht richtig vertäut sind, und rauschen immer schneller auf ein vor ihnen liegendes schreckliches Brodeln zu.

Die Gesichter der Leute an Bord werden blass, wenn sie unter der Brücke hindurch über die Grenze zwischen Trost und Vernichtung strömen, zwischen Lyrik und Blut.

Vor ihnen türmen sich die Felsen auf. Die Kaskade eines sich zurückziehenden Meeres schwemmt sie in den schäumenden Rachen eines neugeborenen Wasserfalls.

Das ist die Todeszone.

4.

Seit Lukes Ankunft an der Brücke sind zwanzig Minuten verstrichen. Er ist noch immer hier oben, der Fluss noch immer dort unten. Er hätte sich über Ebbe und Flut informieren sollen. Der Fluss ist in Bewegung, doch die Felsen sind nicht zu sehen.

Vielleicht sollte er noch warten.

Er ist überzeugt, dass er beim Abschied keine grandiosen Einsichten haben wird. Er kann nur auf ein Ende mit stillem, reinem Geist hoffen. In der Zeitung hat er mal einen kurzen Artikel über so einen Tod gelesen. Eine Frau, die in New York mit ihren Hunden spazieren ging, trat mitten auf einer belebten Straße auf einen unter Strom stehenden Kanaldeckel. Der Person zufolge, die hinter ihr ging, bekam sie einen starren Blick, sagte: »Also darum geht es hier«, und kippte tot um. Der Artikel war nur zwei Absätze lang.

Über das, was nach dem Ende des Lebens geschieht, wurden schon zahllose Filme gedreht. Er fand, dass ihre Geschichte die gesamte Titelseite verdient hätte.

Luke hofft, genau wie diese Frau zu sein, aber da ist er sich nicht so sicher. Vielleicht wird er im Fallen schreien, von Entsetzen überwältigt und den Himmel verfluchend, während die Keule des Flusses heraufschwingt und ihm in einer purpurroten Implosion den Schädel zertrümmert. Und die ganze Zeit wird sein Herz an die Wände seiner Brust hämmern, um hinauszugelangen und einen anderen Körper zu finden.

Er konzentriert sich auf die Küste.

Der Nebel hat seinen grauen Schatten zehn Kilometer über die Bucht geschleppt und an der Küstenlinie innegehalten, eine gigantische träge Woge, die sich nicht bricht. Der sanfte Gletscher hat seinen Vorwärtsdrang eingebüßt.

Luke ist sicher, dass der Nebel dort hängenbleibt und in der Sonne verdorrt.

Doch der Wind, der von den landeinwärts gelegenen

Hügeln weht, ist nicht so stark, dass er ihn über dem Wasser festhalten kann. Dieses gespenstische Wesen ist nicht zu bremsen. Nebelstreifen ringeln sich aus der Schlucht unterhalb von Luke herauf und kriechen die Böschung entlang. Der Nebel streckt seine Fühler nach Nahrung aus.

Über der Wolke befindet sich kein azurblaues Paradies. Die Sonne ist nur ein im Nebel verborgener, blutloser Fleck. Vielleicht hat sich Luke längst hinabgestürzt, und lediglich sein innerster Kern ist hiergeblieben, während sein Leben allmählich erlischt. Auch er ist ein Nebel.

Er sieht die Hülse seines Körpers zusammengekrümmt inmitten der Felsen, zwischen die er gestürzt ist.

Nichts wird an dem, was geschieht, etwas ändern, und auch das, was geschieht, wird nichts ändern. Lukes Leben hat in dem Städtchen Ross Point seine Spuren hinterlassen wie eine flüchtig gekritzelte, an eine Wolke geheftete Nachricht. Er ist nur ein Schemen, kein Mensch.

Er ist keiner, an den sich die Leute erinnern werden.

Im Augenblick seines Todes wird sich im Chambliss Diner an der Main Street jemand bei der Kellnerin für ein Omelett bedanken. Ein Bus verlässt eine Haltestelle. In einem Motel wird eine Zimmertür aufgestoßen, und eine Hand überprüft das Wetter, bevor sie einen Koffer nach draußen rollt.

Wenn er im seichten Fluss zerschmettert wird, wird der Tag weitergehen. Mittagessen. Abendessen. Sonnenuntergang. Die Mechanik des Mondes wird den Fluss gemäß den im Kalender verzeichneten Zeiten durch sein Bett spülen – ohne Rücksicht darauf, wer am Leben oder wer tot ist. Luke wird in die Arme einer Flut stürzen, die seinen Namen nicht kennt.

Wenn er Pech hat und flussaufwärts in die Stadt treibt, wird er auf dem Präsentierteller liegen. Man wird ihn aus dem Wasser ziehen und ihm einen Namen geben.

Anfangs werden sie von einer Leiche sprechen.

Eine Leiche wurde entdeckt. Er wird das Thema einer Kurzmeldung in der Lokalzeitung sein.

Irgendwer wird die Bemerkung machen: »Sieh mal an, Luke Roy wurde vor zwei Tagen aus dem Fluss gefischt. Das überrascht mich nicht.«

»Hast du ihn gekannt?«

»Nein – darum geht es ja. Keiner kennt ihn.«

Im Radio: »Die Nachrichten von heute Morgen. Ein Einbruch. Ein Autounfall. Im Fluss wurde eine Leiche entdeckt. Der Name des Toten ist unbekannt. Das Wetter ungewöhnlich warm für die Jahreszeit. Morgen im Laufe des Nachmittags Gewitter.«

Nein. Er muss aufs Meer hinausgetragen werden, durch die Dynamik des Wasserfalls so weit vom Strand weggetrieben, dass die Flut ihn nicht zurückspülen kann. Die Schmach, flussaufwärts zu dümpeln, wird ihm nach seinem Tod egal sein, aber jetzt ist sie es nicht.

Das beste Grab ist das Meer.

Leichen sind normalerweise schnell unterwegs. Ein Krankenwagen braust von einem Autounfall davon. Eine fahrbare Trage wird aus einem Krankenhauszimmer gerollt, während sich die Verwandten eines frisch Eingelieferten mit besorgten Fragen an der Aufnahme versammeln. Ein Fuchs, der vom Betonmittelstreifen auf einer verkehrsreichen Straße gestoppt wurde, liegt da, von einem vorbeifahrenden

Wagen überrollt. Die Geier kreisen in Spiralen vom Himmel herab.

Nur wenige Menschen verharren in einem Schnappschuss ihres letzten Atemzugs: verirrte Kletterer am Everest, Schiffbrüchige in der Arktis, Römer, die an einem Strand in Italien von einem Vulkan überrascht wurden, ihre Todesangst in Lava gemeißelt.

Er sieht, wie seine Leiche dort unten festhängt.

Die Stadt darf nicht das letzte Wort über ein Leben haben, für das sie sich nie interessierte. Es braucht nur einen einzigen Menschen, der nach ein, zwei Tagen über die Brücke geht und zufällig nach unten blickt – und schon wird man ihn fotografieren. Er wird auf zahllosen Bildschirmen zu sehen sein.

Bei der ersten Welle des aufziehenden Nebels neigt Luke den Kopf und lauscht. Er hört fließendes Wasser, das er nicht sehen kann. Er wartet noch eine Weile, weil er nicht weiß, ob Flut oder Ebbe ist. Wie schwer wäre es gewesen, das herauszufinden, bevor er das Haus verließ?

Manche, die nach einem Sprung von einer hohen Brücke den Aufprall auf dem Wasser überlebt haben, sagten, sie hätten ihre Entscheidung bereits zu Beginn des freien Falls bereut. Ein Mann, der von der Golden Gate Bridge sprang, sagte, sobald er losgelassen habe, habe er gewusst, dass er all seine Probleme lösen konnte, nur den Sprung konnte er nicht rückgängig machen.

Das war eine einseitige Betrachtungsweise.

Vielleicht empfanden es nur die Überlebenden so. Die Erfolgreichen kann keiner mehr fragen. Von den Toten ist kein Zeugnis erhalten.

Bei einem Sturz aus großer Höhe kann vieles schiefgehen. Luke riskiert einen Blick: Der Abgrund ist unbarmherzig, ihm dreht sich der Magen um. Am Fallen ist nichts gerecht – daran, wer überlebt und wer stirbt.

Im Zweiten Weltkrieg fiel ein Pilot in neuntausend Metern Höhe aus einem getroffenen Bomber. Er stürzte in schrägem Winkel auf einen verschneiten Berghang, rollte eine Ewigkeit abwärts, bis er irgendwann zum Stillstand kam und sich aufsetzte.

In Mississippi sprang in den neunziger Jahren ein anderer Mann von einer zwanzig Meter hohen Brücke.

Er landete neben dem Fluss im Schlamm und brach sich sechs Rippen und beide Beine. Außerstande aufzustehen, kämpfte er sich dort zwanzig Minuten lang ab, bis er schließlich erstickte. Er wurde tagelang nicht entdeckt, obwohl es an diesem belebten Samstag über ihm auf der Brücke nur so von Menschen wimmelte, die Einkäufe machten.

Er hatte den Fluss verfehlt.

Niemand blickte beim Überqueren der Brücke übers Geländer. Die Leute kannten den Anblick des Flusses.

Luke betrachtet den wabernden Dunst. Wenn die Nebelwand ihn erst erreicht hat, wird er nichts mehr sehen können.

Die Böschung fällt an beiden Ufern steil, aber schräg ab. Am Grund der Schlucht ist der Fluss schmaler, als er aussieht. Ohne sichtbare Anhaltspunkte könnte er durchaus gegen eine der Felswände krachen und halbtot in einen der Tümpel auf den Uferterrassen stürzen, die Regenwasser und alles mögliche Geröll auffangen. Diese natürlichen Balkone sind ein, zwei Meter breit. Gewöhnlich wimmelt es auf dem braunen, matschigen Boden von Insekten und lauerndem

Kleingetier. Frösche verbringen den ganzen Nachmittag in der Tarnung der durchnässten Grassoden.

Nicht tief genug, um ihn zu töten, aber ausreichend, um ihn aufzufangen und am Leben zu halten, so schwer verletzt, dass er sich nicht bewegen kann. Das wäre der schlimmste Tod. Er könnte noch tagelang am Leben sein.

Es darf ihm nicht wie dem Mann aus Mississippi ergehen.

Der Tod ist das eine, das Sterben etwas anderes. Er wird nicht zulassen, dass er so stirbt, wie er gelebt hat – voller Angst und Qual. Die Länge des Sturzes ist nur ein Teil der Gleichung. Bei der Landung im Wasser beginnt der sichere Tod bei einer Höhe von fünfzig Metern, es sei denn, man kommt kerzengerade auf.

Ab siebzig Metern spielt es keine Rolle mehr, wie man aufs Wasser trifft. Er wird so schnell draufklatschen, dass es hart wie Beton ist. Dann werden seine Rippen zu Sensen. Sie durchbohren Milz, Lunge und Herz.

Überall auf der Welt betreten die Verlorenen hohe Brücken, um in einen goldenen Sonnenuntergang zu springen. Doch sie landen auf spitzen Messern.

Luke braucht nicht über Wasser oder Knochen nachzudenken. Wegen der Felsen dort unten hat er bei fünfunddreißig Metern keine Überlebenschance.

Das ist letztlich die Berechnung, die zählt.

In einem englischen Gedichtband hat Luke mal ein seltsames Bild gesehen. Es gibt Hunderte von Schultagen, die er längst vergessen hat, doch an diesen einen kann er sich noch erinnern. Das Bild zeigte eine in See stechende Galeone. Die Mannschaft war an Deck beschäftigt. An Land pflügte ein Bauer mit einem Ochsen seinen Acker. Ein paar Meter von dem Schiff entfernt stürzte ein Gewirr aus Fleisch und Flügeln kopfüber ins Wasser. Offenbar war ein geflügelter Junge vom Himmel gefallen. Die Galeone strebte dem Meer entgegen. Der Bauer wollte die Furche für die Aussaat zu Ende bringen.

Ein kurzer Augenblick, und der Junge ist verschwunden.

So wird's gemacht.

Luke zögert, ruft sich jedoch ins Gedächtnis, dass die Überwindung dieser Barriere nichts anderes ist, als über einen Zaun zu klettern. Er hatte nie Angst, über den Zaun um einen Spielplatz zu steigen – also gibt es auch jetzt keinen Grund, sich zu fürchten, wenn er nicht nach unten blickt.

Die Eisenstangen sind in den Betonplatten unter den Planken verankert und fühlen sich wackelig an, wirken aber stabil genug, als er daran rüttelt. Oben sind sie so breit, dass er kurz darauf balancieren kann.

Er springt hinauf und richtet sich auf.

Das Geländer schwingt ein paar Zentimeter weit, und er neigt sich sofort zur Seite, schlingt die Stiefel um die Stangen und klammert sich fest. Er sieht sich schon in Purzelbäumen mit einem Teil des Geländers in die Tiefe stürzen. Wenn man ihn findet, wird er sich, das Gesicht dem Himmel oder dem Wasser zugekehrt, daran festklammern. Dann dürften die Leute es für einen tragischen Unfall halten. Sie werden sich über die Grausamkeit des Schicksals wundern.

5.

Jeder kann den Moment benennen, in dem seine guten Zeiten ein Ende fanden, den Tag, der das Vorher und Nachher im Leben voneinander trennt. Von da an kennt man eine Wahrheit, die man nicht erklären kann. Etwas ist zu Ende gegangen, und etwas anderes hat begonnen.

Dieser Tag kam für Luke mit vierzehn.

Das Schuljahr war vorbei. Er feierte mit vier Freunden den Sommeranfang. Die trägen Tage der plötzlich Befreiten sind am allerlängsten, und er brauchte keine Pläne zu machen. Der Tag würde sich vor ihnen ausbreiten und sie in sich aufnehmen.

An einem Steg gab es Anlegestellen für Freizeitboote und Flöße. Sie mieteten ein Ruderboot und fuhren auf den Serenity Pond hinaus. Es war ein geschützter Ort für Sommernachmittage und Sandwiches. An einem Baum schwang ein Reifenschlauch. Zwischen dem Farn auf dem angrenzenden Land blühten Wildblumen. Im Herbst flogen am endlosen Himmel Kanadagänse in Pfeilformation.

Der Teich lag einmal mitten auf einem Feld, bis er sich irgendwann zu einer natürlichen Bucht ausweitete. Jahrhundertelang schirmten ihn Schlammablagerungen vom Fluss ab, bis auf die schmale Mündung der Bucht, etwa fünfzehn Meter breit. Es gab keine Grenze, die das Ende des Teichs und den Anfang des Flusses gekennzeichnet hätte; das ruhige Wasser verschmolz mit Strudeln, die zweimal täglich zum Leben erwachten. Auf der anderen Seite rauschte ein erbarmungsloser Fluss vorbei.

Seine Großmutter hatte Luke oft vor dem Ort gewarnt. Eingeschlossenes Wasser, sagte sie immer – tiefe Steinbrüche, ruhige Teiche, träge Kanäle –, verheiße nichts Gutes.

Wie das riesige, klebrige Blatt einer tödlichen Blume habe der Teich Hunderte unbekannte Opfer in die Falle gelockt, die auf ihrem Weg dort vorbeigekommen seien. Er nähre sich von den Sorglosen, hatte sie ihm erzählt. Etwas, das älter als die Geschichte sei, beobachte, wie einsame Schwimmer das samtige kühle Wasser unter den Bäumen durchquerten. Der Serenity Pond wisse genau, wo auf seiner Oberfläche sie mit rhythmischen Arm- und Beinbewegungen eintauchten und ihren Geruch zu verströmen begännen. Im dumpfigen Zwielicht der Tiefe spürten die langen Wasserpflanzen die Musik eines Schwimmers.

In den zwanziger Jahren sprang ein gesunder junger Mann, dessen Familie in der Nähe ein Grundstück besaß, in den Teich. Eine Stunde später fühlte er sich plötzlich unwohl. Und einen Monat später war er ein Krüppel.

Im Gegensatz zu anderen Familien war seine einflussreich. Ärzte aus Boston kamen in die ländliche Gegend, um ihn zu untersuchen. Sein einst kräftiger Körper bestand nur noch aus Haut und Knochen. Seine Augen waren Höhlen, aus denen er die Frustration der Ärzte beobachtete. Sie gingen paarweise im Garten des Familienwohnsitzes auf und ab. Es war eine Blutkrankheit. Nein, es war ein Virus aus einer fernen Vergangenheit, das in jenem Gewässer überlebt hatte.

Im den vierziger Jahren erkrankten drei Frauen wenige Tage, nachdem sie im Serenity Pond geschwommen waren, an Neurasthenie. Sie waren mehrfach ausgelassen von den

Ästen der Bäume ins Wasser gehüpft. Die Ärzte dachten, sie könnten sich durch zu ungestüme Sprünge eine Bakterieninfektion im Gehirn zugezogen haben. Monate später wurden knochige Gestalten in Autos verfrachtet; man sah sie nie wieder.

In den sechziger Jahren wurden acht Menschen nach einem Bad im Teich krank. In den Achtzigern erlitt ein Junge durch Meningitis einen Gehirnschaden. Die Unglücksfälle vergessener Schwimmer bleiben nicht im Gedächtnis haften. Jedes Mal war es neu.

Forscher kamen und nahmen Proben. Wissenschaftler blickten durch Mikroskope.

In einer Petrischale vergrößert, wurde das zitternde Etwas betrachtet, das in den unergründeten Tiefen gedieh. Für Biologen war es ein Bakterienstamm. Sie konnten den Weg seiner Reise in die heutige Zeit jedoch nicht zurückverfolgen.

Das waren die Geschichten, die seine Großmutter ihm erzählte.

Der Serenity Pond war schon lange vor der Stadt da. Er tötete ohne Mitleid, ohne Böswilligkeit.

Unter der glatten Oberfläche ist es noch wie vor hundert Millionen Jahren.

Luke schenkte der Warnung keine Beachtung, da sie von seiner Großmutter kam. Solche Geschichten gehörten zum Gedächtnis alter Leute, die sich genauso viel ausdachten, wie sie in Erinnerung hatten.

An jenem ersten freien Sommertag tranken Luke und seine Freunde Bier und ließen sich, die Ruder aus dem Wasser gehoben, im Kreis treiben. Sie redeten über Janice Macy, die ein Schuljahr unter ihnen war. Alle fanden, dass schöne

Mädchen einsam seien, weil niemand bei ihnen sein Glück versuche, doch das war Unsinn, denn sie baten sie alle um eine Verabredung, erhielten einen Korb und ließen es dabei bewenden.

Jeder trank seine Flasche Bier, und zwischendurch warfen sie sich in dem kleinen Boot einen Football zu. Mit einem der Ruder übten sie Baseball. Irgendwer traf Luke im Nacken. Er ging über Bord und sank benommen hinab, bis seine Beine unwillkürlich zu strampeln begannen und er an Ort und Stelle blieb.

Zunächst fiel ihm auf, dass die Sonne das Wasser erwärmte. Er sah ihren heißen weißen Kranz in der Nähe des Bootes treiben.

Er war nur ein, zwei Meter unter Wasser. Die anderen konnten ihn bestimmt sehen. Der Bootsrumpf schien so nah zu sein, dass er ihn mit ein paar Beinstößen erreichen könnte.

Doch er versuchte es nicht.

Er hielt unwillkürlich die Luft an und schwebte im Wasser. Über ihm schwankte das Boot, und die Ruder schnarrten wie ein schwerfälliges Insekt, das im Kreis flog.

Wie durch eine Luftpolsterfolie hörte er Stimmen:

»Luke! Luke!«

Die Silhouetten seiner Freunde bewegten sich wie die Puppen in einem Kaspertheater. Er genoss den Anblick. Das Wasser in seinen Ohren dämpfte die Schreie. Sie murmelten ihren Text, doch er erkannte die Wörter nicht, denn sie waren nicht mehr in seinem Gedächtnis gespeichert. Es waren durch Zwischenräume getrennte Geräusche.

Dass er wie gelähmt war, machte ihm keine Angst, er verspürte nicht den Drang, sich zu retten. Die beiden Ruder durchstießen das Wasser und vermischten es mit dem milchigen Sonnenlicht, das seinen Blick fesselte. Eins streifte seinen Arm, und er beobachtete, wie es sich wieder entfernte. Es stellte keine Bedrohung dar, also schenkte er ihm keine Beachtung.

Gesichter erschienen an der Wasseroberfläche und machten hohle Geräusche.

»Luke!«

Der Teich war sieben, acht Meter tief, die Luft in seiner Lunge fast aufgebraucht. Von unten, da war er sich sicher, drang ein anderes Geräusch herauf. Er drehte sich zum Grund des Teiches um.

Es war ein sehr friedlicher Augenblick.

Die Sonne war hier unten von Wasserpflanzen und Steinen getönt. Immer weniger ging ihm durch den Kopf. Seine Sinne waren seine Gedanken, und er gab sich dem hin, was er spürte, was er sah.

Ihm war so wunderbar warm. Die Wärme auf seinem Rücken, während er mit dem Gesicht nach unten trieb, die kühle Fülle am Grund. Schlauchförmige Sonnenbogen durch ein grünes Unterwasserorchester.

Er beschloss, hier unten zu bleiben, weit weg von der Hektik dort oben.

Das Leben war so nah, dass er loslassen konnte. Urplötzlich ergab sich die Möglichkeit, aus dem Leben zu scheiden, solange er noch glücklich war. Gelegenheiten haben nie einen Namen. Sie kommen und sind schon im nächsten Moment vorbei.

Er gab sich keine Mühe, die Richtung zu wechseln, und driftete in einem warmen, betäubenden Lufthauch. Er war reiner Impuls, ohne Anfang und Ende. Er bewegte sich zu dem Lied, das er auf dem Grund des Teiches hörte. Jeder Herzschlag des Liedes war sein eigener Herzschlag.

Als Kind hatte er geglaubt, es gebe die Welt nicht, wenn er nicht hinsah. Sie bringe nur Dinge hervor, sofern sie benötigt wurden, je nachdem, wo im Haus oder draußen er sich aufhielt. Vertraute Dinge existierten nur so lange, wie er sie betrachtete. Sein Teddybär saß auf dem Kissen, bis Luke wegschaute, dann verschwand er. Der Fußboden eines Zimmers, das Luke verließ, verwandelte sich in schwarze Leere, sobald er die Tür schloss.

Friedlich ein paar Meter unter Wasser treibend, begriff er, dass er vielleicht doch recht gehabt hatte. Jetzt, mit vierzehn an einem Sommertag, war ihm nicht bange, das zu verlieren, was er gekannt hatte – er brauchte es nicht mehr, denn er würde sterben.

Er sah Spuren des Unheils, die er nicht gesehen hatte, als er am Morgen zur Schule aufgebrochen war. Die Gebäude in der Stadt nahmen Gestalt an, als er sich näherte, verschwanden aber, sobald er vorbeigegangen war. Dächer rutschten herab. Laternenpfähle bogen sich, um mitzukommen, und zerbrachen, wenn sie sich nicht weiter dehnen konnten. Ganze Straßen hinter ihm ihres Asphalts entkleidet und zusammengeklappt.

Während unter Wasser die Sekunden verstrichen, begann er, sich aufzulösen.

Sein Name. Er besaß keinen mehr.

Als Nächstes kamen ihm seine Freunde oben im Boot abhanden. Es machte ihm nichts aus, dass er sich nicht mehr erinnern konnte, wie sie aussahen und wie er sie kennengelernt hatte. Er wusste nicht mehr, wie er selbst aussah oder das Haus, in dem er wohnte. Und es machte ihm auch nichts aus, als seine Kindheit verschwand. Er konnte sich nicht erinnern, jemals jünger als jetzt gewesen zu sein.

Er begriff, was mit ihm vor sich ging. Er wurde in diesem wunderbaren Wasser in seine Einzelteile zerlegt, wie Sand, der Körnchen um Körnchen durch den Trichter einer Sanduhr rinnt. Eine Welt leerte sich von Luke Roy, und die nächste füllte sich mit ihm.

Die Zeit blieb stehen und verwandelte sich in einen Lichtstrahl auf den grünen und braunen Felsen am Grund. Er schwirrte in sanften Strömungen. Der gelbe Kreis oben warf Schatten auf den Boden des Teiches, wo Luke in Sicherheit war. Er atmete, indem er sich vorwärts und seitwärts schlängelte. Seine Augen wurden zu schmalen Schlitzen.

Ein Ruderblatt traf ihn an der linken Schläfe.

Er strampelte heftig; die langen Wasserpflanzen hatten sich halb um seine Beine geschlungen – hatten ihn schon fast umschlossen. Ein kräftiges Maul in dieser schwimmenden Masse suchte mit seinen kalten, klebrigen Lippen eine Stelle an Lukes Rücken, in die es hineinbeißen konnte.

Er versuchte, nach dem Ruder zu greifen, und wand sich in Krämpfen, als zwei Jungs ins Wasser sprangen und seine Beine befreiten. Die anderen packten ihn an den Haaren und holten ihn mit Hilfe eines Ruders aus dem Wasser. Es war eine ausgesprochen grässliche Rettung.

»Mann, Scheiße, Luke!«

Sie lösten die Ranken, die sich wie Fesseln um seine Arme und seinen Hals gelegt hatten.

Die Sonne verbrannte seine Haut. Er war nicht dazu geeignet, über Wasser zu leben. Er konnte nicht sprechen, er konnte nicht atmen. Noch vor wenigen Augenblicken hatte er weder das eine noch das andere tun müssen.

»Zwei Minuten!«, sagte einer seiner Freunde. »Wie hat er das geschafft?«

Sie sahen, dass Lukes Augen geschlossen waren und er nicht atmete. Die Jungs waren verzweifelt. Sie pressten mit den Händen auf seine Brust, zählten einen Rhythmus ab, und dann prügelten sie einfach nur in einem Gewirr von Fäusten auf ihn ein. Während sie zuschlugen, hüpfte er auf und ab, ein schlaffer Hautsack. Jemand zertrümmerte am Heck eine Flasche Apfelwein und stach ihm in die Seite, und Luke stieß einen Schmerzensschrei aus und spie Teichwasser hervor. Sie ließen ihn hustend auf den Boden des Bootes gleiten, drehten ihn auf die Seite und ruderten aufs Ufer zu, warfen alle Flaschen weg und prägten sich ein, was sie sagen wollten.

Während die Ruderschläge das Boot vorwärtstrieben, spürte Luke durch den Rumpf das Beben des Wassers. Er sah sich das Boot noch immer von unten an, beobachtete, wie die Wasserpflanzen in einem langsamen Tanz in die Tiefe zurückglitten, ein uralter Traum, der nach ihm gesucht hatte. Der Traum hörte seinen Namen. Er kannte ihn jetzt.

Luke hätte bleiben sollen, wo er war, hätte das Ruder herumstochern und die Jungs Hilfe holen lassen sollen. So mild und süß, der Geruch warmen Wassers. Der Betäubungsstoff strömte durch seine Adern.

Am ersten sonnigen Tag des Sommers 1991 war Luke Roy dem Tod genauso nah gewesen wie dem Leben. Etwas Altes hatte ihn mit einem Traum angesteckt, der schwerelos war.

Und dieser Traum würde ihm überallhin folgen.

6.

Wochenlang studierte ihn diese Ansteckung wie ein Lied, das sie vortragen musste.

Ihr Körper formte sich zu seinem Körper. Sie bereitete sich auf den Schlaf vor, sobald sein Kopf das Kissen berührte. Er hatte seine eigenen Träume, dieser Geist, der ihn zu einem Geist machen wollte.

Er traute sich selbst nicht mehr. Kein langer Lebensabend mit Strohhut vor einem verbrauchten Ausblick. Sein Ende würde an einem ansonsten unscheinbaren Tag kommen, das Aufflammen eines Zwangs.

Er würde seinen letzten Morgen nie beim wahren Namen kennen. Er würde seine Todeskleidung anziehen und das Haus verlassen. Die einzige Herausforderung, der er sich morgens beim Aufwachen gegenübersah, war, die Leere bis zum Abend zu überbrücken.

In der Schule leistete Luke nichts, was ihn ins Scheinwerferlicht gerückt hätte. Auf diese Weise würde er nicht groß bedauern, es zu verlieren.

Obwohl er ein guter Läufer war, wurde er beim staatlichen Tausendfünfhundert-Meter-Finale auf der Zielgeraden immer langsamer, weil er Seitenstechen bekam. Im nächsten

Jahr hinkte er die letzten zwanzig Meter wegen einer Verletzung am Knöchel, der bis zu seiner Ankunft zu Hause wieder geheilt war. Bei jeder Gelegenheit, die ihm Glück oder Erfolg versprach, stand er lediglich da und ließ sie verstreichen.

Er mied Busspuren und Bahnsteige. Die Köpfe in den vorbeibrausenden Fenstern der auf schrillen Eisenrädern rollenden Schnellzüge betrachtete er nur aus der Ferne.

Es gab keine gefährlichen Orte – nur die Orte, an denen er zufällig gerade war. Ein Parkhaus, die Wendeltreppe in einem Einkaufszentrum. Nach ein paar Drinks auf einer Party springt er wort- und grußlos vom Balkon in die Tiefe. An einem sonnigen Morgen geht er spazieren und wirft sich vor einen vorbeifahrenden Wagen.

In einem beliebten Hotel in Midtown Manhattan nahm er den Aufzug und betrat einen offenen Cafébereich im zwanzigsten Stock, kaufte sich einen Kaffee und stellte sich an den Sims, vor dem ein niedriger Schutzzaun verlief. Er kämpfte dagegen an, springen zu wollen. Dann stieg er die im Zickzack verlaufende Treppe hinunter. Vor dem Gebäude sank er, schweißnass vor Erleichterung, auf den Gehsteig.

Immer, wenn er mit hohem Tempo Auto fuhr, sich hoch über dem Boden befand oder zu nah am Bordstein stand, lauerte der Todesdrang in seinem Blut, bereit zuzuschlagen.

Es brauchte keinen Sinn zu ergeben. Es musste einfach nur passieren.

In den letzten beiden Schuljahren hatte er im Sommer in der örtlichen Fabrik gearbeitet, einem braunen Gebäude mit hundertfünf Fenstern, die den Schatten gerahmter Kruzifixe auf den Steinboden warfen. Das war die Zuflucht, für die er sich nach dem Ende der Schulzeit entschied. In dieser anonymen Fabrik wollte er sein Leben an Mittagspausen und Wochenenden ausrichten. Er wollte seine Strafe in der Ruhe einer Routine verbüßen.

Und so kam es auch. Die Fabrik empfing ihn mit den offenen Armen ihrer Gleichförmigkeit.

Sein Tod verschmolz mit seinem Leben.

Doch an manchen heißen Sommertagen wünschte Luke sich ein langes Leben. Dann wollte er reisen, wollte neue Leute kennenlernen. Er war nicht unglücklich. Er war nicht deprimiert. Er hatte bloß genug von dem Schatten, den dieser Drang aus ihm machte, von den Türen, die er verschloss.

Er suchte die Bibliothek auf, durchstöberte die Buchhandlungen in der Gegend. Über Selbstmord gab es jede Menge Literatur, doch darin fand sich nichts Genaueres über den Tod. Er erhoffte sich Flinten, Revolver, Pillen, Stromschlag, Ersticken, Gas, Gift, Frostschutzmittel, Kohlenmonoxid, Verbluten im warmen Wasser einer Badewanne. Was er jedoch bekam, waren nur positives Denken, Philosophie, Reflexionen über das Glück, eine Beurteilung der neuesten Medikamente.

Nirgends fand er etwas, was seinen Zustand beschrieb. Vielleicht war jemand, der sich selbst nicht traute, ein zu schlichtes Thema für eine wissenschaftliche Abhandlung, oder es war nichts, was sich in Prozentzahlen ausdrücken ließ. Luke war kein Experte, aber eins wusste er: Wer diesem Angriff nicht standhalten konnte, war durch keinen Ratschlag der Welt zu retten.

Luke fragte an der Informationstheke, ob es Literatur über das plötzliche Auftauchen von Pforten oder Verlockungen gebe und wo die zu finden sei.

Der Buchhändler steckte sich seinen Bleistift hinters Ohr und stand vor dem Suchfeld des Computers: »Könnten Sie etwas konkreter sein? Was den Inhalt betrifft?«

Luke zuckte mit den Schultern: »Abends bin ich mal auf der Heimfahrt mit Vollgas in eine Mauer gerast.«

Die Finger des Mannes hielten über den Tasten inne.

»Ich stehe oben auf einem Leuchtturm«, fügte Luke hinzu. »Der Ausblick ist still und schön, und plötzlich merke ich, dass ich falle.«

Der Mann nahm seinen Bleistift und schrieb eine Nummer auf, die Luke anrufen könne.

Wenn er an einer Ampel stand, um die Straße zu überqueren, fuhr ihm oft der Windzug eines Kleinbusses unter den Mantel und ließ die schweren Einkaufstüten der anderen Wartenden schwingen.

Er blickte die Ewigkeit auf der anderen Seite an, süß und friedvoll.

Ein weiterer Bus näherte sich, dessen Motor dröhnend beschleunigte.

Er war nur einen Schritt davon entfernt, sich dem Marsch der Millionen Selbstmörder anzuschließen – so sah er die zahllosen Menschen, die sich vor ihm zum Freitod entschieden hatten. Sie marschierten schweigend in leuchtender Dunkelheit. Sie hatten ihre Angehörigen nicht vergessen – denn sie erinnerten sich nicht an sie. Sie hatten nirgends gelebt. Sie wussten nichts von einem toten Kind, einer zehrenden Krankheit, einer unerträglichen Schmach.

Sie waren die marschierenden Millionen.

Diese Schar erstreckte sich über Jahre, sie durchschritt Jahrhunderte.

7.

Eines Samstagmorgens probte Luke, sich aufzuhängen.

Er war siebzehn und wohnte in seinem letzten Schuljahr noch zu Hause. Seine Eltern waren unterwegs, um einen langen Spaziergang zu machen. Die Stimmung, die ihn überkam, war so vom Tod geprägt, dass er die Methode erproben wollte, die er den Büchern zufolge als junger Mann vermutlich benutzen würde. Luke hatte alles andere im Leben gelernt: wie man sprach, wie man ging, wie man aß.

Er sollte auch lernen, wie man starb.

Das Aufhängen konnte man nicht so leicht meiden wie Bahnhöfe: Im Haus gab es vieles, was er als Haken und Schlinge verwenden konnte. Einen Bahnhof musste man aufsuchen, und auf dem Weg dorthin konnte man es sich anders überlegen. Er wollte gemeinsam mit dem Unbekannten zum Kern eines Geheimnisses vordringen, zu dem Punkt, an dem das Leben noch nicht zu Ende, der Tod aber schon so nah war, dass man ihn umherschleichen hörte.

Zumindest würde er den schwer fassbaren Punkt erblicken, an dem es kein Zurück mehr gab.

Die Gefahr eines plötzlichen Impulses lag darin, dass man keine Zeit hatte, ihn rückgängig zu machen. Er würde alles unter Kontrolle haben. Er würde sich die Schlinge umlegen, den Druck spüren und wieder aufstehen, bevor er ohnmächtig wurde. Er würde die Schlinge wieder abstreifen und den Rest des Tages in Angriff nehmen, ein Stück weiter vom Tod entfernt, weil er ihm ein Stück näher gekommen war.

Im Bad band er einen Gürtel am Türgriff fest, schlang ihn sich um den Hals und ließ sich fast bis zum Boden hinab, wo er den Griff an seiner Gurgel spürte. Er ließ sich sinken. Die Schlinge drückte ihm die Luft ab, und ihm war sofort klar, dass er das Bewusstsein verlieren würde. Ein Augenblick verstrich, und er begriff die ungeheuren Schmerzen nicht, als seine Füße beim Versuch aufzustehen auf den Fliesen ausrutschten und seine Arme unbrauchbar wurden. Sie taten nicht, was sie tun sollten – einem einfachen Befehl des Gehirns folgen. Seine Arme gehorchten ihm nicht. Plötzlich war er kein Jugendlicher mehr. Er war ein kleines Kind, nicht mal das. Er versuchte zu schreien, und auch das klappte nicht – sein Kiefer bewegte sich nicht. Sein Kopf stand in Flammen. Dreißigmal schlimmer als die schlimmsten Kopfschmerzen, die er je gehabt hatte, und es wurde noch heftiger. Er war nicht tot. Der Boden war nass. Die Schlinge war nur wenige Zentimeter von seinen Fingerspitzen entfernt, wie oft hatte er sich mit den Händen mühelos das Gesicht abgewischt. Wenn er doch bloß die Arme heben könnte – wenn er doch bloß einen Finger unter den Strick bekäme und den Druck auf seinen Hals lindern könnte. Er schloss die Augen, und in dieser Finsternis schob er die Finger mühelos unter den Strick, löste ihn von der Gurgel, stand auf, ging nach draußen und schwor sich, so was nie wieder zu tun. Aber diese Bilder brachten keine Bewegung in seine Arme. Das, was sich schon tot angefühlt hatte, begann, sich zu regen. Seine Zunge schwoll an und blockierte die Atemluft, die er benötigte.

Sein Körper tauschte Stück für Stück Leben gegen Nicht-leben ein.

In dem gewaltigen Kampf klopfte er an die Tür der Erinnerung an verschiedene Tierarten, die tief in seinem Innern gespeichert war: eine Hyäne, ein Aal. Seine Zellen probierten alles aus, was im Gedächtnis untergegangener Epochen zu finden war.

Sein letzter bewusster Impuls war, die Hüften zu bewegen und den Rest seines Körpers anzuheben – eine Robbe an Land, die sich wie ein Schwimmer unter Wasser windet. Seine Brust schob sich an der Tür nach oben, und seine Hüften zogen die Schenkel immer wieder nach. Der Druck schwächte sich nicht ab, doch das Ganze verzögerte seinen endgültigen Tod. Allmählich bekam er es richtig hin, aber eigentlich tat er gar nichts. Die Rettung seines Körpers hatte nichts damit zu tun, was er wollte. Seine Bemühungen waren von älteren Fähigkeiten als nutzlos verworfen worden. Ein älterer Körper in seinem Innern übernahm seine eigene Rettung. Dieser Körper schob ihn beiseite.

Die Rettung gelang ihm als Meeresrobbe.

Ein Hauch von Luft und Blut drang zu ihm durch. Es gelang ihm, sich halb aufzurichten und wie ein gekippter Stuhl an der Tür zu lehnen. Das verhinderte, dass die Schlinge sich gänzlich zuzog. Er wartete, bis er wieder alles deutlich sah. Es dauerte eine Viertelstunde, bis er die Arme bewegen konnte. Eine gequälte Freude überschwemmte die befreiten Stellen. Vielleicht konnte er sich doch retten. Er öffnete und schloss die Finger. Ihm blieb nur diese einzige Chance, denn vielleicht rutschte er wieder an der Tür hinab, hängte sich ein zweites Mal auf und erstickte. Er hob die Hand an die Schlinge und zog daran – oder aber er starb gerade am

Ende eines Ledergürtels und träumte von einer Begnadigung im letzten Augenblick. Er träumte nicht. Er wartete zehn Minuten, bis er sein ganzes Gewicht auf die Füße verlagerte.

Er war wieder menschlich. Aber was ihn gerettet hatte, war nichts Menschliches. Es schwamm schon seit einer Ewigkeit in namenlosen Meeren.

Tage vergingen. Er hustete unkontrolliert und mied seine Eltern – tat alles, um nicht zum Arzt zu müssen. In dem langen Zeitraum, in dem er wieder am Leben war, überprüfte er, was sein letzter bewusster Gedanke vor dem abschließenden Kampf gewesen war.

Ihm war ziemlich viel durch den Kopf gegangen.

Ungläubiges Staunen über das Tempo, in dem er die Kontrolle über seinen Körper verlor. Die Scham darüber, wie seine Eltern ihn finden würden. Die Sorge, ihnen nicht sagen zu können, dass er es gar nicht gewollt hatte.

Dass sie nichts falsch gemacht hatten.

Die furchtbare Angst in jenen Minuten hatte ihm eine Lektion erteilt, die er nie vergessen würde. Viele Menschen erwachen am Tag ihres Todes ohne einen Gedanken daran, dass sie ihr Leben beenden werden.

In einem Hotelzimmer lässt jemand ein Getränk auf dem Tisch stehen, bevor er sich unten mit Leuten trifft. Er betritt einen Wandschrank und knüpft, ohne nachzudenken, einen Gürtel zu einer Schlinge.

Wenn er nicht ans Telefon geht, wenn sein Stuhl im Restaurant leer bleibt und das Mittagessen schon vor fünfzehn Minuten begonnen hat, setzen die Rufe ein wie Regengeprassel, verwandelt sich das Klopfen an der Tür in Donner, wird das Schloss zu einem Schlüssel.

Die Entdeckung ist schockierend, denn es ist ganz einfach. Er hat seinen Körper abgestreift und ihn an einer Tür, einem Balken, einem Nagel aufgehängt.

Mittlerweile quälte ihn die Badezimmertür. Denn sie wusste, was er getan hatte.

Was für ein entbehrliches Ding, diese verklärte, gestrichene Sperrholzplatte mit zwei Scharnieren, gesplittert an der Stelle, an der er sich zappelnd dagegengeworfen hatte.

Er sah das mögliche Resultat: sein Körper leblos am Messingknauf hängend, sein Blick starr auf die dampfenden Fliesen gerichtet.

Er hörte das hartnäckige Pochen draußen im Flur und seinen Namen – Luke! Luke! –, hörte, wie an die Tür getreten wurde und sein schlaffes Fleisch, seine Füße wie Gummi über den Boden rutschten, während seine Eltern sich, Schulter um Schulter, dagegenwarfen. Sein Körper war ein Türstopper.

Dieselbe Tür, an der er sich aufgehängt hatte, machte sich jetzt über seine Eltern lustig.

Als es Luke wieder besser ging, kniete er sich mit einem Maßband neben die Tür und ermittelte, wie tief er an jenem Morgen hinabgesackt war – bis die Schlinge sich zuzog.

Es waren dreizehn Zentimeter.

Danach rechnete er aus, wie viel Zeit verstrichen war, während er zur Tür ging, den Gürtel zu einer Schlinge knüpfte und schließlich wie ein Seelöwe strampelte.

Es hatte fünfzehn Sekunden gedauert.

Dreizehn Zentimeter und fünfzehn Sekunden – der Abstand und die Zeit, die ein Leben brauchte, um außer Reichweite zu gelangen.

Er hatte sich auf die Suche nach dem Todestrieb gemacht. Doch der hatte ihn zuerst entdeckt.

Luke erinnerte sich an einen weiteren Aspekt jenes Samstagmorgens. Seine Blase hatte sich entspannt, und er hatte hemmungslos gepisst. Seine Lunge wollte nicht aufhören zu atmen. Sein Herz wollte nicht aufhören zu schlagen. An der Schwelle des Todes zog das Gehirn alle Register und ließ alle kostbaren Erinnerungen aufblitzen: Kindheit, Freunde, die aus der Vergangenheit auftauchten, Dinge, die er bereute und wiedergutmachen konnte, wenn er am Leben blieb – wenn er bloß am Leben blieb.

Es gab eine Methode, die nicht erprobt werden musste.

Manchmal stand Luke auf dem Dach der zwölfstöckigen Fabrik und lauschte dem Pfeifen des starken Windes, der an den Ecken des Gebäudes kratzte. Er beugte sich über die Kante und beobachtete, wie unten Satzzeichen den Gehsteig entlangwimmelten, Menschen, die wie Kommas und Punkte aussahen, wenn sie vor einem Schaufenster stehen blieben oder an einer Ampel auf Grün warteten. Die Abstände zwischen ihnen waren Wörter. Der Wind in dreißig Metern Höhe war kalt, und Luke zitterte, aber dennoch konnte er von dort oben lesen. Wenn er sich konzentrierte, sah er, was in den Zwischenräumen geschrieben stand, es war immer wieder das gleiche Wort: *Spring.*

8.

An diesem Morgen lag Luke unter einer Glühbirne in seinem Hausboot, einen Kilometer westlich der Stadt auf dem Mill River, in der Nähe der Stelle, an der die Flut sich beruhigt.

Er las dieselbe Seite eines Buches, die er zehnmal in zehn Nächten gelesen hatte. Im dritten Absatz glitten seine Augen zu denselben ungelesenen Zeilen hinunter, und Luke fiel in einen vierstündigen traumlosen Schlaf.

Als er erwachte, fühlte er sich nicht wach.

Es war weder Morgen noch Nacht.

In der Stille hörte er ein Wispern, das auf dem Seewind zu ihm geweht wurde. Ein Gefühl belebte sein Blut wie die Erinnerung, die ein Parfüm mühelos durch die Zeit trägt.

Eine Spiegelung beleuchtete durchs Bullauge den Bootsrumpf gegenüber seiner Koje. Er sah einen Schoner mit zwei Großsegeln. Er kniete sich auf die Koje und spähte zur Küste hinüber.

Die schimmernden Stahlkabel hingen von den beiden Masten der riesigen Hängebrücke herab. Als der Mond zwischen ihnen stand, verwandelten sie sich in silberne Dreiecke.

Der Wecker zeigte 7:05 Uhr an.

Zu früh, um zur Arbeit zu gehen, zu spät, um noch mal einzuschlafen.

Luke entschied sich für den langen Weg zur Fabrik, dabei musste er das Brachland durchqueren, über die Brücke gehen und dem Pfad am anderen Ufer folgen, der in die Stadt zurückführte. Das dauerte eine Dreiviertelstunde länger als die zwanzig Minuten, die man benötigte, um die Main Street entlangzugehen und eine wesentlich kleinere Brücke zu überqueren, die einmal zu der in Nord-Süd-Richtung verlaufenden Küstenstraße gehört hatte.

Da er schon so lange demselben Job nachging, kannte er die Anzahl der Schritte. Er hätte den Weg auch mit verbundenen Augen zurücklegen können. Doch er konnte sich nicht erinnern, wann er zum letzten Mal auf der großen Schleife zur Arbeit gegangen war.

Der heutige Tag war so gut wie jeder andere.

Beim Verlassen des Hausboots war er der einzige Mensch, der unterwegs war. In einer Provinzstadt legen sich sogar die Straßen schlafen.

Er bog nach links zum Brachland ab, das neben dem Fluss verlief: drei Kilometer lang Wildgräser, Brombeeren und dorniges Unkraut. Er streifte durch hohes Gras und Dornen, während die Sonne das Meer erhellte. Ein ruhiger orangefarbener Lichtschein löste sich vom Horizont, wurde zu grellem Gelb, und Luke kniff die Augen zusammen.

Er würde blind weitergehen, bis die Sonne höher stand.

Er schritt durch das saftige Gras, ohne das Gefühl, wie lange er brauchte. Er ging einfach der Sonne entgegen, bis er unter den Füßen lockere Kiesel hörte – das war der alte Pfad, der zur Brücke führte. Für den Rest des Weges konnte er dem Kies folgen. Das Knirschen war so gut wie eine Landkarte.

Der Pfad wurde seit Ende der dreißiger Jahre von den Fabrikarbeitern entdeckt, weil damals ein Fitnesswahn das Land ergriff. Jeder wollte sich mehr bewegen.

Lukes Vater sagte, diese Sucht habe sich im ganzen Land ausgebreitet. In den Heuschobern von Indiana fanden sechsunddreißigstündige Tanzmarathons statt; in Ohio fuhren Scharen von Radfahrern die staubigen Straßen entlang; in den Parks der sonnigen Ostküstenstädte wurde samstags überall Morgengymnastik betrieben, während sich auf den sandverwehten Promenaden Unmengen von Badenden drängten.

Als die Papierfabrik in Ross Point noch auf Hochtouren lief, ergab es durchaus einen Sinn, morgens einen längeren Weg zur Arbeit zu nehmen.

Die Stadt führte nur selten Wartungsarbeiten durch. Die Steine hier waren vermutlich das Skelett des Kieswegs. Luke folgte den Schritten der ehemaligen Arbeiter. Er hörte die Gespräche über den bevorstehenden Tag, Satzfetzen, wie sie typisch waren für die planlose Aufregung der Lebenden. Er stellte sich vor, wie sie auf der Brücke stehen blieben, bevor sie den Pfad am gegenüberliegenden Flussufer betraten.

Als er an der Rampe ankam, stand die Sonne schon hoch am Himmel. Er neigte den Kopf nach hinten und betrachtete die prächtige Abfolge schimmernder Stahlkabel, die sich weit hinauf in den Himmel zogen.

Auf halbem Weg über die Brücke blieb er stehen, um sich ans Geländer zu lehnen, weil er draußen in der Bucht die herrlichen schaumgekrönten Wellen sah. Er war früh dran und konnte kurz verweilen.

Das Salz in der Luft war erfrischend. Er betrachtete das zurückweichende Wasser und träumte davon, zwischen den Inseln in der Bucht hindurchzusegeln.

9.

Luke ist immer noch da. Er steht nur wenige Zentimeter von dem fünfunddreißig Meter tiefen Abgrund entfernt.

Das Geländer scheint stabil zu sein.

Er fühlt sich nicht mehr allein. Die Fabrikarbeiter, die vor einer Ewigkeit auf der Brücke stehen blieben, haben sich aus der Erinnerung neben ihm versammelt. Auch sie dürften sich manchmal gewünscht haben, hier stehen und beobachten zu können, wie sich das Wasser des Flusses ins Meer ergießt.

Der Nebel quillt aus dem Wasser der Bucht und breitet sich im Schritttempo aus.

Er treibt schwerelos über das Gestein der Küstenlinie. Luke sieht massigere Formen im Dunst, redet sich ein, dass er die Arme, Köpfe und Leiber marschierender Menschen sieht. Das große Verschwinden steuert direkt auf die Brücke zu.

Der Nebel rollt über das grasbewachsene Brachland. Er füllt die Mulden und verbirgt den Horizont. Er vergießt dunstige Sahne und poliert die Schlieren zu einem formlosen, anonymen Glanz. Er umschließt Bäume und löscht sie aus. Das Vogelgezwitscher verstummt nach und nach. Als sich der Nebel der Brücke nähert, sieht Luke, dass es ein feuchter Tanz ist, locker wie ein leichter Wind. Sind das da im Innern Formen? Er sieht Streitwagen. Einen Zug, der an einem Bahnsteig vorbeibraust. Kinder, die in einem Meer schwimmen, das längst unter einer Wüste verschwunden ist.

Alles ist bereit.

Luke stellt sich vorsichtig auf der schrägen Fläche zurecht.

Er trägt seine Arbeitskleidung. Stahlkappenschuhe, weißes Hemd und weiße Baumwollhose, die Worte *Enterprise Cheese Inc.* in Gelb auf den Rücken seiner marineblauen Polyesterjacke gestickt. Er ist froh über die Jacke, doch ein kurzer Windstoß bauscht das Polyester zu einem Fallschirm, der ihn nach hinten zerrt und fast vom Geländer reißt. Er beugt sich vor, und als der Wind sich beruhigt, kippt er fast um.

Für einen Beobachter muss er aussehen wie jemand, der mit aller Macht versucht, nicht den Halt zu verlieren.

Wenn er sich zu stark widersetzt und der Wind plötzlich nachlässt, könnte er sich von der Brücke katapultieren.

Er will nicht fallen, bevor er gesprungen ist.

Luke gesteht es sich ein. Der Teich war nicht sein erstes Scharmützel mit dem Tod. Der war ihm schon viel früher begegnet.

Als Kind hatte er ein Jahr lang gebraucht, um stehen zu können, war immer wieder hingefallen. Als sein Vater eines Nachmittags schlief, stieß Luke die Schlafzimmertür auf und kroch bäuchlings zur Treppe.

Dort zog er sich hoch. Der Blick nach unten machte ihm Freude und zugleich Angst. Er schob den Fuß über die Kante, doch im letzten Moment machte sein Vater einen Hechtsprung und packte ihn.

Damals war er nicht mal ein Jahr alt gewesen. Luke weiß, dass die Erinnerung ihn nicht trügt. Er hatte noch nicht laufen gelernt.

Selbstmord im Alter von einem Jahr. Und Luke Roy war immer noch ein Jahr alt.

Wie, zum Teufel, sollte er das – wem auch immer – erklären?

Ihm bleibt nur, dafür zu sorgen, dass er es richtig macht.

Er wird nicht springen, sondern etwas anderes versuchen.

Er will sich mit den Armen ans Gerüst hängen und warten, bis ihn die Kraft verlässt, wie ein immer dickerer Tropfen an einem Wasserhahn, der sich so lange dehnt, bis er sich löst.

Er wird nicht zielen: Er wird das Ziel sein.

Direkt in eine wachsende Zielscheibe fallen, die er nicht verfehlen kann.

Drei Sekunden lang Stille.

Ein Platschen, das niemand hört.

Durch die Lücken in den immer dichteren Dunstsprenkeln kann er den Fluss erkennen. Bald wird er für ihn unsichtbar sein. Er kann nicht springen, ohne zu sehen, wo er landen wird – ohne zu wissen, ob ihm beim Sturz noch eine Sekunde bleibt, ob er noch Zeit für einen letzten Gedanken hat. Er will nicht im Nebel sterben.

Doch der Nebel hat schon das Geländer berührt. Die Stützpfeiler unter den Betonplatten dürften schon darin eingehüllt sein.

Das graue Gewaber erreicht seine auf dem Geländer stehenden Stiefel und windet sich seinen Körper hinauf. Ein Schal kreist unter seinen Armen und umfängt seine Brust, umarmt ihn ohne Berührung, die singenden Hände in einer Oper.

Ja, es ist besser, den Augenblick selbst zu wählen, als ihn wählen zu lassen. Er hebt die Arme, um das Gleichgewicht

besser halten zu können, und spürt die Bewegung einer großen Stille. Er beugt die Knie. Seine Arbeitsstiefel rutschen ein
bisschen, denn die Sohlen sind steif.

Der erste Hauch von Angst. Die Angst, wie der Mann in
Mississippi im Schlamm festzustecken.

Im Dunst hat er die Felsen aus den Augen verloren, doch
plötzlich sieht er den Fluss wieder. Was für ein winziges Ziel
von hier oben, eine graue Linie, die auftaucht und wieder erlischt.

Zeit, diesen Unsinn zu beenden.

Er lässt sich aufs Geländer hinab und setzt sich – das ist
zum Springen sicherer; er kann nicht ausrutschen, und der
Fluss bleibt unter seinen baumelnden Füßen. Er wird direkt
aufs Wasser treffen. Nicht an die Hänge prallen und halbtot
unten landen.

Luke Roy kommt in Bewegung. Er ist ein Metronom, hin und
her, einmal, zweimal, schneller, hin und her, er nimmt Tempo
auf, und nach dem letzten und weitesten Schwung atmet er
tief ein, legt die Hände auf die Knie und lässt sich fallen.

10.

Menschen kommen mit einer Eidechse im Gehirn zur Welt.

Sie hockt unter einem Stein im Hinterkopf. Sie war schon
da, bevor der Mensch auf zwei Beinen stehen konnte. Vielleicht regt sie sich nur einmal im Leben – vielleicht auch nie.
Ihr Augenblick ist gekommen, wenn es ums Ganze geht.

Die Eidechse traut nur sich selbst.

Kein Grund, dir auf die Schulter klopfen zu lassen. Nicht du warst es, der so unglaublich schnell reagiert hat.

Der erste Sekundenbruchteil von Lukes Sprung umfasst seine ganze Kindheit. Der Hunger, das Füttern, die Wärme, die Kälte, im Arm gehalten, schlafen gelegt werden – alles läuft vor seinem geistigen Auge ab, kompakt und schnell wie eine sich drehende Wählscheibe.

Als er die Mitte des Geländers erreicht, sieht er, wie anstrengend es als Kind gewesen sein muss, die kleinen Fähigkeiten zu erlernen, über die er gar nicht mehr nachdenkt. Dass er wochenlang brauchte, um einen Löffel zu halten, wochenlang, um ihn zum Mund zu führen. Wie er den Berg seines Körpers erklomm, um stehen und laufen zu können, nachdem er zu Boden gesackt war und geweint hatte; wie er seinen Händen die Möbel hinauf folgte und es von neuem versuchte.

Als er den letzten Teil der Brücke vor dem gähnenden Abgrund erreicht – die Betonplatte unter dem Geländer –, sieht er keinen Fluss. Unter ihm ist nur Nebel.

Sein rechtes Handgelenk und die Schulter haben das meiste abbekommen. Als er sich dreht, brennen sie wie kochendes Wasser. Er ist jetzt ein anderes Metronom, schwingt von Schmerzen zu noch größeren Schmerzen. Tausend rotierende Klingen schneiden in seine Haut.

Wo ist er?

Vielleicht fällt er ja immer noch. Er verlängert die letzten Sekunden seines Lebens mit edlen Gedanken an Selbstrettung, bis der gewaltige Aufprall auf Stein alles beendet, was er kennt. Vielleicht ist so das Leben, das die Toten noch lange ertragen müssen, nachdem sie auf den Felsen aufgeschlagen sind. Ein Sturz, bei dem sie nirgends landen, nie den Tod finden können.

Luke Roy hängt in der Luft, kann sich aber nicht erinnern, nach irgendetwas gegrapscht zu haben. Doch die Qual ist zu konkret.

Er hat tatsächlich nach dem Geländer gegriffen.

Er schaukelt über dem tiefen Abgrund und lauscht dem Knarren der Stangen, die ihn festhalten. Seine Haut ist Dunst. Von der Schwerkraft ist er nur durch vier Finger und einen Daumen getrennt, gebündelt in einer Faust, die am feuchten Eisen herunterrutscht.

Wie beruhigend es ist, keine Wahl zu haben, nur diese zarte Verbindung zur Welt – die Finger, die er nicht sehen kann, um eine Stange geschlungen, die er nicht sehen kann, über einem Fluss, den er nicht sehen kann.

So muss das Leben einer Pflanze sein, denkt er.

Die Feuchtigkeit, die sie ernährt, die Wärme, die vorhält, bis die Kälte kommt.

Nicht zu wissen, wo die Grenze des Wetters liegt, wann die Sonne scheinen, wann es regnen wird. Die Musik des Windes und der Duft, den er mit sich führt. Die zarten Wurzeln, die die Erde festhalten wie eine Wolke, die sie nicht sehen kann.

Seine Füße in den Stiefeln sind taub, er stampft, um sie wieder zu spüren, tritt aber nur den Nebel, der sich kurz lichtet und dann wieder schließt. Seine Finger gleiten bis zum Mittelgelenk. Er wird sterben.

Der Fluss ist still. Er weiß immer noch nicht, in welche Richtung er fließt. Wenigstens muss er nicht auf seinen Todestag warten. Dieser Tag ist jetzt da. Er befindet sich auf der gefährlichen Seite der Brücke, und egal, wo er aufs Wasser trifft, es ist vorbei.

Er ist mit der Reihenfolge des Erinnerns beschäftigt. So muss es sein, das Leben loszulassen. Ja, er hat sich hinabgestürzt – und ja, er ist gefallen. Doch er wollte nicht in einen Abgrund springen, den er nicht sehen konnte. Er wollte ins Dunkel eintreten, aber nicht im Dunkeln. Und so hat ihm der Nebel das Leben gerettet.

Und jetzt, ohne jegliche Hoffnung, am Leben zu bleiben, will er nicht sterben.

Die Zugkraft von unten wächst, es ist, als würde jemand an seinen Knöcheln hängen. Sein Griff ist nur noch ganz locker. Ein Schwarm Gänse rauscht über ihm vorbei. Er glaubt, er hat sie durch den Dunst gleiten sehen. Sie sind nur noch schnatternde Flecken, schon Hunderte Meter weit weg.

Er versucht umzugreifen und widmet sich einer neuen Wahrnehmung: der menschliche Finger.

Was für eine Kraft. Er hängt nur noch am letzten Fingerglied, direkt unter dem Nagel. Vor diesem Morgen war das ein völlig unbedeutendes Detail – drei Fingergelenke zu haben. Drei Chancen. Greifen, drehen, drücken, auswählen, verstärken. Vierzehn Gelenke an jeder Hand.

Die Natur hat das bei Hunderten Millionen von gelebten Leben ergründet. Das sind Lukes letzte Gedanken.

Der Dunst erzeugt eine tödliche Stille.

Luke kann die Brücke nicht sehen, an der er baumelt – eine riesige Brücke, nur einen Meter entfernt. Er kann seine Beine nicht sehen. Er schaukelt stärker, und als seine Finger den Halt verlieren, schwingt er die Stahlkappe seines Arbeitsstiefels zum Geländer hinauf. Er hakt den Stiefel so tief ein, dass er ihn festhält. Offenbar hängt er kopfüber, denn das Blut in seinem Kopf fühlt sich schwerer an. Er kann unmöglich zu den Felsen hinabstürzen, sonst würde er den Gegenwind spüren. Trotzdem hat er panische Angst und grapscht nach dem Nebel, aber falls er tatsächlich fällt, ist es zu spät. Auch wenn sein Gehirn den Sturz noch mal durchspielt, während er besinnungslos auf den Felsen liegt, ist es zu spät.

Der Wind lässt nach. Ohne den sanften Druck der Luft an seinem Gesicht kreisen seine Gedanken. Vorwärts ist links oder rechts, hinter ihm oder unter ihm. Luke ist im Bauch eines orientierungslosen Geschöpfs, das mit der gleichen Leichtigkeit über Meer und Land gleitet. Es weiß nicht, wo es sich befindet, und schert sich auch nicht darum.

Er könnte ein schwereloser Patient im Krankenhaus sein, der einen halben Meter über dem Boden auf einem fahrbaren Bett liegt. Das Kissen und die Decken sind kühl. Krankenschwestern gehen flüsternd auf leisen Sohlen die Flure entlang, in denen es von tragbaren Maschinen wimmelt. Manchmal wird der Vorhang um sein Bett beiseitegeschoben, und warme Finger messen seinen Puls. Graue Benommenheit in einer grauen Welt.

Er spricht es laut aus: »Ich hänge kopfüber.«

Er hört seine Stimme aus dem Leichentuch sprechen, hört die Worte ohne eine Verbindung zu seinem Mund. Er befindet sich in einem trostlosen Moor mit tiefen Tümpeln, ohne eine Laterne, der er folgen, ohne einen Untergrund, den er überqueren könnte.

Er ergreift den Stoff am Knie seines verkeilten Beins. Faust um Faust zieht er sich an seiner robusten Arbeitskleidung hinauf, bis er einen Ellbogen ins Gestänge haken und sich festhalten kann. Für einen Augenblick drückt er das Gesicht ans Geländer. Ja, wirklich Eisen. Er ist noch oben. Er ist nicht hinabgestürzt, und das hier sind keine Felsen. Mit der Entschlossenheit der Hoffnungslosen arbeitet er sich mit den eingehakten Ellbogen nach oben und lässt sich auf die Brücke fallen, bleibt flach auf dem Rücken liegen, die Fingerspitzen zwischen die Planken geklemmt.

Der Dunst umhüllt die Luft über ihm. Egal, ob seine Augen offen oder geschlossen sind, er sieht keinen Unterschied.

Es ist wieder jener Sommertag, als er vierzehn war, an dem ihn das grüne Treibgut in die Tiefe hinabzog und er nach seiner Rettung auf dem Boden des Ruderbootes lag.

Der Tag war sonnig, und er war in Gesellschaft.

Heute ist es trüb, und er ist allein.

Es ist, als wäre von damals bis heute keine Zeit vergangen. Zahllose Wochen später, und er ist keinen Tag älter.

11.

Die Brücke ist in Nebel gemalt.

Für einen Betrachter dürfte Luke Roy wie das Relief eines Mannes Ende dreißig aussehen, der mit dem Rücken am Geländer lehnt. Jemand, der an einem kleinen ländlichen Bahnhof auf einen Zug wartet. Ein Porträt auf ovalem Untergrund, eine Kamee, die in der Taschenuhr des Stationsvorstehers zum Vorschein kommt, sobald er den Deckel aufklappt.

Luke sehnt sich danach, dieser Mann im Seitenprofil zu sein, geborgen auf einem Bild, das jemand liebt. Der Mann starrt blind zu dem riesigen, perlweiß schimmernden Zifferblatt hinüber, das so groß ist wie er, zu den kunstvollen Stunden- und Minutenzeigern, die geräuschlos über die prächtigen, kreisförmig angeordneten Onyxzahlen gleiten. In einer geschlossenen Taschenuhr ist man sicher. Dort kann man die Zeit nicht sehen, die einem ins Gesicht schaut.

Die graue Gletscherwelle, die sich am Rand der Bucht aufgetürmt hat, hat ihre Ketten abgeworfen. Sie hat die Sonne ausgelöscht und ist über eine fünfunddreißig Meter hohe Brücke – die Masten nicht mitgerechnet – hinweggespült.

Jeden Abend steckt Luke sich für den nächsten Tag nach der Arbeit eine Zigarette in die Hemdtasche. Er zieht sie heraus. Krumm, aber unversehrt.

Heute hat er mit der Zigarette etwas anderes vor. Sie soll sein Leuchtturm, seine Laterne sein.

Er knipst das Feuerzeug an, und über der Flamme leuchtet der Nebel in einem kleinen orangefarbenen Schirm. Seine

Hand ist fast gänzlich verschwunden. Als er an der Zigarette zieht, sieht er den Hauch eines Sonnenuntergangs auf einem expressionistischen Gemälde, den pulsierenden roten Strahl an einer Küste.

Wie lange hält eine Zigarette? Darüber hat er nie nachgedacht. Vielleicht kann er ihr Verglimmen hinauszögern, wenn er seltener daran zieht, bis die Luft wieder klar ist.

Das ist von einer Zigarette ziemlich viel verlangt.

Der Fluchtweg zu beiden Rampen ist in ein Tröpfchengewitter gehüllt.

Die gesamte Brücke ist verschwunden.

Luke versucht, sich an die Einzelheiten zu erinnern: Wie breit sind die Gleise? Gibt es auf beiden Seiten noch einen Fußweg, dessen Untergrund betoniert ist? Die Holzplanken könnten morsch sein, und er könnte in den Abgrund stürzen oder mit ausgestreckten Händen ins Leere treten, weil das Geländer an dieser Stelle verfallen ist.

Er wird nicht an den Gleisen entlangkriechen und sich mit den Händen vorantasten wie eine Holzameise mit ihren Fühlern. Die Brücke wurde schon vor Jahrzehnten den Elementen überlassen. Sie war dem Regen, der sengenden Sommerhitze und den zehrenden Winterwinden ausgesetzt.

Die Zigarette ist zu Ende geraucht. Das waren keine zehn Minuten. Doch das kann er nicht genau wissen.

Er wird abwarten.

Es wird kälter, und er fängt an zu frieren. Die Polyesterjacke bringt nichts. Sie speichert eher Feuchtigkeit als Wärme. Beim leisesten Anzeichen eines Geräuschs wirft er den Kopf nutzlos hierhin und dorthin – diese giftige Luft dient als Mikrofon für das Unsichtbare. Er hustet den pelzigen Schleim aus, der seine Kehle im Würgegriff hat. Berührt mit der Nase seine Knie, ohne sie sehen zu können. Er stampft wieder mit den Stiefeln und hört das dumpfe Geräusch – diese Planken halten ihn bei Verstand. Ihm fällt nichts ein, was er singen könnte. Die panische Angst schnürt ihm das Blut ab, und er fühlt sich matt, wie wenn ihm in der Beleuchtung des Supermarkts schwummerig wird und er den Einkaufswagen am Griff packt und so tut, als wäre alles in Ordnung. Diese Angst kann niemand sehen.

Er glaubt, er ist tot. Nur die Toten könnten diese Verwirrung kennen. Eine Welt, die leer, unsichtbar, schwach erleuchtet ist, all seine Sinne schärfer, aber keiner zu gebrauchen.

Luke konnte als Kind nie gut schlafen. Vielleicht wusste er unwillkürlich, dass sein Leben nur kurz sein würde. Da waren keine Monster und keine Stimmen. In stürmischen Nächten kratzte es nicht am Fenster – aber sobald das Licht ausging, fürchtete er sich vor dem leeren Raum ringsum.

Es begann, als er erst ein paar Jahre alt und dem Tod näher als dem Leben war. Er hatte keine Angst zurückzukehren. Er hatte Angst, hier zu sein. Das ist das Einzige, was er unbeschädigt aus seiner Kindheit mitgenommen hat. Der Zustand vor seiner Geburt fühlte sich besser an, als am Leben zu sein.

Er war zu ängstlich, um nach seinen Eltern zu rufen. Im Dunkeln wurde sein Schlafzimmer zu einem Raum ohne Wände, so riesig, dass es zwecklos war, sich zu verstecken. Das Zimmer war verschwunden, das Haus war verschwunden. Es herrschte Dunkelheit und dann noch mehr Dunkelheit, deren Gespinst sich von den Decken her ausbreitete, und unter ihm war eine unermessliche Tiefe.

Wenn er aufstünde, würde er in die Ewigkeit stürzen.

Er schwebte auf einem Bett, das in einem leeren Universum trieb. Wenn er ein Geräusch machte, würde das Universum wissen, dass er existierte, und auch ihn beseitigen.

Er hatte keine Lust, es seinem Vater zu erzählen, denn der würde nur durchs Zimmer traben, die Tür des Wandschranks aufreißen und hineingehen. Es würde ein kurzer Tumult folgen, dann würde er brüllen: »Lass dich bloß nicht mehr blicken!« und wieder herauskommen. »Ich glaube nicht, dass der Kerl dir noch mal Probleme macht.«

Sein Vater kannte sich gut mit Gewichten, Maßen und Materialien aus, aber nicht mit Menschen.

Mit sechs Jahren erzählte Luke seiner Mutter, er habe das Gefühl, nachts nicht allein zu sein. Er werde an einen körperlosen Ort versetzt, und es gebe keinen Weg zurück ins Haus. Als er ihr das erzählte, stand sie in der Diele und wollte gerade los. Er kann sich an ihre Gesichtszüge erinnern, weiß noch, dass sie bei seinen Worten ganz weich wurden.

Als Luke allmählich so alt wird, wie sie damals war, bekommen seine Erinnerungen an sie eine größere Bedeutung. Im Lauf der Zeit hat er die Tatsache, dass sie einfach zugehört hat, schätzen gelernt.

Sie versuchte nicht, es kleinzureden. Sie ließ die Worte eines Kindes als Wahrheit gelten.

Als sie an jenem Abend nach Hause kam, stieg sie die Treppe herauf und schaltete das Licht an. In den Händen hielt sie ein

Bild, das sie auf einem Flohmarkt erstanden hatte. Vielleicht hatte es jemand am Straßenrand gemalt, um sich etwas zu essen kaufen zu können.

Es war ein Wüstenmotiv, zwei Drittel Gelb mit Blau darüber als Himmel. Vier auf Kamelen reitende, verhüllte Gestalten hintereinander auf dem Kamm einer Düne. Bei einer so weiten Strecke haben sich diese Reisenden wahrscheinlich ganze Bücher eingeprägt, während sie durch den Wüstensand zogen. Luke stellte sich unbekannte Genies vor, die gelbe Hänge überquerten und stundenlang kein Wort sprachen, Träumer, die im sanften Schreiten eines Kamels unter einem tranceartigen Himmel trieben.

Die langsam wogende Karawane auf den unbeständigen Hügeln brauchte weder Karte noch Sterne. Am Ende des Tages kamen sie zu einem Kreis aus Steinen, um dort das kostbare Wasser aus einem Eimer zu trinken, den sie in eine verborgene, unterirdische Quelle tauchten. Dieser Brunnen war nicht einmal ein Pünktchen in der flimmernden Hitze, doch nach zwanzigtausend Schritten steuerten die Kamele, ohne gezogen oder angetrieben zu werden, direkt darauf zu.

Im Hintergrund drängte sie eine schattige Oase mit kühlem Wasser, die Richtung zu ändern – denn dort war das Wasser. Doch die Karawane zog weiter. Die Fata Morgana war der Geist eines verschütteten Meeres, das unter der Erdoberfläche fortbestand und noch immer von Schwimmern träumte.

An jenem Abend war das Letzte, was er sah, bevor das Licht ausging, ein hundertfünfzig mal sechzig Zentimeter großes Gemälde, das am Ende seines Bettes an der Wand hing.

Er erwachte in der stockdunklen Finsternis, während er aus dem Zimmer trieb. In der endlosen Nacht hielt er Ausschau nach fernen, funkelnden Lichtern.

Und dann erblickte er das Bild an der Wand, dessen gelber Umriss in einer schwerelosen Welt schwebte. Es lockte ihn nach und nach zurück in sein Zimmer. Er starrte es an, bis er einschlief.

Vier Kamele, die den Weg kannten.

12.

Luke sieht, wie eine Lücke aufreißt – das ist die Sonne.

Er erhebt sich und geht vorwärts, doch der flüchtige Anblick war eine optische Täuschung. Er streckt die Hand aus, um nach dem Geländer zu tasten – es ist nicht mehr da. Wie viele Schritte hat er gemacht? In welche Richtung ist er gegangen? Und wenn er denselben Weg zurückgeht, in welche Richtung wird er sich dann bewegen? Von der Kante weg – oder darauf zu? Er wagt es nicht, aufzustampfen, weil er nicht weiß, wie stabil die Planken sind.

Er könnte auf dem Kopf stehen.

Der Nebel bezwingt sein Vermögen zu atmen. Es war ein Fehler, sich umzudrehen. Er muss noch immer in einer von dichtem Nebel durchdrungenen großen Feuchtigkeit warten, nur dass er jetzt nicht mehr weiß, wo auf der Brücke er sich befindet.

Die Warnung war auf dem Bild zu sehen: Das ist der Grund, warum es ihm eben von der Schlafzimmerwand seiner Kindheit vor Augen getreten ist.

Zu spät – nach all den Jahren hat er die Lektion nicht verstanden.

Jedes Mal, wenn ein Sandsturm über den Himmel fegt, lassen die Nomaden in der Wüste ihre Kamele niedersinken. Während die blendenden Winde peitschen, bleiben sie in der Richtung liegen, der sie vor dem Sturm zugekehrt waren. Sie wissen, dass sie danach die neue Sandlandschaft, die sich vor ihnen erstreckt, nicht wiedererkennen werden. Dass sie ein Land ohne Spuren vorfinden werden, eine ausgelöschte Reise.

Doch in all dieser Fremdheit werden sie nicht verloren sein.

Körperlos in einer Wolke sitzen. Er wird nie erklären können, wie das ist. Wie schnell alles nicht mehr da ist, wo es sein müsste.

Manche Leute kennen das.

Er hat sie in allen erdenklichen Nächten über die Stadt gleiten hören, die Piloten, die kleine Flugzeuge in fünfzehnhundert Metern Höhe über die Weiten Maines steuern.

Die Piloten haben diese Strecke hundertmal zurückgelegt. Sie sind in Kriegen geflogen. Nachts orientieren sie sich an den Lichtern entlang der Küste – am Leuchtturm, den Umrissen der Flüsse und Buchten, die von den umliegenden Häusern beleuchtet werden.

Von dort oben gesehen, ist das Land selbst die Karte.

Über die Landschaft verstreut, hören die Leute, dass oben eine einzelne Maschine vorbeifliegt. Sie sehen, wie die blinkenden Lichter aus einer dünnen Wolkendecke in den klaren, sternenbedeckten Himmel tauchen. Sie wissen, ihr Haus ist ein Licht, das dem Piloten den Heimweg zeigt. Und wenn das Flugzeug regelmäßig verkehrt, wissen sie ziemlich genau, wie spät es ist, wenn sie von den Feldern aufblicken.

Wenn dichte Wolken aufziehen, ist der Blick aus dem Cockpit ein lückenloses schwarzes Knäuel aus Boden und Himmel – dreihundertsechzig Grad derselben Richtung. Die Piloten fliegen blind. Da sie sich nicht ausschließlich auf die Instrumente verlassen wollen, beschließen sie, über das Wetter hinaufzusteigen. Sie ziehen den Steuerknüppel nach hinten. Sechshundert Meter, und sie haben freie Sicht. Die Sterne sind über ihnen, dann liegt der Boden in der entgegengesetzten Richtung; die Sterne dürften ihnen auch Orientierung bieten.

Sie glauben, aufrecht zu sitzen und aufzusteigen, fliegen aber auf dem Kopf und rasen mit sechshundertfünfzig Stundenkilometern aufs Meer zu. Während sie noch Pläne für den Abend machen, spüren sie die Geschwindigkeit, ohne den Sturzflug aufhalten zu können. Sie durchstoßen die Wolkendecke, sehen den Boden und zerschellen.

Luke will bloß die Brücke überqueren und zur Arbeit gehen.

13.

Der Nebel ist an den Rändern zerfranst. In der grauen Suppe reißen Löcher auf, wie verbranntes Papier mit eingeflochtenem Sonnenlicht. Diesmal ist die Sonne wirklich da. Sie funkelt auf seinen Händen.

Luke wartet, und der Schleier hüllt wieder alles ein. Er hat noch nie ein so strahlendes Licht gesehen. Er könnte es durch einen Strohhalm saugen, und es würde nach Erdbeere mit dem Duft von frischem Laub schmecken. Nach dem Lichtblitz erreicht ein Motorengeräusch den Nebel, und da weiß Luke, dass der Strahl ein Düsenflugzeug hoch oben in der fadenscheinigen Sonne war, der Rumpf für einen Augenblick orange beleuchtet. Ein großer Jet aus Europa, bei dieser Höhe vermutlich unterwegs nach Chicago oder Toronto.

Am Beginn des Sinkflugs auf achttausend Metern schrecken in den winzigen Fenstern die Köpfe beim Lärm der durch die Gänge holpernden Wagen aus dem Schlaf. Die Flugbegleiter schieben Tabletts mit Käse und Kaffee auf die Ausklapptische. In ihrer Benommenheit gleichen sie Höhlenbewohnern mit Essbesteck, die sich mit achthundert Stundenkilometern fortbewegen.

Er könnte schon bald auf dem Pfad am anderen Ufer zur Stadt zurückgehen und sich flussaufwärts zur Fabrik begeben, zu einem Kliff mit Blick auf Ross Point.

Luke kommt zu dem Schluss, dass es zwischen neun und zehn Uhr morgens sein muss. Er ist spät dran.

Die ersten Maschinen laufen für einen arbeitsreichen Freitag bei Enterprise Cheese warm. Luke bedient die Greifarme, die Zweihundert-Kilo-Stücke gelben Rohkäse auf eine Stahlplattform heben. Ein von waagerechten und senkrechten Messern gesäumtes Fließband schneidet und würfelt sie auf dem Weg zur anderen Seite der Fabrik, wo die Portionen vakuumverpackt und mit dem Fluglinienlogo – vor allem Lufthansa und Delta – bedruckt werden. Die ersten Lastwagen dürften mittags eintreffen, um alles zum nächstgelegenen Großflughafen zu transportieren.

Ludovic, der verbiesterte Fabrikleiter, fragt bestimmt schon, ob jemand Luke Roy gesehen hat.

In einer Stadt mit einem einzigen großen Arbeitgeber ist das ein Job, den er nicht verlieren darf.

Die Kantine liegt in der vierten Etage.

In der Blütezeit der Papierfabrik war der Raum mal ein großer Konferenzsaal. Jetzt stehen dort nur noch ein langer Sperrholztisch und Klappstühle, drei Verkaufsautomaten, Kühlschränke und so viele Schränke, dass die Arbeiter ihre Tassen und Vorräte darin unterbringen können.

Das Fenster jedoch ist ein wahres Schmuckstück.

Die Brücke gehört zu der überwältigenden Aussicht, die Luke in den Pausen genießt: die beiden Masten und das Geflecht der Stahlkabel in der Morgen- und der Nachmittagssonne. Von dort oben hat man wirklich einen herrlichen Blick auf den Fluss, der an Obstgärten und Biofarmen vorbeifließt. An der Stelle, an der die Strömung sich der Mündung und dem dahinterliegenden silbrigen Meer zuwendet, hat sie durch Schlammablagerungen die Bucht gebildet, die den Serenity Pond umschließt.

An diesem Fenster stehend, könnte man meinen, man befände sich in einer europäischen Großstadt.

Im Juli und August schimmerten vor der Küste die Kreuzfahrtschiffe, auf denen sich Rentner drängten. Heute sind keine Kreuzfahrtschiffe zu sehen.

Luke ist überzeugt, dass niemand das Ganze aus der vierten Etage beobachtet. Die Arbeiter der Fabrik schuften sich unten in der Werkhalle ab. Es ist noch zu früh für die gestaffelten Kaffeepausen, die von Ludovic streng kontrolliert werden. Aber wenn sie am Fenster stünden, könnte es sein, dass es oberhalb der Nebelwand liegt und sie die silbernen Kabel der Brücke hervorragen sehen. Was für ein Anblick.

Ein weiteres tiefes Dröhnen von einem eingehenden Transatlantikflug. Er verfolgt das schwächer werdende Geräusch der Motoren – es entfernt sich nach Süden, vielleicht nach New York. Eine willkommene Ablenkung.

In Ross Point gibt es nichts, was den Blick eines aus dem Flugzeugfenster schauenden Passagiers fesseln könnte. So kommt es, wenn eine Lebensweise von der Landkarte verschwunden ist.

In der Innenstadt gibt es einen Eisenwarenladen und eine Drogerie, ein Lebensmittelgeschäft, zwei Pubs, ein Speiselokal, ein Café, das Rathaus, Fürsorgeämter, einen Billardsaal und drei Kunsthandwerksläden. Einen Kilometer entfernt steht ein riesiges Einkaufszentrum. Und am Stadtrand sind nur noch ein weiteres Lebensmittelgeschäft, eine Autowerkstatt, zwei Tankstellen und ein verriegelter Antiquitätenladen zu finden.

Dann ist das Städtchen zu Ende, und die Straße läuft weiter.

Sogar die Straße kann es kaum erwarten, Ross Point zu verlassen.

14.

In zwanzig Jahren haben zwei Katastrophen die Stadt heimgesucht, die ihre Seele zerstörten, die Gebäude aber verschonten.

Die Papierfabrik nahm 1871 den Betrieb auf. Sie verarbeitete Baumstämme aus den Great Woods im Norden zum Rohstoff für die großen Tageszeitungen an der Ostküste, bis nach Boston, New York und Philadelphia. Die Stämme, die Schneestürmen getrotzt hatten, verwandelten sich in das Rascheln von Zeitungsseiten in Zügen und Empfangshallen. Die Holzindustrie baute die Fabrik an einer Flussbiegung zu einer Kleinstadt aus. Im Lauf der Zeit stieg die Bevölkerung auf 5037 Einwohner an, die höchste Zahl, die sie je erreichen würde. Ein Job in der Fabrik wurde über Generationen weitervererbt. Das war die Zeit, als die Parkplätze an der Fabrik noch voller Autos waren, als es noch Bingosäle, fünf Restaurants und mehrere Kinos gab. Alle besaßen Geld, das aus der Fabrik stammte.

Als Anfang der neunziger Jahre die Verkaufszahlen der Zeitungen zurückgingen, kamen die riesigen Röhren und Turbinen zum Stillstand. Und die Kontrolleure, die den Fluss auf Giftstoffe untersuchten, wurden immer mehr und untersuchten immer öfter. Sie ließen sich nicht bestechen.

1996 machte die Fabrik schließlich dicht.

Kurz darauf folgte ein zweites Desaster.

Ross Point lag an der in Nord-Süd-Richtung verlaufenden Küstenstraße, und besonders an Wochenenden wimmelte es in der Stadt von durchreisenden Autofahrern, die Geld ausgaben und übernachteten. Doch die Straße war lebensgefährlich – sie führte an Buchten und Meeresarmen entlang und hatte mörderische Kurven. Wenn das Wetter umschlug und plötzlich Nebel auftrat, stieg die Zahl der Unfälle sprunghaft an. Als es hieß, dass eine Ortsumgehung gebaut werden solle, kämpften die Stadträte gegen das Projekt. Die malerische Küstenstraße würde von niemandem mehr benutzt und von künftigen Generationen vergessen werden, sagten sie – genau wie Ross Point.

Die Umgehung wurde trotzdem zehn Kilometer nördlich gebaut und der lebenswichtige Verkehr landeinwärts verlegt. Die Küstenstraße gab es noch, doch sie brachte der Stadt kaum noch Geld.

Sie war abgeschnitten.

Ein geplanter Hotelkomplex mit Casino wurde nicht in Ross Point, sondern in einer nördlich gelegenen Stadt namens Orchard errichtet, wo man einen achthundert Meter langen hufeisenförmigen Strand in die Südflanke des Ortes schnitt, gesäumt von zwei Felsspornen, die jetzt mit Cafés gespickt sind. Weiße und blaue Fahnen verleihen dem Wind eine Form.

Der Strand ist eine Goldgrube. Er bringt Touristengeld und Winterwanderer, Hotelgäste und Tagungen, die einen Ort in Schwung halten, wenn die Tage kurz sind. Abends sind die Pubs und die Fenster der Restaurants von Gesprächen erfüllt. Im Kino herrscht immer Hochbetrieb. Im Limestone Hotel trinken die Leute Glühwein und Apfelwein. Der abendliche Kamin brennt die Schärfe aus dem Seewind.

An Sommerabenden erzeugt Orchard seine eigene Himmelsfärbung. Das Geschrei aus den Spielhallen schallt die Küste entlang wie Sirenengesang.

Ross Point verwandelte sich in eine Spirale vereinzelter Lichter, von der Anziehungskraft des Nachbarorts angesaugt.

Das Einkaufszentrum ging pleite, weil es keine Kunden mehr gab. Der leere Parkplatz glich tausend lackierten Särgen. Auf den weißen rechteckigen Stellplätzen spross Gras. Fenster gingen zu Bruch und wurden nicht repariert, und der Regen blieb, wenn die Wolken längst weitergezogen waren. Er bildete Pfützen auf den Fliesen im Innern des Gebäudes. Die Jugendlichen, die dort Bier und Drogen konsumierten, sagten, nachts färbten die Flure sich grün. Das Einkaufszentrum war ein sinkendes Schiff. Das Meer holte es sich zurück.

Ein paar kurzzeitige Mieter überlebten: ein Zahnarzt, eine Spirituosenhandlung, eine Bürgerberatungsstelle, eine Pizzeria, die zusätzlich Grußkarten und Vintage-Kleidung feilbot.

1999 kaufte Enterprise Cheese die Papierfabrik und übernahm ein Fünftel der Arbeiter.

Die zwölf Stadträte, alles Nachfahren der früheren zwölf Stadträte, waren von dem Niedergang selbst nicht betroffen. Sie wohnten außerhalb der Stadt. Ihre Gärten blickten auf offenes Gelände mit sanften Hügeln. Andere wohnten in Häusern mit Blick auf die grünen Ränder der Chandler Bay.

15.

Der Fluss kommt in Bewegung. Luke hört das Schwappen und Gluckern. Wenn der Rückzug in vollem Schwung ist, strömen die Wassermassen unter der Brücke, und schon bald dürfte das Singen der Steine in den brodelnden Wellen zu hören sein.

Der Wasserfall ist ins Rollen gekommen.

Ein Sprühregen benetzt den Weg inmitten des dichteren Nebels.

Luke erblickt einen Teil der Felder ringsum. Das andere Ende der Brücke taucht auf und verschwindet wieder. Seine Kehle ist nicht mehr zugeschnürt. Er kann sehen, wie sich seine Stiefel vom Dunst befreien. Einer steht auf den Gleisen, der andere auf dem Fußweg. Er dreht sich langsam um. Das Geländer ist etwa vier Schritte hinter ihm. Er kann es sehen.

Doch Luke wagt nicht, sich vom Fleck zu rühren. Der Orientierungspunkt wird verschwinden, bevor er dort ankommt. Er kann die flussaufwärts gelegene Stadt nicht hören – vielleicht hat der Nebel auch sie eingehüllt, und das ist der Grund für die Stille.

Seine Erleichterung wächst, als das Gewaber von Licht durchzogen wird. Er hört wieder Möwen. Sie waren still. Seine rechte Hand nimmt allmählich Gestalt an. Er führt sie ans Gesicht und krümmt die Finger.

Das andere Ende der Brücke taucht auf. Er könnte hinübergehen, doch der Pfad, der am anderen Ufer flussaufwärts führt, liegt noch halb im Nebel.

Er kehrt zum Geländer zurück und beobachtet, wie die Felsen sich aus den Fluten erheben und das Wasser zum Meer zurückströmt.

Eine Möwe schwebt mühelos zu einem Felsen, die Beine gestreckt und die Flügel gekonnt austariert, um weich zu landen. Ein Schrei durchbricht die stille Luft, und sie zieht die Flügel ein. Zwei weitere Möwen gleiten aus dem dichten Nebel herab und lassen sich neben ihr nieder. Sie watscheln herum, führen ihren seltsamen Tanz auf.

Als kleiner Junge beobachtete Luke, wie die Möwen auf diesen Felsen nach ihren Geschwistern auf dem hohen, grasbewachsenen Ufer riefen, das auf gleicher Höhe mit der Brücke verläuft, und nach weiteren Möwen, die an der Mündung des Flusses in die Bucht über dem aufgewühlten Wasser kreisten.

Was für große Geschöpfe, die drei dort unten, die im sich lichtenden Nebel warten. Sie sind gekommen, um zu sehen, wie ein Mensch zu fliegen versucht. Er ist mit Möwen nie klargekommen. Sie stammen aus einer anderen Welt. Von den Laternenpfählen, auf denen sie Wache stehen, von den Feldern im Landesinnern, die sie bevölkern, sobald sie einen Sturm wittern, und von den Dächern, auf denen sie sich versammeln, scheinen sie stets einen zeitlosen Ort der Gewalt zu betrachten. Ihre eisigen Schreie gehören keiner menschlichen Dämmerung an. Sie sehen nicht die Welt, die Luke sieht.

Außer im dichtesten Nebel, der sich an die Felsen klammert, bilden sich immer mehr Lücken, aus denen die Sonne hervorschaut. Es wird ihm leicht ums Herz, weil er wieder hören und sehen kann.

Ein Wind umweht ihn von Westen, und jetzt klart auch die Bucht auf. Das strahlende Sonnenlicht ergießt sich in einem eigenen Wasserfall. Unter ihm ist die Geschwindigkeit des Flusses noch immer nur ein Geräusch: Die Strömung treibt ihn voran, der Pegel sinkt.

In fünfzehn Minuten wird der Fluss sein grausames Lied zu einer tosenden Flut rings um die Felsen entfesseln. Die Möwen kreischen endlos, überlappen sich in Wogen hallenden Lärms. Sie sind die ganze Strecke gekommen, um Zeugen zu sein. Na los, nun mach schon.

Aus dem Innern des wabernden Nebels dringt ein langer Verzweiflungsschrei, der gellende Ruf einer Möwe. Aber als sich der Dunst von den Felsen hebt, sieht Luke, dass die Vögel nicht mehr da sind. Wieder hört er den durchdringenden Schrei, ein Geräusch, wie es nur Neugeborene oder Sterbende zustande bringen.

Er läuft auf die andere, der Stadt zugewandten Seite und blickt auf das tosende, strudelnde Wasser. Die Schreie sind leise, aber eindringlich. Er spitzt die Ohren und schließt die Augen.

Das sind keine Möwen. Wenn das hier ein überfüllter Sommerstrand wäre, könnte das Kreischen von Kindern stammen, die am anderen Ende von einer Welle erfasst werden. Doch Luke steht auf einer öden Brücke, und es ist bald Winter. Weitere Schreie dringen in der immer klareren Luft an sein Ohr, lauter oder leiser in dem anschwellenden Lärm ringsum.

Plötzlich hört er einen langen, hoffnungslosen Schrei, der den Wasserfall übertönt. Gebrüll ohne Worte – es ist die Sprache der Panik.

Es würde zu diesem Morgen passen. Luke sieht noch mal nach.

Er rennt zu den Felsen hinüber: keine Möwen. Keine Möwen über ihm, keine Möwen auf den Feldern, die durch die Nebelfetzen zu sehen sind.

Der Lärm kommt von stromaufwärts.

Jemand schreit.

DER UNFALL

16.

Luke läuft zur anderen Seite der Brücke. Ein leichter Wind siebt den Nebel, der sich an den Fluss geschmiegt hat. Er wartet, bis sich seine Augen an den Anblick gewöhnt haben.

Auf dem Serenity Pond herrscht Aufruhr. Luke befindet sich so weit oben, dass er die ganze Szene beobachten kann. Ein Boot ist gekentert. Es sieht aus wie ein Amphibienfahrzeug, ein überdachtes Ausflugsboot, das bei gutem Wetter für kurze Fahrten benutzt wird. Im Wasser treiben kleine Punkte. Er sieht Kahlköpfe und weißes Haar. Das sind alte Leute.

Helfer laufen an den Schlammwänden entlang und werfen Seile und gelbe Schwimmwesten, die durch den Dunst fliegen. Luke sucht eine sinnvolle Erklärung, doch es gibt nur wenige Möglichkeiten: Aus irgendeinem Grund müssen sie im Nebel abgelegt haben. Sie haben irgendetwas gerammt.

Als das Boot sich wieder aufrichtet, strömt Wasser über das Deck. Das Dach bleibt an der Oberfläche, bis riesige Luftblasen hervorsprudeln: Das Boot dreht sich und geht unter. Solange es noch schwamm, hatten sie Hoffnung. Doch die hat sich zerschlagen. Sie wissen nicht, wie sie sich retten sollen, sind starr vor Angst.

Es ist eine Katastrophe im Kleinformat. Das Flehen der leisen Stimmen verwandelt sich in Geschrei.

Die Leute sehen den Tod vor Augen.

Ein Ruderboot kämpft sich zu der zerfransten Girlande aus Schreien und fuchtelnden Armen. Die Leute klammern sich daran fest.

Einige versuchen, sich zu retten. Ein Schwimmer löst sich aus der Gruppe und zieht eine kaum sichtbare Spur. Ein zweiter folgt ihm, wird aber von jemandem festgehalten, der zu ertrinken droht. Die beiden gehen unter, doch als der Schwimmer wieder auftaucht, hält er ein Seil, mit dem sie an Land gezogen werden.

Ein zweites Ruderboot ist neben den Schaulustigen an der Anlegestelle befestigt. Es ist leer und einsatzbereit. Eigentlich müssten sie längst abgelegt haben. Er könnte schwören, dass sie nichts anderes tun als glotzen.

Filmt da etwa einer von ihnen das Unglück?

Der Teich ist nicht weit von der Brücke entfernt – gerade mal zwei Minuten. Doch Luke dürfte zu spät kommen, um den Leuten im Wasser zu helfen, denn es ist jetzt schon zu spät. Alle, die überleben werden, wurden bereits gerettet.

Auf seinem hohen Beobachtungsposten regt sich sein Gewissen. Nur einen Steinwurf von den unnützen Schaulustigen entfernt, kämpfen diese alten Leute immer noch um ihr Leben.

Luke läuft zum anderen Ende der Brücke und rennt auf dem Pfad am Ufer in Richtung Teich, nur einen falschen Schritt vom Felsvorsprung entfernt. Sollte der tiefliegende Dunst, den er durchquert, eine Felsspalte sein, wird er den Hang hinab in den tosenden Fluss stürzen. Das Wasser wird ihn unter dieselbe Brücke schwemmen, von der er gerade fortläuft.

An einer Flussbiegung verlangsamt er sein Tempo, um sich im Nebel zurechtzufinden.

Der Teich ist ruhig.

Das eine Unglück, das er von der Brücke aus gesehen hat, zerfällt allmählich in mehrere Ereignisse, die nicht mehr miteinander verbunden sind. Auf der Schlammwand trösten zwei Frauen eine verstörte Gestalt in lilafarbenem Hemd. Ein Mann wird am grasbewachsenen Ufer wiederbelebt. Das Ruderboot bringt ein Gewirr aus Armen zur Anlegestelle.

In einer Stunde wird die kurze Tragödie ausgelöscht sein.

Plötzlich sieht er eine Gestalt in roter Jacke zu den Strudeln zwischen Teich und Fluss treiben. Die Strömung ist stark, und die Strudel sind in Aufruhr geraten. Die Jacke wird unter Wasser gesaugt, schnellt wieder hoch und treibt weiter.

Das ist eine Leiche. Die Gestalt ist so reglos, wie nur ein Toter es sein kann. Sie durchquert die Strudel und ist im Fluss. Luke sucht die Fluten nach einem roten Fleck ab und sieht ihn flussabwärts treiben, die Arme beiderseits ausgestreckt und eindeutig in Bewegung, aber das kommt vom aufgewühlten Wasser.

Das Gesicht ist weiß, wie der Schemen eines Gänseblümchens. Schwarzes Haar. Ein Jugendlicher. Luke glaubt, dass es ein Junge ist. Dieser leblose Friede in ihm.

Luke kann doch keinen Toten retten.

Der Junge ist in der Mitte des Flusses gefangen und wird dorthin treiben, wohin der Fluss strömt. Er wird unter der Brücke hindurchrauschen und kopfüber gegen die Felsen krachen.

Das Gesicht im Fluss kehrt sich ihm zu.

17.

Ihre Blicke treffen sich.

Die Gedanken, die Luke durch den Kopf schießen, sind unkoordiniert. Es ist unnatürlich, dem Tod ins Gesicht zu starren und keinen Finger zu rühren. Jemand muss ihm beigebracht haben, sich treiben zu lassen. Vielleicht hat er einen Plan. Er glaubt, dass die vor ihm liegenden Hindernisse ihn aufhalten werden – dass er sich aus dem Kessel befreien kann. Sein Leben wird an derselben Stelle gerettet, an der Luke sein eigenes beenden wollte.

Dieser Plan wird den Aufprall auf die Felsen nicht überdauern.

Der Junge ist nicht mehr weit entfernt.

Luke kann nicht von der Klippe springen, um ihn abzufangen. Es geht dreißig Meter tief hinab. Er wird in stetigem Abwärtsstrudeln zu nah an der Böschung bleiben. Falls er hinausschwimmen kann, wird er nicht rechtzeitig zu dem Jungen gelangen.

Sie dürften ein paar Meter voneinander entfernt ins Verderben treiben.

Doch die Arme des Jungen bewegen sich nach einem festen Muster, und sein Gesicht ist ihm immer noch zugekehrt. Die Tragödie macht eine Marionette aus ihm.

Oder ist er noch am Leben?

Luke musste an diesem Morgen nur eines tun – sich umbringen, indem er von einer Brücke in einen Fluss sprang.

Auch um den Jungen zu retten, muss er jetzt von der Brücke in den Fluss springen.

Luke läuft auf dem schmalen Pfad zu der Brücke zurück, der er offenbar nicht entkommen kann. Sie sieht so riesig und doch zerbrechlich aus. Das Gitterwerk und die Stahlkabel sind nur vor die Sonne gezeichnete Bleistiftstriche. Sie ist ein altes Bauwerk, das sich vor dem Blick auf die Bucht erhebt.

Er ist schneller als der Junge, weil er das Gespür für Geschwindigkeit nicht verloren hat – die Ellbogen dicht am Körper, reiner Vorwärtsdrang, kein Gedanke, der ihn bremsen könnte.

Noch vierzig Meter, dann dreißig. Ein Wettlauf zu den tödlichen Felsen.

Luke biegt auf die Rampe der Brücke und beugt sich der Steigung entgegen, als wäre es die Zielgerade vor einer jubelnden Menge. In der Mitte der Brücke wirft er einen Blick auf den herantreibenden Jungen und springt übers Geländer.

Luke Roy tritt in eine dreisekündige Leere.

Die Luft um ihn herum flattert.

Er ist in einer Welt zwischen Welten, in der sich die Zeit zwischen den Sekunden bewegt. Gedanken dauern hier eine Ewigkeit. All das verrückte Gerenne, nur um in einem Sprung, der unendlich lange dauert, aufgehalten zu werden.

Sein Leben zieht nicht vor seinen Augen vorbei. Er bereut nichts. Ihm fällt nichts ein, was er in Ordnung bringen könnte, wenn er am Leben bliebe.

Er erinnert sich, wie er an der Badezimmertür hing und sich gerade noch retten konnte. An dem Tag fand er heraus, dass das Sterben stets gleich ist, egal, ob geplant oder ungeplant. So endet es also. Das war die ganze Zeit seine Strategie, die er vor sich verborgen hat. Zu springen. Was für einen Wirbel er darum gemacht hat.

Das eisige Wasser schlägt die Fingernägel in seine Haut. Luftblasen strömen aus seinem Mund, Cartoondialoge eines Mannes, der nichts zu sagen hat.

Tiefer, tiefer.

Seine Stiefel berühren den Grund, und er ist ein Ton auf einem Keyboard, der in diesem herrlichen Zustand schwebt. Wie schnell die Gefühle, die ihm das Leben zur Qual gemacht haben, abgestreift sind. Wie unbedeutend sie plötzlich sind.

Er besteht nur noch aus Luftmangel. Noch nie hat er sich so lebendig gefühlt.

Als der sanfte Auftrieb vom Flussbett beginnt, wehrt er sich mit kreisförmigen Bewegungen seiner Arme.

Jetzt bleibt nur noch eins. Den Mund zu öffnen und den Fluss einzuatmen. Doch der Junge gehört nicht in diesen Fluss.

Luke streckt die Arme aus und strebt dem Licht entgegen. Als er aus dem Wasser auftaucht, schnappt er nach Luft.

Der Körper prallt gegen sein Gesicht. Luke packt die Jacke, und sie wirbeln umeinander auf die Brücke zu.

Er brüllt dem Jungen ins Ohr: »Alles wird gut!«

Er erhält keine Antwort. Der Körper ist schlaff. Die Armbewegungen waren nur ein Trugbild. Jetzt hält der Fluss sie beide gefangen. Luke strampelt nutzlos mit den Beinen und manövriert vergeblich mit dem freien Arm.

Der Schatten der Brücke zieht über ihm vorbei. Das ist sein Leben. Er schließt die Augen.

Seine rechte Schulter kracht gegen eine Felswand. Von der Wucht des Aufpralls wird er herumgewirbelt. Mit der Stirn prallt er an einen zweiten Felsen. An einem dritten kann er sich festhalten. Der Körper des Jungen treibt im Kreis und droht, ihn wieder in den Fluss zu schleudern, aber Luke wird nicht loslassen.

Eingekeilt zwischen den riesigen Steinen, ist er vorerst in Sicherheit. Er muss fünfzehn klirrend kalte Minuten warten, bis die Fluten sich wieder beruhigen. Wenn die Felsen ihn nicht festhalten, wird er im tosenden Wasser der vor ihm liegenden engen Schlucht sterben.

Er sieht nach, ob der Junge ein Lebenszeichen von sich gibt. Seine Augen sind unstet wie zwei pendelnde Waagschalen. Es sind die Augen eines Fisches, dessen Kampf zu Ende geht. Ganz kurz hatte Luke Hoffnung. Die Vorstellung, dass er hergekommen war, um ein Leben zu beenden, und stattdessen ein anderes rettete.

Bis zur Brust im Wasser, schiebt Luke den Jungen auf einen Felsen und kämpft sich auf den daneben. Die geringsten Kleinigkeiten sind seine Rettung: Die freiliegende Felswand fängt die Sonne ein. Der Flusspegel sinkt.

Er erinnert sich an das Wüstengemälde, das nachts an der Wand seines Schlafzimmers schimmerte. Er stellt sich die Kamele in einem gnadenlosen Sandsturm vor, wie sie unerschütterlich in dieselbe Richtung schauen wie vor dem Unwetter. Nach dem Sturm werden sie sich in den kaum wiederzuerkennenden Dünen nicht verirren.

Das Wasser kommt zur Ruhe, und wie an jedem Tag seit dreihunderttausend Jahren kehrt wieder Stille ein. Die Vögel singen.

Als Luke die Augen aufschlägt, steht die Sonne höher am Himmel.

Die Möwen sind wieder da. Sie schlagen mit den Flügeln und segeln von Fels zu Fels. Sie öffnen die Schnäbel und kreischen ungerührt.

Luke blickt hinüber: Der Junge sitzt mit gekreuzten Beinen auf dem nächsten Felsen.

Er deutet auf Lukes Stirn. »Das sieht schlimm aus.«

18.

Der Junge ist etwa fünfzehn; teilnahmslos sieht er zu, wie Luke sich die Stirn mit dem Zipfel seines Hemds abtupft. Dass der Junge noch lebt, ist bloß ein weiteres Ereignis an einem grotesken Tag.

Luke nickt. »Geht's dir gut?«

»Ja.«

Die Brücke ist ein Monster, das über ihren Köpfen schwebt.

Sie suchen sich einen Weg um die Felsen herum. In dem Teil der Schlucht, der das Sonnenlicht einschließt, setzen sie sich auf glatte Steine. Sie sind an einem Fleckchen Sommer.

Luke beobachtet die hüpfenden Insekten und die kriechenden Würmer. Die kennen den Fluss genau.

Was den Jungen betrifft – mit ihm scheint alles in Ordnung zu sein. Als würde er so was jeden Tag tun. An jedem anderen Tag hätte Luke das vielleicht seltsam gefunden. Nicht bei sich, sondern bei jemandem, der noch so jung ist.

Er streckt die Hand aus. »Ich bin Luke.«

»Paul.« Er deutet auf Lukes Stirn. »Das tut mir leid.«

Luke sieht, wie die Helfer den Pfad vom Teich entlangkommen. Ihr Geschrei wird im Kessel der Schlucht verstärkt.

»Ich höre einen Hubschrauber«, sagt Paul.

Der Hubschrauber fliegt dröhnend über das Fabrikdach flussabwärts. Im Steigflug über den Brückenmast. Luke sieht ein aufs Ufer gerichtetes Fernglas aufschimmern. Sie suchen nach dem Jungen. Der Hubschrauber macht wieder einen Bogen und landet zwischen dem Teich und der Brücke auf einem Feld. Uniformierte mit Arztkoffern steigen aus. Ein paar Helfer trotten mit entkräfteten alten Leuten auf improvisierten Tragen herbei.

Allmählich treffen die Schaulustigen ein, etwa sieben Personen. Sie versammeln sich am Rand der Böschung und starren in die Schlucht. Deuten aufgeregt hinunter. Sie haben Luke und Paul entdeckt. Dann klettern sie das mit Steinen, Schlamm und Wurzeln gesprenkelte Gras hinab. Sie haben beschlossen, die beiden zu retten, obwohl sie schon in Sicherheit sind.

Luke sieht sich nach einem Fluchtweg um. Er kann nur die steile Böschung hinaufklettern oder durch den Tunnel der Schlucht entkommen, und er betritt keinen Tunnel.

»Ich gehe jetzt«, sagt er. »Kannst du sie aufhalten?«

»Ich versuch's«, sagt Paul.

Luke nimmt den gegenüberliegenden Hang in Angriff. Auf halber Höhe blickt er nach unten. Die Gruppe strebt mit Flaschen und Kameras auf Paul zu.

Ein Mann in kurzer Hose richtet entschlossen ein weißes Rechteck auf den Hang. Die Sonne fällt auf das Objektiv, und Luke wendet sich zu spät ab. Die Steine in der Böschung zerbröckeln leicht. Von drei Schritten nach oben rutscht er zwei wieder ab. Seine Stirnwunde wird in den Kies gedrückt.

Die Schaulustigen rufen, er soll herunterkommen. Hinter sich spürt er einen Wall aus Kameras.

Ein Mann in kurzer Hose klettert ihm nach und kommt gut voran, ist schneller, bis er plötzlich den Halt verliert. Im Sturz windet er den Körper um sein Telefon.

Der Hubschrauber steigt von dem Feld auf. Die Rotoren lassen Kiesel aufspritzen. Luke drückt sein Gesicht an die Böschung.

Oben angelangt, reißt er einen Hemdärmel ab und schlingt ihn um seine Stirn.

Während er die drei Kilometer durch das Brachland nach Hause geht, weitet die Leere sich aus. Die Einheimischen sagen, dass hier nicht einfach absolute Stille herrscht. Sie sagen, es ist das Geräusch der verlorenen Leben.

Im Gehen trocknet sein Hemd von der Wärme. Er rupft eine Handvoll Gras aus, spuckt darauf und wischt sich das Gesicht ab. Unweit der Hauptstraße bleibt er stehen. Seine Knochen tun weh. Auch als er sich umdreht, um zu sehen, ob ihm jemand folgt.

Am Horizont ist die Brücke zu sehen. Sie ist nicht mehr als zwei Stäbe mit einem daranhängenden Faden, so gewöhnlich wie eine gesprungene Fensterscheibe.

19.

Luke betritt das Hausboot durchs Ruderhaus. Er verweilt in der kühlen Essecke und genießt den Komfort, nah bei allem zu wohnen, was er braucht. Er kann sich nicht vorstellen, mehr Platz zu benötigen.

Im Moment ist es sein Ziel, an einem einzigen Ort zu bleiben. Er besitzt ein Haus, das einen Schiffsrumpf als Fundament hat.

Leute, die in normalen Häusern wohnen, sind an eine Hypothek statt an Seile gebunden. Den größten Teil ihres Lebens sind sie zeitweilige Bewohner. Er weiß einfach nicht, ob er in einer belebten Straße mit einer Familie auf der anderen Seite einer angrenzenden Wand überleben würde.

Seine Mutter war eine versierte Amateurseglerin, sein Vater ein Architekt, der nach Augusta pendelte, um dort an der Universität zu unterrichten. Sie waren zwei Exzentriker, die den Schöpfergeist heirateten, den sie im jeweils anderen sahen, und der Mensch, der dazugehörte, war erträglich. Luke war für sie manchmal ein Sohn, manchmal nahmen sie ihn kaum wahr. Der Abstand zwischen ihnen war der Raum, in dem er aufwuchs.

Vor acht Jahren, an Lukes neunundzwanzigstem Geburtstag, verkauften seine Eltern ihr Haus und steckten das Geld in eine neue Fünfzehn-Meter-Segelyacht. Sie überließen ihm den zwölf Meter langen umgebauten Trawler als sein Zuhause. Einmal nahmen sie ihn mit auf einen Törn nach Jamaika und der Küste von Venezuela. In seiner Erinnerung an das Leben an Bord, dieses einzige Mal, dass sie irgendwo mit ihm hinfuhren, war die Yacht tagtäglich vom selben Meer umgeben. Das störte ihn nicht, denn er war bereits ein Experte für kleinsten Raum.

Das wahre Geschenk seiner Eltern an ihn war die Freiheit, die ihm das Boot verlieh. Doch ihr Vermächtnis war, dass er allein lebte.

Jeden Sommer brachen sie Anfang Juli auf, um in Küstengewässern und jenseits davon zu segeln. Dann lebte Luke wochenlang allein. Im August parkten sie den Wagen in der Einfahrt und kamen mit braunen Papiertüten in die Küche, als wären sie bloß im Laden gewesen.

Nachdem sie ihm den Trawler geschenkt hatten, sagte sein Vater: »Wir werden eine ganze Weile weg sein.« Seine Mutter schilderte ihm, wie die Mündung des Amazonas sein Süßwasser Hunderte von Kilometern weit in den Südatlantik spülte. »Ich hab gehört, man kann es mit den Händen aufschöpfen und einfach trinken«, hatte sie gesagt.

Für Luke klang das nach einem Geisterfluss im salzigen Meer.

An dem Tag, an dem er die beiden zum letzten Mal sah, gab sie ihm einen Kuss. Sein Vater umarmte ihn. »Mach's gut, Junge.«

Alle sechs Monate schickten sie Ansichtskarten aus irgendwelchen Anlaufhäfen in der Karibik oder südlich von Belize. Die letzte war vor knapp zwei Jahren gekommen, zu seinem fünfunddreißigsten Geburtstag: ein Foto vom Amazonas.

Ihre Unterschriften waren unleserlich. Sie hatten fünf krakelige Zeilen geschrieben.

In den langen Nächten in Maine denkt Luke oft, dass sie vielleicht tot sind. Jetzt fragt er sich, warum sie ihm mit solcher Klarheit und Wucht in den Sinn gekommen sind, lange nachdem er sie zum letzten Mal gesehen hat, an einem Tag, an dem er fast sein Leben beendet hätte.

Und plötzlich weiß er, warum.

An Wochenenden nahmen sie ihn zu der prächtigen Brücke mit.

Sie fuhren so nah heran wie möglich, parkten den Wagen und gingen, unbeschwert plaudernd, den Rest des Weges zu Fuß. Luke kann sich noch an den Geruch des warmen Bohlenwegs erinnern, an die Schlichtheit des Eisens. Doch sobald sie die Brücke betreten hatten, hörten sie auf zu reden. Er hörte ihre Schritte, das weit unten fließende Wasser und nichts anderes. Etwa eine halbe Stunde lang schenkten sie sich keine Beachtung. Sie waren Fremde, die sich zufällig zur selben Zeit dort aufhielten.

Bei Flut waren die Steine friedlich, und der berüchtigte Fluss hätte ein sanfter Wasserlauf sein können, der durch ein Liebeslied strömte. Seine Mutter blieb immer wieder stehen, um über den Rand zu blicken, wobei ihr langes Kleid im Wind wirbelte.

»Ich warte auf den Wasserfall«, sagte sie.

Sein Vater ging Pfeife rauchend auf den Gleisen entlang und zählte die Schwellen. Bei jedem Schritt formte sich in seinem Mund eine Zahl. Für ihn war die Brücke kein geringgeschätztes, verrufenes Bauwerk, kein schlechtes Omen, das man am besten mied. Sie war eine seltene Briefmarke, die in der unteren Ecke des Himmels über Ross Point klebte.

Er paffte und streckte die Pfeife dann zu den Kabeln hinauf. »Siehst du das, Junge? Das ist ein bautechnisches Wunder.«

»Das Rauschen, es geht los«, rief seine Mutter dann.

Sein Vater gesellte sich zu ihr. Beide blickten auf die aufragenden Zähne der Felsen.

In der Duschkabine steht er unter dem fließenden heißen Wasser. Zu seinen Füßen sammeln sich Schmutz und Blut.

Er wischt den Spiegel mit einem Handtuch ab und sieht die Verletzung: Aus seiner Stirn schaut ein Stück Knochen hervor. Die Wunde wird bereits schlimmer. Er berührt den kleinen Buckel, der den Krater aus Weiß und Rot umschließt. Spürt Nadelstiche in seinen Nerven. Er drückt eine antibiotische Salbe auf die Mullbinde, die er um die Schwellung wickelt und festklebt.

Plötzlich klingelt das Telefon, und der Anrufbeantworter springt an.

»Hier spricht Ludovic, Enterprise Cheese. Es ist Freitag, 11:35 Uhr. Sie sind gefeuert. Holen Sie am Montag Ihre Sachen ab.«

Luke füllt Eiswürfel in eine Socke. Er schaltet den Fernseher an, legt sich aufs Sofa und schließt die Augen. Seine Stirn ist glühend heiß. Die Binde sitzt fest, und die Wunde schmerzt bei jedem Herzschlag.

Eine schrille Melodie lässt ihn auffahren: eine Sondernachrichtensendung im Fernsehen.

Das Senderlogo ist *KTV5 Augusta*.

»Willkommen bei KTV5. Ich bin Gary Stevens.«

»Und ich bin Kate Sherry. Wir haben eine Eilmeldung aus Ross Point.«

»Unsere Reporterin Wendy Sullivan befindet sich am Schauplatz eines Bootsunglücks. Wendy, was wissen wir bis jetzt?«

»Kate, Augenzeugen haben berichtet, am Morgen sei auf einem hiesigen Teich bei dichtem Nebel ein Ausflugsboot gekentert, und danach habe man eine Person vermisst. Daraus hätte sich eine Tragödie entwickeln können, wäre es nicht zu einer außergewöhnlichen Rettungsaktion gekommen. Um 17:00 Uhr soll im Rathaus von Ross Point eine Pressekonferenz stattfinden.«

»Diese Pressekonferenz werden wir für unsere Zuschauer live übertragen«, sagt Kate.

»In der Zwischenzeit können wir Ihnen Filmmaterial von dem Unglück zeigen«, sagt Gary. »Das Ganze wurde von der Kamera eines Passagiers eingefangen.«

Auf dem Bildschirm erscheint eine schmale Nebelbank, die über einem Teich liegt.

»Verfolgt uns der Nebel?«, fragt eine besorgte Stimme.

Das langsam fahrende Ausflugsboot wird in Nebel eingehüllt, und das Video zeigt nur grauen Dunst. Die Stille endet mit einem Ruck und einem durchdringenden Schrei. Ein unsichtbares Durcheinander, während das Boot schlingert und Teller zu Bruch gehen.

»Wir sind in den Strudeln!« Das Knirschen einer Kollision ist zu hören. Der Nebel verzieht sich. Die Kamera fällt herunter, läuft aber weiter: flüchtig zu sehende Beine und

Schuhe von Leuten, die auf eine Seite des Bootes laufen. Das Boot kippt, und Wasser spült an Deck. Die Bilder rutschen, während alle auf die andere Seite laufen.

»Wir gehen unter!«

Der Bildschirm wird schwarz.

»Ich kann nicht schwimmen«, schreit jemand.

Die beiden Nachrichtensprecher starren kopfschüttelnd auf den Monitor zwischen ihnen.

Kate: »Augenscheinlich ein sehr chaotischer, erschütternder Vorfall.«

Gary: »Ein schlimmer Albtraum.« Er blickt auf. »Das waren Bilder von einem Bootsunglück in Ross Point, exklusiv auf KTV5 in Augusta. Nochmals, ich bin Gary Stevens.«

Er klopft kurz mit seinem Stift auf.

»Und direkt nach diesen Meldungen zeigen wir weitere unglaubliche Bilder«, sagt Kate.

20.

An der Tür des Ruderhauses klopft es. Ein freundliches Gesicht schaut herein.

»Wie geht's, Luke?«

Henry Moss sieht, dass Luke starr vor dem Bildschirm sitzt und sich eine mit Eiswürfeln gefüllte Socke an den Kopf hält. Henry rückt seine Goldrandbrille zurecht.

»Ich spüre eine gewisse Anspannung.«

Henry ist siebenundfünfzig und hat schütteres Haar und einen Stoppelbart. Seine Haut zeigt eine natürliche Bräune.

Als Broterwerb spielt er traditionelle Folksongs in einem irischen Pub. Er hat schon seit Jahrzehnten eine Erbschaft in Aussicht – die Farm seiner Mutter in Irland – und fragt sich oft laut, ob zu viele Jahre verstreichen, bis er sie genießen kann. Sein Leben ist fein über das Leben anderer verteilt. Einige seiner Habseligkeiten lagern auf Lukes Boot und im Nachbarhaus, das Nestor, einem weiteren Freund, gehört. Henry hat eine nebulöse Wohnung außerhalb der Stadt gemietet, die Luke noch nie zu Gesicht bekommen hat.

Henry nimmt seine Gitarre, die hinter der Lampe verstaut ist, und lässt sich aufs Sofa sinken. Als er Lukes Stirn sieht, ruft er: »Mein Gott, was zum ...«

»Ich bin gleich wieder da«, sagt Luke.

Ein hochgewachsener, schlanker Mann mit roten Haaren kommt hereingestürmt. »Auf der Brücke ist was Seltsames passiert.« Er schaltet den Ton lauter.

»Dreh leiser!«, ruft Luke.

Wie Henry ist Nestor mit Anfang dreißig aus Irland gekommen. Jetzt, mit dreiundfünfzig, wohnt er drei Minuten Fußweg über die Gemeindewiese entfernt, die direkt vor dem Hausboot liegt. Seine hintere Veranda blickt auf den Fluss. Er hat Geld, aber Luke weiß nicht, woher. Er putzt und ölt ein Fahrrad, das er nie benutzt. In seinem Dachgeschoss brennt ständig Licht, doch Nestor redet nie über das, was er gerade macht.

Sie sind Fremde, die auf vertrautem Fuß stehen.

Irgendwann wird Luke aufwachen und feststellen, dass ein Mensch namens Nestor nie existiert hat, und dann wird es auf schreckliche Art einen Sinn ergeben. Er wird feststellen, dass Henry Moss keine Wohnung hat und niemand in irgendeinem Pub jemals seine Musik gehört hat.

Doch an Tagen wie diesem, wo Nicht-normal-Sein die einzige Möglichkeit ist, die Ereignisse zu verstehen, ist Luke über ihre Gesellschaft froh.

Nestor ruft: »Es geht um die verdammte Brücke.«

Er starrt Luke an, als der in die Küchenecke zurückkommt.

»Was ist denn mit deinem Kopf passiert?«

»Ich bin gestürzt.«

Nestor setzt sich und deutet mit der Fernbedienung auf den Fernseher. »Na, dann macht euch mal auf was gefasst.«

»Wieso?«

»Ich hab gesagt, ihr sollt euch auf was gefasst machen.«

Ohne den Blick vom Bildschirm abzuwenden, holt Henry seine Sachen hervor und dreht eine Zigarette.

Als die Werbung zu Ende ist, ertönt die Erkennungsmelodie des Senders aus Augusta.

»Willkommen zurück bei der Berichterstattung zu einer außergewöhnlichen Geschichte, die sich in Ross Point zugetragen hat«, sagt Gary.

Kate: »Das ist exklusives Filmmaterial. Wir wissen inzwischen, dass ein Junge in den Fluss geriet und flussabwärts auf die Brücke ...«

Gary: »... und tödliche Felsen zugetrieben wurde. Sein Schicksal war besiegelt.«

Kate: »Bis Folgendes passierte.«

Ein Untertitel wird eingeblendet: WUNDER AUF BRÜCKE IN ROSS POINT.

»Nein«, flüstert Luke. »Nein, nein.«

Eine Handkamera zeigt eine Fernaufnahme der Masten und Stahlkabel der gewaltigen Brücke. Ein Mensch läuft zur Mitte der Brücke, springt, ohne zu zögern, in die Tiefe – ein, zwei, drei Sekunden – und kommt im Fluss auf. Die Kamera verharrt. Der Springer taucht auf und stürzt sich auf eine rote Jacke, die auf die Felsen zurauscht.

»Nein, nein, nein.«

Der kurze Film endet.

Im Studio sitzen die beiden Sprecher schweigend da. Gary hat das Kinn in die Hand gestützt.

»Ist das nicht unglaublich?« Er hebt die Hand.

»Wunderbar«, sagt Kate. »So mutige …«

»Ja …«

»… Menschen auf dieser Welt.«

Gary fährt fort. »Wir erleben diesen besonderen Augenblick zusammen mit unseren Zuschauern anhand von unbearbeitetem Filmmaterial.« Er hält seinen Stift hoch. »Und wie oft kommt so etwas vor?«

»Nie«, sagt Kate.

Gary drückt mit dem Finger auf seinen Ohrhörer und lauscht. »Wie ich höre, haben wir eine Nahaufnahme.«

Auf dem Bildschirm ist ein unruhiges Video zu sehen, das am Rand einer tiefen Schlucht innehält. Eine wackelfreie Aufnahme zeigt zwei zusammensitzende Menschen – ein Mann und ein Junge. Ein Unbekannter läuft zum gegenüberliegenden Hang. Er kämpft sich hinauf, wobei er oft abrutscht, und ignoriert alle Aufforderungen, stehen zu bleiben.

»Der gerettete Junge ist minderjährig, und sein Name darf aus rechtlichen Gründen nicht genannt werden. Aber wer ist der Mann, der ihn gerettet hat?«, sagt Gary.

In der oberen rechten Ecke des Bildschirms erscheint ein Standbild von Lukes Gesicht, als er sich umgedreht hat.

Auf dem Sofa schließt Luke die Augen.

»Unsere Reporterin Wendy Sullivan ist vor Ort«, schaltet sich Kate ein. »Wendy, haben Sie irgendwelche Informationen über den Retter?«

Wendy nickt. »Ja, ein bekannter örtlicher Unternehmer hat bestätigt, dass der unbekannte Retter für ihn arbeitet.«

Sie hält die blaue Jacke mit der Aufschrift *Enterprise Cheese* hoch, die Luke vor seinem Sprung abgestreift hat. »Ein Zeuge hat ihn springen sehen. Zitat: *Er hat den Jungen gerettet. Der Mann hat einen Orden verdient.*«

Das Kameraobjektiv schwebt über dem fünfunddreißig Meter tiefen Abgrund.

Im Studio ringt jemand nach Luft. »O mein Gott …«

Kate klammert sich am Tisch fest. »Das sind bloß fünfunddreißig Meter? Mir ist schlecht.«

Gary nickt. »Was für ein Start in den Freitagnachmittag hier auf KTV5 Augusta.«

Das Standbild von Lukes Gesicht nimmt die obere Hälfte des Bildschirms ein, diesmal mit einem Untertitel:

EIN NEUER HELD.

Der orangefarbene Schimmer der Couchtischlampe wird vom dekorativen Sperrholz der Küchenecke gespiegelt. Luke, Nestor und Henry sitzen reglos da, wie langjährige Freunde, die die Rolle der Möbel übernommen haben.

»Ich weiß nicht, was ich sagen soll«, beginnt Nestor. »Unglaublich, was du da gemacht hast.«

Henry wirft aus dem Sessel einen Blick auf Luke, und von seiner Zigarette fällt Asche zu Boden.

Er nimmt Lukes Hand. »Gratuliere, Mann.«

Um 12:25 Uhr klingelt das Telefon, und der Anrufbeantworter springt an.

»Luke, hier spricht Ludovic, Enterprise Cheese. Mein Anruf vor einer Stunde war eine Verwechslung. Für den Fehler bitte ich um Entschuldigung. Bis Montag.«

Um 13:45 Uhr ist das Bildmaterial über den kontaktscheuen Retter bereits im ganzen Land ausgestrahlt worden.

Das Video, in dem Luke in den Fluss springt, hält Kunden vom Tanken ab. Kellner in den Schnellrestaurants halten beim Servieren inne. Ungläubig schütteln Leute den Kopf.

In den aufgereihten Fernsehern in Kaufhäusern, auf den Mobiltelefonen in Wartezimmern von Arztpraxen und auf Monitoren in Flughäfen springt Luke Roy von der höchsten Brücke in Maine.

21.

Der erste Politiker kreuzt um drei Uhr am Hausboot auf.

Eine schnittige schwarze Limousine hält mit laufendem Motor, und ein stämmiger Fahrer kommt über die Gemeindewiese.

Luke drückt die Socke an seinen Kopf. Die Schmerzen haben nachgelassen. Als er die Binde wechselt, hat er nicht mehr das Gefühl, seine Nerven zu zersägen. Nestor hat das Klebeband in gleich lange Streifen geschnitten und sie an die Kante des Couchtischs geklebt, damit er schnell darauf zugreifen kann.

Als der Fahrer an Deck springt, steht Henry an der Fliegentür des Ruderhauses.

»Kann ich Ihnen helfen?«

Der Mann zeigt auf die getönten Fensterscheiben der Limousine.

»Der Senator würde gern ein Bild machen. Er will diesen Augenblick über alle politischen Grenzen hinweg mit den Leuten teilen.«

»Mein Gott, ein andermal. Bitte. Er muss sich erholen«, ruft Nestor von drinnen.

Der Fahrer drängt sich an ihm vorbei und sieht sich um. »Mr Roy? Ich bin mit Senator Michaud da. Luke Roy – sind Sie da?«

»Ich ruhe mich aus«, ruft eine dünne Stimme.

Der Fahrer drängt sich an der Küchenecke vorbei zum Sofa und schüttelt Luke die Hand. Mit der anderen Hand fasst er ihn am Ellbogen und zieht ihn hoch. »Ich helfe Ihnen. Gut. Kommen Sie mit zur Tür.«

Luke kann nichts machen. Der Fahrer geleitet ihn an Nestor und Henry vorbei und hilft ihm auf die Wiese.

Der Mann ist verständnisvoll. »Der Senator ist Ihnen dankbar. Er wird das nicht vergessen.«

Die Tür der Limousine geht auf, und ein großer schwarzhaariger Mann in blauem Hemd und roten Hosenträgern hebt vor Freude und Überraschung die Arme.

»Na, sieh mal an. Ich bin Max Michaud. Wie geht's Ihnen, Luke Roy?«

»Ich …«

Der Senator dreht sich zu einer jungen Frau um, die sich mit einem Videorecorder abmüht. »Sollen wir das Ganze hier aufnehmen?«

»Ja. Das Boot soll mit drauf sein.«

Der Senator geht mit Luke auf die Wiese. »Hören Sie, Luke. Ich zeige mit dem Finger in die Ferne und sage etwas.«

»Was wollen Sie sagen?«

Der Senator zuckt mit den Schultern. »Keine Ahnung. Warten Sie – ich sage: *Und das planen wir für Stufe zwei.*«

»Stufe zwei von was?«

»Spielt keine Rolle. Wichtig ist nur, dass Sie in die Richtung schauen, in die ich zeige, und lächeln.«

»Er muss Ihnen antworten«, sagt der Fahrer.

Michaud nickt. »Und was soll Luke sagen?«

»Er soll sagen: *Das ist, was wir alle wollen*«, sagt die Frau mit der Kamera.

Michaud lächelt. »Ganz spontan. Das ist wichtig. Probieren Sie's mal aus, Luke.«

Luke räuspert sich. »Das ist, was wir alle wollen.«

Michaud ist in Gedanken versunken. Er sagt: »Luke, Ihre Frage war berechtigt. Im fertigen Film spricht ein Erzähler zu leiser Musik. Niemand hört, was wir sagen. Wir könnten auf ein Pferd wetten. Aber manche Leute können von den Lippen ablesen – also ja, wir müssen etwas Richtiges sagen.«

Die Fotografin hebt den Arm. »Achtung, Aufnahme!«

Eine Hand auf Lukes Schulter, deutet der Senator in die Ferne. »Und das planen wir für Stufe zwei.«

Luke lächelt. »*Das ist, was wir alle wollen.*«

Michauds Hand bleibt auf Lukes Schulter liegen. »Haben wir's, Sharon?«

Sie streckt den Daumen hoch.

Michaud hat seine Hände um die von Luke gelegt. Die Kamera macht in schneller Folge Fotos. »Luke, Sie sind ein guter Mann. Was macht Ihre Verletzung?«

»Ist schon besser.«

»Das gefällt mir. Toller Gemeinschaftsgeist.«

Der Fahrer hält die Tür auf, und der Senator setzt sich ins dunkle Wageninnere.

»Wissen Sie, es geht nicht immer bloß um Wahlen.«

Die getönten Scheiben gleiten nach oben, und die schwarze Limousine fährt los.

In der Küchenecke wartet Nestor mit frischem Mull und Klebeband. Er hebt die Binde an.

»Mein Gott, du musst ins Krankenhaus.«

»Ich geh in kein Krankenhaus.«

Henry kramt in einer Teedose und füllt den Kessel mit Wasser. »Du wirst ein berühmter Mann, Luke.«

»Man wird nicht sofort berühmt«, sagt Nestor. »Man muss erst ein Promi sein.« Er legt antibiotische Tabletten auf den Couchtisch. »Nimm alle vier Stunden zwei Stück. Bevor dir der Kopf platzt.«

Um fünf Uhr nachmittags fasst Nestor Luke an der Schulter. Im Fernsehen läuft ein Bericht über die Pressekonferenz.

Bürgermeister Donny Beeman und die zwölf Stadträte von Ross Point stehen in den letzten Minuten eines traumhaft schönen Freitags auf den Rathausstufen.

Der Bürgermeister liest aus einer vorbereiteten Erklärung:

»Heute früh hat Luke Roy, ein Bürger von Ross Point, ohne Rücksicht auf sein eigenes Wohlbefinden eine außergewöhnlich mutige Tat vollbracht. Er repräsentiert die höchsten Werte dieser Gemeinde. Gemeinsam mit Luke stellen wir uns der Zukunft mit neuer Zuversicht.«

Die zwölf Stadträte hinter ihm klatschen. In zehn Tagen wird gewählt. Überall in der Stadt hängt das gleiche Plakat an Türen und Fenstern: *Entscheiden Sie sich für den Wohlstand. Wählen Sie wieder Donny Beeman.*

Der Bürgermeister lässt den Blick über die Menge wandern und runzelt die Stirn. »Nein? Okay. Wir hören, dass Mr Roy nicht kommen kann. Er muss sich von dem traumatischen Erlebnis erholen. Wir wünschen ihm alles Gute.«

Hinter ihm wird ein Banner entrollt:

»ENTSCHEIDEN SIE SICH FÜR DEN WOHLSTAND! Wählen Sie am 6. November Donny Beeman.«

»Der Blödmann hat Lukes Identität preisgegeben«, schreit Nestor.

Nach der Pressekonferenz stecken die Reporter die Köpfe zusammen. Sie haben ein neues Thema. Eine vom Pech verfolgte Stadt erlebt ihre Wiedergeburt.

Luke döst, sein Kopf hängt in einem ungemütlichen Winkel herab. Die Binde verrutscht. Nestor verzieht bei seinem Anblick das Gesicht.

Henry sieht den Untertitel auf dem Bildschirm: *Die Brücke der Hoffnung.*

22.

Um 18:00 Uhr ist die Rettungsaktion in ganz Maine der Auf-
macher in den Nachrichten.

»Unsere Hauptnachricht hier auf KTV5 Augusta. Mit einer
weiteren wichtigen Entwicklung, ich bin Gary Stevens.«

»Und ich bin Kate Sherry. Weiteres Filmmaterial zu der
Rettungsaktion in Central Maine heute früh. Vom Facebook-
Account Greg T. Sandors. Er war ein besorgter Augenzeuge,
als das Boot sank.«

Das Video beginnt, als das Ausflugsboot untergeht und ein
Schwimmer sich in Sicherheit zu bringen versucht. Die Kamera schwenkt auf einen Jungen, der zu den Strudeln treibt.

Eine Stimme in der Nähe: »Lebt er noch?«

»Kann ich nicht sagen«, erwidert Sandor. »Er kreiselt.«

Die andere Stimme: »Hey! Kannst du uns hören?«

Der Junge geht unter, kommt wieder hoch und wirbelt im
Kreis.

»Bleib ruhig!«, ruft Sandor. Die Kamera streicht über den
Teich. »Moment, ich hab ihn verloren – er ist nicht mehr im
Bild.«

Die andere Stimme: »Er gerät in den Fluss. Das überlebt
er nicht.«

Der Clip ist zu Ende.

Gary sagt: »Es ist … wir haben ein Puzzle aus wahllosen
Bruchstücken.«

Um 19:00 Uhr, neun Stunden nach der Rettung, kommt
Henry in seinem Zwei-Zylinder-Citroën Dyane über die Ge-

meindewiese. Er hat eine DVD und eine große Pizza geholt. Das war der längste Tag in Lukes Leben. Dabei hätte es der kürzeste sein sollen.

Kurz darauf sehen die drei sich *Alien* an. Nestor sieht Flammen auf dem Bildschirm.

»An der Stelle von *Alien* kommen keine Flammen vor«, sagt er.

Die anderen beiden sehen sich an, während er zum Bullauge geht, wo er kreidebleich wird.

Am Rand der Wiese haben sich mehrere Einheimische versammelt. Ihre Gesichter flackern im Licht brennender Fackeln, und eine beschwingte Melodie beginnt. Beim Erklingen der ersten Töne erkennt Henry das Lied:

»*Amazing Grace.*«

Die Leute haben sich hufeisenförmig aufgestellt. Weitere Silhouetten, die Gläser mit Kerzen tragen, kommen die Straße entlang, um sich ihnen anzuschließen.

Manche sitzen mit gekreuzten Beinen auf Decken und wiegen sich zu der Musik.

»*... how sweet the sound.*«

Die Menge wird größer und der Gesang lauter. Die Melodie ist dafür ausgelegt, wiederholt zu werden. Sie hat weder Anfang noch Ende.

»Ich hab das Gefühl, das wird eine Messe«, sagt Nestor.

Henry wischt sich Pizzakrümel vom Revers. »Die warten auf dich, Luke«, sagt er. »Wenn du was sagst, gehen sie auch wieder.«

»Ich kann nicht.«

»Die könnten die ganze Nacht bleiben.«

»Ihre Gesichter leuchten immer wieder auf«, sagt Nestor. »Was, zum Teufel, bedeutet das?«

Henry wirft einen Blick aus dem Bullauge. »Sie verschicken Kurznachrichten.«

Der blaue Lichtschein erhellt die Gesichter der Sänger.

»Hört mal«, sagt Nestor. »Hört mir mal zu.« Er faltet die Hände. »Ich hab schon in vielen Kirchen gesessen, und dieses Lied findet kein Ende. Die hören erst auf, wenn du rausgehst.«

»Ich kann mir das nicht mehr lange anhören«, sagt Henry.

Als Luke an Deck kommt und winkt, brandet Beifall auf.

Manche singen weiter, als wäre Luke gar nicht da. Die Anzahl der Leute hat sich verdreifacht. Er streckt die Arme in die Luft, um für Schweigen zu sorgen. Langsam gerät der Gesang ins Stocken, brennen die Flammen lauter, fließt der Fluss tiefer, knarren die Taue vom Schaukeln des Bootes, treibt der Wind die Wolken unter der Folie eines fadenscheinigen Mondes entlang.

Er sieht die von Fackeln erhellten Gesichter. Die Telefone blinken weiter in den Händen der Leute. Sie sind die Toten im blauen Licht.

»Danke, dass ihr gekommen seid«, sagt Luke.

Sie klatschen begeistert. »Du bist ein Held!«

Das Wort lodert durch die Menge wie über dürres Holz. Sie klatschen im Takt. »Unser Held! UNSER HELD!«

Der Gesang setzt wieder ein, lauter, um es mit dem Geschrei aufnehmen zu können.

»*Amazing Grace* …«

Luke macht das Victory-Zeichen und zieht sich zurück.

»… *That saved a wretch like me.*«

Er schlägt die Fliegentür zu.

Nestor und Henry drücken ihr Gesicht ans selbe Bullauge. Luke kuschelt sich auf dem Sofa zusammen.

»Ein, zwei Wochen«, murmelt Nestor. »Dann ist alles wieder normal.«

»So lange hat's nach dem Tod von Dolores Macy gedauert«, sagt Henry.

DOLORES MACY

23.

Vor acht Jahren, an einem heißen Augusttag, ertrank Dolores Macy bei warmem Wind und herrlichem Sonnenschein im Serenity Pond.

Sie war hübsch, sie war beliebt und mit sechzehn bereits eine landesweit erfolgreiche Schwimmerin. Sie trug eine Schlaghose, die nicht in Mode war, dazu eine Jeansjacke. Es hieß, sie würde mal berühmt werden. Sie hatte nie behauptet, später berühmt zu werden, doch für andere sah es aus, als wäre sie stets vom Schicksal begünstigt. Sie schien so mühelos glücklich zu sein. Die Jungen standen Schlange, um ihr die Bücher nach Hause zu tragen.

Henry sagt, an jenem Tag habe ein seltsames Gefühl in der Luft gelegen. Es war ein Tag wie aus den Siebzigern. Als er das Radio in seinem Citroën einschaltete, liefen die Doobie Brothers. Ein Wagen fuhr mit offenen Fenstern vorbei, und er hörte, wie Bobby Goldsboro *a hot afternoon* sang. Ohne ersichtlichen Grund erinnerte er sich, wie ihm mal in Irland in einer Telefonzelle im wichtigsten Augenblick eines Gesprächs das Münzgeld ausgegangen war. Ein Tag aus der Vergangenheit war in die Gegenwart geschlüpft, von Sonnenöl und Fanta vergilbt, und weil er sich so viel jünger fühlte, kam er sich plötzlich älter vor.

Der Tag, an dem sie starb, war einer dieser herrlichen Tage, die wie geschaffen fürs Bootfahren sind. Die Stadt feierte die Gründung der Papierfabrik im Jahr 1871. In der brennenden Hitze fuhren kleine Boote und Flöße auf dem ruhigen Teich, trieben dort als wortlose Graffiti. Alle sagten, auf dem Wasser habe noch nie so viel Betrieb geherrscht. Fremde verbrachten den Tag plaudernd im Gras am Ufer des Teichs.

Dolores fuhr mit Freundinnen auf einem Floß hinaus. Sie unterhielten sich mit drei Jungen, die ihr Boot nah herangerudert hatten. Dolores wurde zuletzt in der Sonne liegend am anderen Ende des Floßes gesehen. Vielleicht bemerkte es deshalb niemand, als sie verschwand.

Niemand konnte sich an Hilferufe erinnern. Niemand sah irgendwas.

Sie war da. Und plötzlich war sie verschwunden.

Ihre Freundinnen bemerkten ihre Abwesenheit erst, als die Sonne so tief stand, dass sie fröstelnd die Pullover überstreiften und das Floß ans Ufer ruderten. *Wo ist Dolores?*, fragten sie. Auf ihre Rufe erhielten sie keine Antwort. Der Teich leerte sich, und die Leute stiegen in ihre Wagen oder gingen in Gruppen zurück zur Stadt. Anfangs vermuteten sie, Dolores sei bei anderen Freunden, denn so viele wie sie hatte keiner. Sie dachten, Dolores sei auf ein anderes Floß gestiegen, weil es auf dem Teich so voll gewesen war. Aber ihr Fahrrad stand immer noch an dem Tor, an dem sie es angekettet hatte.

Als sie nicht nach Hause kam, riefen ihre Eltern bei ihren Freundinnen an. Die sagten, sie hätten mit ein paar Jungen über die Universitäten geredet, an denen sie sich fürs nächste Jahr beworben hatten. Als sie nachsahen – sie konnten nicht sagen, wie viel Zeit inzwischen verstrichen war –, war Dolores nicht mehr auf dem Floß.

Nach Einbruch der Dunkelheit verständigten ihre Eltern die Polizei.

Sie fuhren zum Teich und bestätigten, dass es ihr Fahrrad war. Dolores Macy wurde vermisst.

Die Nachricht von ihrem Verschwinden ging von Haus zu Haus.

Ihre Mutter begab sich alle paar Minuten in ihr Zimmer, um zu sehen, ob sie nicht zum Fenster hereingestiegen war. Ihr Vater fuhr zu ihrem festen Freund und zu allen, die dieser als Freunde bezeichnete. Er erstellte eine Liste der Kunden in seiner Autowerkstatt, die Dolores gesehen haben könnten, als sie nach der Schule vorbeigeschaut hatte.

Die Polizei nahm mehrere einschlägig bekannte Männer fest, steckte sie auf dem Revier in verschiedene Räume und fragte, wo sie den Nachmittag verbracht hatten. Sie leugneten, irgendetwas zu wissen, auch als der wachhabende Polizist dem Verhörbeamten etwas zuflüsterte und dieser sagte, es sei eine Leiche gefunden worden. Wenn sie ihre Version der Geschichte erzählten, könnten alle das Vorgefallene etwas besser verstehen.

Es war keine Leiche gefunden worden.

Suchtrupps durchkämmten im Dunkeln mit Taschenlampen das Gebiet um den Teich. Ein Bluthund schnupperte im Gras und suchte das Ufer bis zu den Schlammwänden ab. Nichts. Die Polizisten durchstreiften die umliegenden Felder. Freiwillige versammelten sich im Wald, gingen zwischen den Bäumen entlang und riefen im Gewirr nutzloser Lichtstrahlen ihren Namen.

In der Nacht vernahm die Polizei ihren Vater. Auch ihre Mutter wurde befragt.

In Ross Point blieben die Lichter an. Bei Tagesanbruch wurden die verhafteten Männer freigelassen. Später an jenem Morgen begab sich die Polizei mit zwei einheimischen Tauchern zum Teich. Zur Sicherheit blieb der eine über Wasser, während der andere tauchte.

Danny Cortez war ein erfahrener Taucher und ließ sich unter Wasser sinken. Auf das, was ihm dort begegnete, hatte ihn seine Ausbildung wahrscheinlich nicht vorbereitet. Nach seinem Fundort zu urteilen, hatte er sie vermutlich von Ranken umschlossen entdeckt, durch die das Sonnenlicht nur in schmalen Schlitzen drang. Ihre kurze Hose war heruntergestreift, als hätte sie sie im Sterben noch ausziehen wollen. Sie hing an ihren Knien. Ihre verschwundene Bluse wurde nie gefunden. Sie könnte zur Bucht und von dort in den Fluss getrieben sein.

Durch eine Taucherbrille gesehen, muss sie ein wunderschöner Anblick gewesen sein, ihr Körper in eine Jalousie aus Licht gehüllt, das blonde Haar wie von Händen hochgehalten, während sie sich auf den Schlaf vorbereitet – in dem Moment, wo Hintern und Bauch kurzzeitig nackt sind, bevor ein Nachthemd darübergleitet.

Zehn Minuten nachdem Danny hätte wieder auftauchen sollen, ließ der andere Taucher sich hinunter und entdeckte die beiden Leichen.

Dolores befand sich drei Meter unter der Oberfläche, und Danny war drei, vier Körperlängen entfernt. Sie trieb in der Horizontalen, und er schwebte in der Senkrechten und starrte sie an.

Danny hätte auftauchen und seinen Partner zu Hilfe holen sollen.

Doch er beschloss, sie allein raufzubringen. Vermutlich brachte er die langen streifenförmigen Blätter in Aufruhr, als er sich der traumartigen Erscheinung näherte.

Er versuchte, sich freizustrampeln, statt nach seinem Messer zu greifen. Es steckte noch in der Scheide. Durch seine schmale Brille sah er, wie ihn die Wasserpflanzen umzingelten, die so langsam auf ihn zukamen, dass er nicht rechtzeitig flüchten konnte.

Die Masse der Pflanzen trieb aus der trägen Strömung und nahm die Form seines sich windenden Körpers an – seine eigenen Anstrengungen waren sein Untergang. Es gehörte zum Schrecken des Teichs, dass die üppigen Tentakel ein kollektives, reflektierendes Bewusstsein zu haben schienen. Sie wiegten sich im Einklang mit der träumerischen Atmosphäre eines schummrigen Planeten. Sie erwürgten die Sonne.

Auch die beste Ausrüstung der Welt kann nichts gegen Panik ausrichten.

Er riss das Mundstück weg. Er wirbelte den trägen grünen Schleim auf, wütend und beschämt, während die weichen Ketten sich um ihn legten.

Sie strafften sich nicht; sie ließen nicht los.

Dass er Dolores ansah, als man ihn fand, war ein grausamer Zufall. Ein paar Minuten früher oder später hätten sie vielleicht in entgegengesetzte Richtungen geblickt.

Die Nachricht verbreitete sich. Eine Spitzenschwimmerin war in einem Teich voller Boote ertrunken.

Es ist ein Sommer, der sich weigert, seine Geheimnisse preiszugeben und in der Erinnerung an andere Sommer aufzugehen. Dolores Macy ist zu einem Symbol jener Tage geworden. An der Schulwand hängen eingerahmt die Zeitungsartikel, Fotos von ihren Schwimmpokalen, die Briefe, die ihre Freundinnen nach ihrem Tod an sie schrieben.

Für alle – außer für Henry – ist es eine schöne und traurige Geschichte.

Henry sagt, das sei alles Schwachsinn.

In Ross Point schickten die Wohlhabenden ihre Söhne und Töchter auf Eliteuniversitäten – die meisten davon eine siebenstündige Fahrt entfernt in Boston oder Upstate New York. Dolores war an jenem Tag mit Freundinnen am Teich, die die Stadt im nächsten Jahr verlassen würden. Es war ihr letzter gemeinsamer Sommer.

Sie waren auf verschiedenen Seiten des Wohlstands aufgewachsen. Bevor der Schulabschluss näherrückte, hatte ihre Jugend das übertüncht.

Dolores war hübsch, und sie war arm. Ihr Vater war Mechaniker, er wusste, was für eine Strafe die Straßen in Maine waren, und kannte die Autos, die darunter zu leiden hatten. Er würde seine Tochter auf ein nahegelegenes Community College schicken. Sie würde zwanzig, dann sechsundzwanzig und neunundzwanzig sein – und immer noch hier leben.

Für Henry gibt es da kein Geheimnis.

Dolores war an jenem schönen Sommertag bereits alles klar. Der Zauber ging zu Ende.

Während die anderen mit ihren neuen Freunden plauderten, lag sie da und dachte nach. In Gedanken ging sie ein ums andere Mal ihre Zukunft durch. Sie würden ein-, zweimal schreiben und dann nie wieder. Eines Tages, zu Besuch bei ihren Eltern, gehen sie in den Supermarkt und sehen, dass Dolores hinter der Kasse sitzt. Sie unterhalten sich höflich. Dann nehmen sie den Kassenbon und die Lebensmittel, die Dolores für sie eingepackt hat.

An jenem schönen Tag saß sie hinter ihnen auf dem Floß. Sie baten sie nicht nach vorn, um ihre neuen Freunde kennenzulernen. Warum sollte sie in Pläne eingeweiht werden, die sie nicht betrafen?

Das Floß glitt übers Wasser. Niemand weckte Dolores aus ihrem Traum, vergessen zu sein.

Irgendwann, als die Luft vom Stimmengewirr der Gespräche erfüllt war, ließ sie sich in den Teich hinab.

Sie glitt unter Wasser, kam wieder hoch und wartete darauf, dass ihre Freundinnen bemerkten, dass sie nicht da war. Doch sie hatten ihr den Rücken zugekehrt, waren berauscht von ihren Plänen, gestikulierten und lachten, nahmen ihr neues Leben in Angriff.

Dolores glitt wieder unter Wasser. Sie ließ ihre Shorts herunter, zog ihre Bluse aus und trat in ein paar Metern Tiefe, wo nur noch Gemurmel hindrang, mühelos auf der Stelle. Das kühle Wasser bot Ruhe vor der brennenden Sonne. Sie schwebte lässig unter den Booten, denn sie war eine geborene Schwimmerin.

Zuerst spürte sie, wie die Wasserpflanzen ihre Beine berührten. Als sie wegschwimmen wollte, schlangen sie sich um ihre Waden. Wie auch immer es sich zutrug, sie verließ diese Welt mit sechzehn Jahren, bevor die grausame Zukunft, die sie in Ross Point erwartete, für sie eintrat.

Nachdem die beiden ertrunken waren, fanden zwei sehr unterschiedliche Begräbnisse statt.

Zu dem Begräbnis von Danny Cortez kamen zwanzig Personen. Es war eher eine kleine Totenfeier als ein Begräbnis. Seine Familie bestand nur aus seiner Frau. Ein paar Arbeitskollegen und städtische Würdenträger erzählten sich Anekdoten. Sein Opfer wurde zelebriert. Es hatte den Anschein, als hätte er nicht sein eigenes Leben verloren, sondern vor allem das von Dolores Macy zu retten versucht.

Als man ihn vergaß, wurde er zum zweiten Mal beerdigt. Einen Monat später konnten sich die Leute kaum noch an seinen Namen erinnern. Er war zu »diesem Taucher« geworden.

Dolores wurde in einer Prozession zur Kirche gefahren, die vor ihrem Zuhause stehen blieb. Ein Chor sang, es wurden viele Reden gehalten, auch von Stadträten, deren Töchter schon bald die renommierten Universitäten besuchen würden. Sie vergossen Tränen und schrieben Botschaften an Dolores, dass sie ihnen für immer fehlen werde.

An ihrem Begräbnis nahmen etwa tausendfünfhundert Personen teil – die halbe Stadt.

Im Frühling darauf wurde nach dem Tauwetter in der Stadt das Denkmal eines lächelnden, unbefangenen Mädchens in Jeans und Mütze enthüllt, das eine Schultasche in der Hand hielt.

Auf diesem Sockel im Stadtpark behält Dolores Macy dasselbe Alter wie im Augenblick ihres Todes. Sie ist ein in Bernstein eingeschlossenes Gefühl, das nicht mehr gelebt werden kann.

Die Stadt lässt sie nicht älter werden, keinen einzigen Tag.

DER HELD

24.

Am Samstagmorgen gleitet die Sonne über den kargen Wohnbereich des umgebauten Trawlers: das Sperrholz und die nautischen Kunstwerke, die Schachfiguren und Bücher, das Wüstengemälde.

Die drei Männer, die ausgestreckt auf den Möbeln des Hausboots liegen, wachen nach und nach auf. Henry gähnt, die Gitarre in Händen. Er ist beim Spielen eingeschlafen, ohne sie loszulassen. Sie stecken die Flaschen in Pappkartons und zählen dabei, wie viel Bier sie überhaupt getrunken haben, während sie aufgeblieben sind, um sich die ganze Trilogie anzusehen.

Sie machen Kaffee und starren mit Kopfschmerzen vor sich hin.

Das Thermometer über dem Kühlschrank bestätigt es: Gegenüber gestern ist die Temperatur um acht Grad gesunken. Nestor sagt, er kann zum ersten Mal seit März seinen Atem sehen. Das ist für ihn der offizielle Winteranfang.

Henry beugt sich über den Gasbrenner und fächelt die Wärme in seine Hände. Eine dünne Schneeschicht säumt die Bullaugen. Nestor hat Handschuhe angezogen und kauert sich zusammen.

Bald wird der Winter durch jeden Splitter im hölzernen Bootsrumpf dringen. Er wird zwischen ihnen sitzen, ein neuer Gast, der kein Wort zu sagen hat. Nie hat er etwas zu sagen. Der Frühling hat viel zu erzählen, der Sommer lässt sich nicht zum Schweigen bringen. Der Winter jedoch ist stumm. Er macht die Luft glasig, schleift den Boden zu Glas und steckt es in den Rahmen des Himmels, bis man nicht mehr sehen kann, wo das eine aufhört und das andere anfängt.

Der Winter ist ein Zimmermann. Er nimmt eine Stadt und halbiert die Straßen, verbreitert die Gärten, die mit wachsender Gleichförmigkeit gegen die Häuser drücken, er zersägt die Gehsteige in Bänder von Fußabdrücken. Die vereinzelten Lichter in einer Landschaft sind Glühbirnen in einem Wohnhaus. Schon bald wird die Zeit kommen, wo der Wind auf dem Fluss Eisschollen vorantreibt, als wären es Baumstämme, wo er den Atem erdrückt und sich in die Lunge setzt. Die Stadt wird zu einem Knochengerüst, das zusammengedrängt auf der Karte von Maine liegt.

Nachdem seine Freunde aufgebrochen sind, betrachtet Luke seine Stirn im Spiegel. Die Schwellung ist zurückgegangen. Es fühlt sich schlaff, aber nur dann schmerzhaft an, wenn er draufdrückt. Als er die Binde entfernt, sickert ein gelber Brei heraus. Wegen des ganzen Gesangs hat er vergessen, die Tabletten zu nehmen.

Der gestrige Tag ist vorbei. Der Freitag zu Ende. Nur der Sonnenuntergang konnte den *Brücke-der-Hoffnung-Tag* auslöschen.

Um 9:03 Uhr klopft eine schick gekleidete Frau mit Notizblock und Aufnahmegerät.

Fröstelnd tritt sie einen Schritt zurück, während Luke,

einen heißen Kaffee in der Hand, reglos im Ruderhaus stehen bleibt. Er stand ohnehin dort und ist rechtzeitig erstarrt.

Sie blickt direkt in seine Richtung. Sie kann bloß eine Reporterin sein. Das Deck ist Privatgelände, also wartet sie auf dem Gras. Dass sie nicht geht, spricht für ihre Entschlossenheit. Wenn er sich nicht bewegt, kann sie ihn durch das getönte Glas nicht sehen.

Sie fährt in einem schwarzen Lieferwagen mit Antenne davon. Luke wartet. Der Wagen kehrt wieder zurück. Luke sitzt im Ruderhaus und nippt an seinem Kaffee.

Wenn gestern eine andere Art von Freitag war, ist heute ein völlig anderer Samstag. Die Sonne hängt schwerer am Himmel als sonst. An der Stelle, wo der Chor in der Nacht gesungen und ein Feuer entzündet hat, prangt auf der Gemeindewiese ein schwarzer Fleck.

Luke sehnt sich nach seinem üblichen Samstag, dem ersten Tag seines Wochenendes. Jeder Samstag hat eine Struktur, die ihn von einem Montag, Mittwoch oder Donnerstag unterscheidet.

Um 9:15 Uhr winken ein paar Leute für den Fall, dass er sie sieht. Sie sind auf einem Weg hergekommen, den nie irgendjemand benutzt. Auf der Straße parkt ein Wohnmobil. Sie stellen Klappstühle auf, und ein Mann, der einen Strohhut trägt, setzt sich mit einer Thermoskanne.

Immer mehr Stühle, immer mehr Leute. Sie schütteln ihre Zeitungen zurecht und setzen Sonnenbrillen auf. Es ist kein strahlender, kein warmer Tag.

Der schwarze Lieferwagen kommt wieder zurück.

Seit dem wirtschaftlichen Abschwung haben keine Kinder mehr auf der Straße gespielt. Die Leute laufen nicht ohne konkretes Ziel in Ross Point herum. Niemand flaniert, niemand sieht sich die Schaufenster der wenigen Läden an, die noch in der Stadt existieren. Irgendwann wird Ross Point nur noch eine Kreuzung sein. Irgendwann wird diese Kreuzung aus zwei Straßen und einem Stoppschild bestehen.

Luke zieht ein Kapuzenshirt an und setzt eine große Sonnenbrille auf. Statt im Wald wird sein samstäglicher Spaziergang heute auf dem Boot stattfinden.

Er macht sich noch einen Kaffee und geht dann rastlos zwischen den Bullaugen auf und ab.

Als er hinausgeht, um aus der Tonne Regenwasser zu schöpfen, sieht er, dass auf der Wiese ein buntes Gewimmel herrscht. Satellitenwagen, Schulkinder, Eltern, große Autos mit reglosen Schaulustigen, Mikrofone, Reporter, weitere Lieferwagen, Wimpel, Fahnen. Zwei Streifenwagen kontrollieren die Zufahrtsstellen. Aufgrund einer städtischen Verfügung wurden Schilder mit der Aufschrift RUHE aufgestellt.

Als die Leute ihn sehen, ist es schlagartig mit der Stille vorbei. Ein Jubel aus dreihundert Kehlen ertönt.

Gebrüllte Fragen flirren übers Gras.

»Sir, ist es für Sie eine Last, als Vorbild bezeichnet zu werden?«

»Geht's Ihnen besser?«

»Stimmen Sie bei der Wahl für den Bürgermeister?«

»Mr Roy – warum sind Sie weggelaufen?«

Die letzte Frage kommt von der Reporterin mit dem schwarzen Lieferwagen, die bei ihm geklopft hat.

Luke winkt und zieht sich in den Trawler zurück.

Als die morgendlichen Böen stärker werden, schlagen manche Leute Zelte auf oder setzen sich jenseits der Zufahrtsstellen in offene Hecktüren. Ein Ghettoblaster dudelt Bossa nova. Ein Verkäufer aus einem örtlichen Laden zieht eine umgebaute Schubkarre mit Kuchen und Limonade. An einem Besenstiel hängen Mützen und Handschuhe.

Ein Mädchen in Schuluniform löst sich mit Blumen und einer Karte in der Hand aus der Versammlung.

Sie klopft an die Fliegentür. »Das ist von meiner Schulklasse«, sagt sie.

Luke setzt Kapuze und Sonnenbrille ab und nimmt die Karte entgegen. »Vielen Dank.«

Sie sieht das hängende Lid an seinem linken Auge. Es lässt ihn stets müde aussehen. »Haben Sie sich am Auge verletzt?«

»Das ist schon seit meiner Geburt so«, sagt Luke. »Ich stelle die Blumen ans Fenster, damit sie genügend Sonne bekommen.«

Er umarmt sie leicht. Blitzlichter flackern über die Wiese.

»Können Sie sie noch mal umarmen?«, bittet eine Stimme.

Luke blickt in das Gesicht eines Kindes. Keine Heuchelei, ein zeitloses Gesicht. Das Mädchen hat Ehrfurcht vor ihm. Es ist ein Tag, den sie nicht vergessen wird. Luke hofft, dass ihr Vertrauen in die Menschen gerechtfertigt wird.

Lächelnd winkt er und zieht sich nach drinnen zurück. Das hat er bei Politikern gesehen, sobald man ihnen Fragen stellt.

Er stellt die Blumen ans Bullauge und lockert sie auf, damit das Mädchen sieht, dass er Wort hält.

Um 13:30 Uhr wälzt sich ein Grollen übers Gras. Eine Motorradfahrerin setzt ihren schwarzen Helm ab und reicht Luke einen Umschlag.

Sie knufft seinen Arm. »Also, ich hätte einen verdammten Herzinfarkt gekriegt.«

Er zieht eine geprägte Karte hervor:

Seine Exzellenz, Bürgermeister Donald Beeman
Stadt Ross Point, gegründet 1871

Sie sind herzlich eingeladen zu einer Feier am Freitag, dem 31. Oktober, um 17:00 Uhr vor dem Bürgermeisteramt von Ross Point, anlässlich der Verleihung der Ross Point Tapferkeitsmedaille für außerordentlichen Heldenmut an Luke Roy, einen Einwohner von Ross Point im Bundesstaat Maine.
(Ehrengäste, Pressepool etc. U. A. w. g.)

Als das Schneegestöber in einen stetigen leichten Schneefall übergeht, bedecken schon bald zwei, drei Zentimeter den Boden. Von dem Trubel auf der Uferstraße bleiben nur noch ein paar Fahnen und Übertragungswagen.

In der Küchenecke drückt Luke einen Knopf, und die Propanheizung erwärmt die Kombüse unverzüglich mit heißer Luft. Er setzt sich und drückt ein Handtuch mit Eiswürfeln an die Stirn.

Die Blumen, die ihm das Mädchen überreicht hat, waren in ein Exemplar des Wochenblatts *Pointe Chronicle* eingeschlagen, Seiten mit An- und Verkaufs-Anzeigen, ein paar Reportagen zum Stadtleben und Leserbriefen. Die Ausgabe war gestern zum Zeitpunkt des Unfalls schon in Druck gegangen. Er liest sie aufmerksam von vorn bis hinten. Sie ist ein Denkmal für das Leben, das zu Ende ging, als er über das Geländer sprang.

Luke fürchtet sich vor den Tagen, die vor ihm liegen. Sie werden von einem Unwetter geprägt sein, das er nicht begreift und dem er nicht ausweichen kann.

Diese Tage gehören ihm nicht mehr.

Die Stadt kommt ihm ausgehungert vor. Sie fühlt sich lebendig an, wo sie vorher leblos war. Sie wittert ihre erste Mahlzeit nach einer langen Hungersnot. Sie weiß, wo er wohnt.

25.

»Wach auf.«

Nestor hat sich neben ihn auf das schmale Sofa gezwängt, trinkt Tee und liest an einem Laptop.

Draußen ist es dunkel. Luke hat den ganzen Samstag verschlafen.

Nestor murmelt vor sich hin, während er die Seite überfliegt. Das Video von dem Sprung ist bei 7 230 000 Klicks angelangt. Die 16 840 Kommentare reichen von Hieroglyphen und Emojis bis zu konzentrierten Überlegungen. Es werden auch Fragen gestellt.

Wo waren seine Eltern?

Was ist mit mutigen Menschen in anderen Ländern?

Wo, zum Teufel, liegt Ross Point?

Niemand ist tot. Wozu sollte man sich das ansehen?

In der Duschkabine betrachtet Luke sein Gesicht. Die Schwellung am Kopf nimmt im Spiegel mehr Platz ein.

»Primetime-CBS-Nachrichten. Es wird jetzt landesweit ausgestrahlt«, ruft Nestor.

Die Erkennungsmelodie ertönt, und der Bildschirm zoomt von einem riesigen Studio auf den geschwungenen Tisch eines Nachrichtensprechers.

»Guten Abend, ich bin Andrew Holt. Sie sehen die CBS-Abendnachrichten.«

Holt dreht sich zu einer zweiten Kamera. Bei der darauf folgenden Aufzählung klingt seine Stimme immer dramatischer.

»*Der Ort*: Ross Point, Maine.

Die Zeit: Freitagmorgen.

Der Anlass: Eine Geburtstagsparty auf einem Amphibienfahrzeug.

Der Ausgang: Die Rettung eines kleinen Jungen aus einem reißenden Fluss, die den Augenzeugen für immer im Gedächtnis bleiben wird.

CBS ist an neues Filmmaterial gelangt, das kurz vor dem Unfall aufgenommen wurde.«

Der neue Ausschnitt zeigt ein Panorama des Teiches, das Ausflugsboot mit glücklichen Passagieren, das Klirren von Messern und Tellern und eine Geburtstagstorte auf dem Tisch im Sitzbereich. Luke glaubt, Paul zu sehen, jedoch nur ganz kurz.

Es folgt eine Montage früherer Clips: das untergehende Boot, der Junge im Fluss, Lukes Sprung und seine Flucht die Böschung hinauf.

Holt kommentiert: »Ein Mann springt fünfunddreißig Meter tief in einen reißenden Fluss und taucht im richtigen Moment aus dem Wasser auf, um den *nahezu sicheren Tod* eines Jungen an dessen fünfzehntem Geburtstag zu verhindern.«

Der Sprecher blickt wieder in die ursprüngliche Kamera.

»Glück oder waghalsiger Mut – oder beides?«

Holt macht eine Pause.

»Auf die Antwort müssen wir noch warten, denn der Retter wird als *einsiedlerischer Held* beschrieben. Ja, es stimmt – ob Sie's glauben oder nicht, von keinem der beiden Hauptakteure in diesem Drama haben wir einen gesicherten Namen. Im Kleinstadt-Amerika eine ziemliche Ironie.«

Der Bildschirm verblasst, und das Video von Lukes Sprung wird noch mal gezeigt.

Nestor dreht den Ton leiser.

»Das macht etwa zwanzig Millionen Menschen. Die You-Tube-Videos, Facebook und der ganze Rest noch nicht mitgerechnet.«

Henry stöbert im Kühlschrank nach einem Bier. »Man beachte, dass CBS nichts von *Luke Roy* gesagt hat.«

Nestors Laptop pingt. Er überfliegt die Information.

»Erinnerst du dich noch an den Facebook-Account?«

»Ja.«

»Da ist noch mehr.«

Er navigiert zur Seite des Account-Inhabers. Das Profil für Greg T. Sandor ist ein Selfie eines männlichen Mittdreißigers, der ein Kabel am Ohr trägt.

Nach einem Werbespot für eine Lebensversicherung wird das Video abgespielt.

Das Ausflugsboot verlässt die Anlegestelle. »Da hat das Ganze angefangen«, sagt Nestor.

Das Boot gleitet langsam davon. Die Kamera folgt dem leiser werdenden Geplauder.

Sandor spricht, während er filmt. »Hinter ihnen ist eine Nebelbank. Sie hätten noch warten sollen.«

Eine andere Stimme: »Als würde sie das Boot verfolgen.«

Sandor: »Ich hab's dir ja gesagt.«

Der Nebel holt das Boot ein.

Die andere Stimme: »Das gefällt mir nicht.«

Der erste Schrei aus dem Nebel löst weitere Schreie aus.

Sandor: »Ich hab's drauf – was auch immer es ist.«

Die andere Stimme: »O Gott. Da ... da schwimmt jemand.«

Die Kamera schwenkt zu einem zweiten und einem dritten Schwimmer. Im Dunst sprenkeln Köpfe die Unglücksstelle. Eine Boje klatscht aufs Wasser. Seile schlängeln sich an der Oberfläche.

Sandor: »Vor einer Minute haben diese Leute noch neben mir gestanden. Hey ... gehen die unter?«

»Das Boot ist gesunken! Holt die Ruderboote!«, schreit ein Schwimmer.

Hilferufe verwandeln sich in Hilfeschreie.

Die andere Stimme: »Ich wähle den Notruf.«

Die Kamera schwenkt zur Anlegestelle und richtet sich auf ein unbenutztes Boot.

Sandor: »Hey! Hier drüben! Leute! Hört auf rumzustehen!«

Überall platscht es. Ein Ruderboot erreicht die Unglücksstelle. Arme strecken sich wie rosige Wurzeln aus dem aufgepeitschten Wasser.

Sandor (rufend): »Was ist mit dem anderen Ruderboot? Die Leute ertrinken hier!«

Eine neue Stimme: »Aus dem Weg!«

Ein dicker Unterarm füllt das Bild aus. Die Kamera fällt auf den Steg der Anlegestelle.

Sandor (schreiend): »Sie haben mich gestoßen!«

ABBLENDE

Das Video hat vierzig Sekunden gedauert, doch Luke hat das Gefühl, um viel mehr als vierzig Sekunden gealtert zu sein.

Nestor verkündet, dass er ins Bett will. Er geht nach Hause und setzt sich ins Dachgeschoss. Es ist Samstagabend, da hat er nichts anderes zu tun.

Er stellt seinen Fernseher und den Computer nebeneinander und schließt einen großen Monitor an den Laptop an, um sich die Kommentare von aktivierten Feeds, auf Instagram, Facebook, Twitter und vielen kleineren Feeds mit Benachrichtigungsfunktion anzusehen. Von Zeit zu Zeit sucht er von seinem kleinen Wachturm aus die Gegend mit einem Fernglas ab und spürt in der Welt ringsum die Geheimnisse auf, die er sich dort ersehnt.

Um zwei Uhr nachts ist der Hashtag *#EinsiedlerHeld* der am häufigsten angeklickte Eintrag auf Twitter.

26.

Am Sonntag drängen sich frühnachmittags fünfhundert Leute auf der schmalen Uferstraße. Die Polizei spannt gelbes Absperrband.

Eine weitere Warmfront ist da und hält die kanadischen Wetterfronten in Schach, die um diese Jahreszeit wie eine Sense durch Central Maine gleiten.

Der CBS-Primetime-Beitrag hat Leute von außerhalb der Stadt und außerhalb Maines angelockt.

In Ross Point ist mehr los als im belebtesten Sommer. Niemand kann sich erinnern, dass es jemals so gut war.

Die Zahl der Bewohner hat sich verdoppelt. Ortsansässige frischen ihre Schlafräume auf, und die ersten Schilder mit der Aufschrift »Zimmer zu vermieten« werden auf Rasenflächen aufgestellt oder an Zäune gehämmert.

Die beiden Sommerhotels haben eine Warteliste. Auf einem der vielen Felder, von denen die Stadt umgeben ist, preist ein Schild zu vermietende Parkplätze an. Drei Wohnmobile und ein roter Pick-up stehen bereits neben dem Farmhaus.

Die Stadt ist von einem Stimmengewirr erfüllt, wie man es seit der Katastrophe mit der Umgehung nicht mehr gehört hat. Im Stadtpark sind ein paar Kinder zu sehen. Die Autofahrer halten und warten auf die Fußgänger, statt vorbeizubrausen.

Es hat den Anschein, als würde Ross Point nach einem langen Albtraum seine glorreiche Vergangenheit wiederaufleben lassen.

Die Leute stehen Schlange, um am Teich zu posieren. Für die Stadträte ist es ein Zustrom potenzieller Einwohner. Neue Geschäfte. Im Gewimmel eines seltsamen Sonntags scheinen die Möglichkeiten für Ross Point grenzenlos zu sein. Sollte das so bleiben, ist der Bau eines Hotels nicht auszuschließen. Mit entsprechender Ausschilderung und der richtigen Werbung könnte die Stadt sich in ein amerikanisches Lourdes verwandeln.

Luke betrachtet die Versammlung. Gut zweihundert Leute. Es herrscht T-Shirt-Wetter. Wenn er ihnen keine große Beachtung schenkt, sind sie offenbar auch nicht so versessen auf ihn.

Man könnte auch meinen, es sei eine Versammlung verschiedener Freizeitgruppen. Manche Leute sitzen im Kreis und malen. Links dirigiert eine junge Frau drei Geiger. Volleyball. Tanzen. Henry sagt, in ein paar Tagen könnten sie Eintritt verlangen.

Luke hat die Stadt seit zehn Jahren nicht mehr so lebendig gesehen.

Aber vielleicht hat Nestor recht. Der Reiz des Neuen wird sich abnutzen. Wenn die Wahlen vorbei sind, wird die Brücke wieder eine Brücke sein, er wird wieder zur Arbeit gehen, und die Stadt wird in ihrem neu entdeckten Wohlstand ihre jüngste Geschichte vergessen. Er wird den Käse hochhieven, der die Passagiere der Transatlantikflüge in ihren ersten wachen Momenten über den silbernen Seen und Wäldern von Neufundland und Maine begrüßt.

Sie werden die Verpackung aufreißen und von Luke nicht das Geringste wissen.

Um 15:00 Uhr klingelt auf dem Hausboot das Telefon.

»Luke, hier spricht Ray. Melde dich so bald wie möglich bei mir.«

Luke löscht die Nachricht.

Zwei Minuten später klingelt es wieder.

»Luke, hier spricht Ray. Ich fahre die Straße auf und ab. Geh endlich ran.«

Eine Radaufhängung klappert, Bremsen quietschen, und eine Tür knallt zu. Schwere Schritte überqueren das Deck, und eine Faust hämmert an die Fliegentür.

Luke sieht den Lammfellkragen, die dunkelbraune Kappe, das Khakihemd, die Dienstmarke und die Waffe.

»Ray Vaughan, Polizeichef. Mach die Tür auf.«

Luke und Ray haben in der Schule dieselbe Klasse besucht. Raymond wurde wegen seines Übergewichts und der Brille gnadenlos schikaniert. Als der Stadtrat von Ross Point ihn einstellte, verfluchten alle den Tag, an dem sie ihn verhöhnt hatten, und das war tagtäglich gewesen.

Er zieht seinen Gürtel hoch. »Na, da sieh sich mal einer Luke Roy an. Du wirst der Einsiedlerheld genannt.«

»Was willst du?«

»Um dir einen Gefallen zu erweisen, hab ich dem Stadtrat versprochen, dass du beim jährlichen Wassersicherheitstag der St. Augustine School am Dienstag um elf Uhr einen Vortrag hältst.«

»Du hast *was* gemacht?«, brüllt Luke.

Ray steckt drei Stichwortkarten an die Fliegentür.

»Das hier sind die Highlights. Das heißt, von dir muss auch noch was kommen.«

»Ich mach das nicht.«

Noch nie hat Luke in der Öffentlichkeit eine Rede gehalten. Allein der Gedanke löst bei ihm flachen Atem, Gestammel, geschwollene Finger und Sehstörungen aus. Er liegt in Ketten geschnürt in einem durchsichtigen Sarg und wird in einen Wassertank hinuntergelassen. Alle glauben, irgendwer hat ihm den Schlüssel zugesteckt. Sie bewundern seine Darbietung. Dass er sich wirklich abzukämpfen scheint.

Der Polizeichef verschwindet, geht auf dem Deck umher und kehrt zehn Sekunden später zurück.

»Ich hab den Sicherheitszustand des Bootes überprüft. Ich muss die Zulassung sehen. Die Bescheinigung, dass es bewohnbar ist.«

»Hab ich nicht.«

»Dann fang schon mal an zu packen.«

»Dazu hast du kein Recht.«

»Irgendwelche Einwände?« Ray unterschreibt eine Verfügung und klebt sie an die Fliegentür. »Du warst in der Schule der Einzige, der nicht auf mir rumgehackt hat. Du hast dich sogar mal für mich eingesetzt.« Ray hustet. »Hilfst du den Kindern?«

Luke nickt.

Ray Vaughn zerreißt den Zettel und kehrt zu seinem Wagen zurück.

Um 16:00 Uhr, sechsundfünfzig Stunden nach Lukes Sprung, kommt ohne Vorwarnung der persönliche Assistent des Bürgermeisters vorbei, um über die bevorstehende Feier zur Verleihung der Ross Point Tapferkeitsmedaille zu sprechen.

Sie setzen sich an den Couchtisch unter der orangefarbenen Lampe.

»Wollen Sie nach der Verleihung irgendwas sagen?«, fragt der Assistent. »Der Bürgermeister will es persönlich vorher absegnen. Alle sollen auf einer Wellenlänge sein.«

»Ich würde lieber nichts sagen.«

»Sie sollten ein paar Worte an die Leute richten. Damit man den Klang Ihrer Stimme hört. Wenn Sie nichts sagen, wirkt das verunsichernd.«

Lukes hängendes Augenlid und die Stille werden für schaurige Fernsehbilder sorgen. Ein Lächeln und ein paar erlesene Worte würden das Lid in etwas Gutes verwandeln.

Er reicht Luke ein Blatt Papier. »Der Bürgermeister hat vorgeschlagen, dass ich Ihnen ein paar Stichpunkte aufschreibe.«

Danken Sie Bürgermeister Beeman – die besten Wünsche
für die bevorstehende Wahl. Nennen Sie ihn Donny.
Ross Point ist ein Geheimtipp – deshalb lebe ich hier.
Sagen Sie nichts über Ihr Privatleben. Bleiben Sie vage.
Was auch immer ein Reporter fragt, bringen Sie Ross
Point in der Antwort unter.

»Worum handelt es sich bei der Ross Point Tapferkeitsmedaille?«, fragt Luke.

»Eine neue Auszeichnung.«

»Ich bekomme einen Orden, der noch nicht existiert.«

»Sie sind der Erste, der ihn erhält.«

»Ich will ihn nicht haben.«

»Hören Sie«, sagt der Assistent. »Nächste Woche findet eine Wahl statt. Diese Geschichte bringt uns in die landesweite Berichterstattung. Sie sind eine Gelegenheit, die wir uns nicht entgehen lassen dürfen.«

»Nein.«

»Das ist real, Luke. Ich habe Richter Loksten sagen hören, *die Wiedergeburt von Ross Point steht bevor.*«

»Ich will nicht in der Zeitung stehen.«

»Genau das betonen sie alle – in der Zeitung! Sie sind ein verdammtes Genie.«

Luke verschränkt die Arme. »Ich will keinen Orden haben. Ich will nicht in der Zeitung stehen. Ich will weder im Fernsehen noch in den sozialen Medien sein. Ich will vom Bürgermeister keine Auszeichnung.«

»Bis Freitag, Luke.«

Draußen scheint die Sonne auf die lebhafte Versammlung. Jede Menge gelb gestreifte Liegestühle, die seltsamerweise wieder Saison haben, kalte Limonade, Kartentrickser, ein Eisverkäufer. Ein Football wird hin und her geworfen. Ein Instagrammer kommt mit einem männlichen Unterwäschemodel aus einem Wagen und lässt ihn vor einem Zipfel der Brücke im Hintergrund posieren. Ein Yogalehrer macht auf Facebook Live eine Kriegerpose. Eine Politsendung schlägt ihre Zelte auf und dreht einen Bericht darüber, was diese Geschichte für das Land bedeutet.

Der Assistent des Bürgermeisters wird angehalten und mit Fragen bombardiert.

Was auch immer er ihnen erzählt, die Reporter schreiben es auf. Er dreht sich zu Luke um und streckt den Daumen hoch.

Auf ein langsames, anerkennendes Händeklatschen folgt das Mantra: »Luke Roy! Luke Roy! Luke Roy!«

Luke geht nach drinnen und ruft Nestor an.

»Bei Nestor.«

»Ich bin hier im Gefängnis. Was siehst du?«

»Moment.«

Nestor lässt von seinem hohen Fenster aus den Blick über die Stadt und die Landschaft wandern.

»Die Uferstraße ist hoffnungslos. Ich zähle sechs Wohnmobile auf dem Feld der Farm, und der rote Pick-up, der weg war, ist wieder da. Ich sehe drei neue Autos und zwei Zelte. In der Stadt stehen Übertragungswagen. An deiner Stelle würde ich das Rettungsboot nehmen und in einer natürlichen Haltung rudern.«

Der Lärm draußen wird lauter. »Luke Roy! Luke Roy! Luke Roy!«

Nestor erhebt die Stimme. »Dass der eigene Name skandiert wird, will man nicht erleben. Dann ist man entweder ein Gott oder muss bald sterben.«

»Luke Roy! Luke Roy! Luke Roy!«

27.

Es ist ein blasses, spärliches Ding, ein zartes Geschöpf. Die ersten Spuren Luke Roys im Entstehungsprozess. Nestor begutachtet alles: Geburtsdatum, Wohnort, Arbeitsplatz. Sein Sprung von der »Brücke der Hoffnung« bei Ross Point. Ein Held, der an historische Berühmtheiten und Revolutionäre anknüpft. Das Standfoto.

Luke hat eine Wikipedia-Seite. Verfasser unbekannt.

Sogar bei seinem ersten Auftreten im Internet ist der digitale Luke diffus. Doch es gibt gerade genug von ihm, um zu erkennen, dass er es ist.

Eine halbe Stunde später werden die architektonischen Details der Brücke aus einem digitalisierten Fachbuch zitiert, ein Foto von der Brücke und eins von Lukes Eltern an ihrem Hochzeitstag hochgeladen. Ein siebenhundert Wörter umfassender Abriss über die Papierherstellung im neunzehnten Jahrhundert. Nestor verfolgt ihn bis zur unveröffentlichten Dissertation eines Doktoranden in Ohio zurück, der vermutlich wegen seines Studienkredits bis über beide Ohren verschuldet ist.

Am frühen Abend ist die Inszenierung Luke Roys weiter in vollem Gange. Einträge und Links zu Amphibienfahrzeugen, Teichen, Flüssen und Fabriken – manchmal identisch mit Britannica und Webster. Nestor verfolgt die ersten zweihundert Wörter eines Artikels über Eisenbahnbrücken bis zu einem im Internet feilgebotenen Essay zurück.

Andere Wikis enthalten dieselben Beiträge. Die Informationen bilden einen Kreis ohne Ursprung. Er ist mit sich selbst verknüpft und speist sich aus sich selbst.

Als Nestor ihm seine neue Identität zeigt, sitzt Luke stumm vor dem Laptop.

»Im Wesentlichen nur ein paar Fakten, Luke.«

»Ich will mein Leben zurück.«

Als Luke es zum fünften Mal wiederholt, schreibt Nestor eine E-Mail für ihn: die Forderung, dass die Webseite gelöscht wird. Unverzüglich antwortet ein anonymer Bearbeiter mit langem Benutzernamen. Informations- und Redefreiheit seien für die Demokratie im Netz unentbehrlich.

Als die Sonne untergeht und es dunkel wird, brennen die Leute draußen Kerzen ab und entzünden Lagerfeuer. Henry bricht den Bann.

»Mein Gott.«

Bei einem Nachrichtensender löst Luke unter dem *Crossfire*-Logo Neville Chamberlain ab.

Zwei Köpfe brüllen sich vor einem schweigenden, aber beifälligen Moderator an.

»… und wenn wir uns jetzt nicht für die Freiheit einsetzen, werden wir unsere Stellung als Weltenführer verlieren.«

»Du hast es in die beliebteste Sonntagabend-Talkshow im Fernsehen geschafft«, sagt Henry.

Der Moderator beschwichtigt die beiden. »Unser letzter Diskussionspunkt an diesem Abend.« Er hält ein Plakat hoch: SEIN ODER NICHTSEIN.

»Am Freitag trug sich ein Kleinstadtdrama zu: die phantastische Rettung eines Jungen.

Schwindelerregende neununddreißig Millionen Aufrufe, Tendenz steigend, bei YouTube, zwölf Millionen Aufrufe des Videos von dem faszinierenden Sprung eines gewissen Mr Luke Roy bei Facebook. Es wimmelt nur so von Kommentaren. Die Kernfrage scheint zu sein: *Wo* ist dieser Held?«

Der Moderator wendet sich der Frau zu. »Eleanor, ist es für den Retter nicht an der Zeit, an die Öffentlichkeit zu treten?«

»Ganz und gar nicht«, sagt Eleanor. »Die Privatsphäre ist ein wichtiges Gut, das einen Eigenwert hat. Man darf sie niemandem ohne seine Zustimmung nehmen.«

Der Moderator streckt die Hand aus. »George, hat Eleanor nicht recht? Nur weil mindestens fünfzig Millionen Menschen das Video im Internet gesehen haben und schätzungsweise weitere zwanzig Millionen im Fernsehen, warum sollte er da an die Öffentlichkeit treten? Luke Roy hat ja nicht darum *gebeten*, dass seine Rettungsaktion gefilmt wird.«

»Falsch!«, sagt George. »Bei diesen hohen Zahlen liegt es im öffentlichen Interesse, dass er die Zusammenhänge darstellt. Eigentlich hat er die *Pflicht*, etwas zur Diskussion beizutragen – sonst ist er eine unsterbliche Cartoon-Figur, die von der Brücke springt, und wir wollen nicht, dass unsere Kinder ihn nachahmen. In der realen Welt werden sie sterben. Offen gesagt, ich frage mich, was er zu verbergen hat.«

Der Moderator runzelt die Stirn. »Eleanor – das öffentliche Interesse wurde ins Feld geführt.«

»Die Pflicht liegt bei uns«, sagt Eleanor, »*wir* haben die Pflicht, *ihn* in Ruhe zu lassen. Und seit wann *verbirgt* man etwas, wenn man sich um seine eigenen Angelegenheiten kümmert?«

George zählt es an seinen Fingern ab. »Eine Rettungsaktion – an einem öffentlichen Ort –, während man von der Öffentlichkeit gefilmt wird. Er ist ein öffentlicher Mensch.«

»Der Mensch, den andere in ihm sehen«, sagt Eleanor.

»So hab ich das nicht gemeint!«

Der Moderator unterbricht die beiden. »Die Sonntagsausgabe von *Crossfire* wünscht Ihnen eine gute Nacht.«

Während des Abspanns ist weiter Gebrüll zu hören.

28.

Am Montag geht Luke im Morgengrauen zur Arbeit. Er will seinen Job nicht aufgeben.

Er hat Antibiotika genommen und einen drei Jahre alten Streifen Schmerztabletten gefunden. Die Gemeindewiese ist menschenleer. Luke bindet das Ruderboot los und steuert auf die Flussmitte zu. Er lässt den Blick über die Böschung wandern, wie ein Schmuggler, der den besten Anlegeplatz wählt.

Er rudert hundert Meter. Nachdem er das Boot festgemacht hat, geht er zu Fuß durch ein Gewirr von Gassen und mit Brettern vernagelten Läden, bis er die Fassade des braunen Industriegebäudes auf dem Hügel sieht.

Enterprise Cheese, Inc.

Als er die schmale Straßenbrücke überquert hat, befindet er sich auf dem Fabrikgelände.

Neben ihm hält eine Luxuskarosse. Ein Fenster gleitet hinunter.

»Luke Roy?«

»Ja.«

»Einen Moment, bitte.«

Zusammen mit dem Fahrer steigen zwei Männer aus. Sie stellen sich zu beiden Seiten neben ihm auf, einer deutet auf irgendwas in der Ferne, der andere hält ein Schild. Luke ist in einem Blitzlichtgewitter gefangen.

Dann springen sie in den Wagen und brausen davon.

Beim Geräusch des beschleunigenden Motors gehen in schneller Folge Scheinwerfer an. Silhouetten stürzen sich auf ihn.

»Mr Roy, wer bekommt bei der Wahl Ihre Stimme?«

»Mr Roy. Signieren Sie meine Kappe!«

»Mr Roy, warum müssen Sie noch arbeiten? Was wissen wir nicht?«

Manche schwenken Mappen und machen Geschäftsvorschläge. Manche haben eine kranke Tochter.

Ein Dutzend Telefone rotieren um ihn. Eine Baseballkappe und ein Filzstift tauchen vor seinem Gesicht auf. »Signieren Sie die bitte!« Die Stimmen werden schriller.

Hände wühlen in seinen Taschen. Die Menschenmenge verdichtet sich. Er bemüht sich, auf den Beinen zu bleiben. Wenn er untergeht, ist er erledigt.

Irgendwer fasst an seine Binde, und er zuckt zusammen vor Schmerz. Jemand anders kommt auf dieselbe Idee, grapscht sich das lose Ende und reißt seinen Kopf nach links.

Plötzlich krächzt ein Megafon.

»Zurücktreten!«

Polizeichef Vaughn steht in voller Uniform da. Sein Ellbogen liegt auf der geöffneten Tür des Streifenwagens, und das Blaulicht blitzt.

»Ich hab gesagt, Sie sollen zurücktreten.«

Als das Drängen der Körper nachlässt, geht das Fabriktor auf. Luke lehnt sich nach vorn und rennt los.

Polizeichef Vaughn steigt wieder in seinen Wagen. Er schüttelt den Zucker von einem Donut und nimmt den Deckel von seinem Kaffee. Mampfend beobachtet er das Ganze. Das Licht vom Armaturenbrett umhüllt sein Gesicht.

Luke wartet in Ludovics Büro, bis der stellvertretende Direktor Ed McGee zur Arbeit erscheint. Er sieht Luke am Schreibtisch sitzen und die restlichen Schmerztabletten schlucken.

»Wann haben sie dich denn zum Direktor gemacht?«, fragt Ed.

»Ich bin heute früher da.«

»Tja, Ludovic hat sich krankgemeldet. Also ist das *mein* Stuhl.«

Um 8:30 Uhr marschieren die dreiundsechzig Beschäftigten von Enterprise Cheese den Flur entlang. Ed geht die Bestellungen der Fluglinien durch.

»Großauftrag von Lufthansa, fällig am Freitag«, sagt er.
»Sie hatten im Frühjahr ein Sonderangebot und sind für
sechs Wochen auf allen Flügen ausgebucht.«

Seit zwölf Jahren parkt Ludovic seinen cremefarbenen Su-
baru um sieben Uhr früh diagonal vor der Fabrik. Fürs Mittagessen in der Kantine im vierten Stock wählt er Gruppen
von Leuten aus, die nichts gemeinsam haben. Damit will
er verhindern, dass Freunde sich unterhalten. Er will, dass
beim Essen geschwiegen wird und alle pünktlich zur Arbeit
zurückkehren.

Ed, Luke und Michael Mosley bilden heute eine Gruppe.
Die gewöhnliche Stille ist diesmal anders. Vielleicht liegt
Lukes Ruhm in der Luft: Sie fragen sich, warum er hier ist,
obwohl ihm doch große Geldbeträge angeboten worden sein
müssen.

Ed McGee sitzt mit seinen Cornflakes da und betrachtet
die Karte der Werkhallenausgänge, die auf die Tischplatte
geklebt ist. Mosley, der Gabelstaplerfahrer, starrt die Wand
an; er wirkt erstaunt, dass er nach zwölf Jahren immer noch
hier ist.

Keiner von ihnen ist je aufgestanden und hat erklärt: »Ich
bin gekommen, weil ich hier einen Sommer lang arbeiten
wollte, aber das war schon vor fünfzehn Jahren. Ich dachte,
ich hätte genügend Zeit für alles, was ich im Leben noch vor-
hatte. Aber ich hab mich daran gewöhnt.«

Das wäre eine lange Rede für eine Kleinstadtkantine.
Je seltener sie an ein anderes Leben denken, das sie hätten
führen können, umso seltener dürften sie an dieses Leben
hier denken.

Nie genießen sie den herrlichen Ausblick. Luke hat mal gefragt, warum sie ihm keine Beachtung schenken.

Ed sagte, sie würden den Blick schon kennen. Warum rausschauen, wenn es nichts Neues zu sehen gab?

Er hatte recht. Die Stadt lebte noch in den besseren Zeiten, lange nachdem diese besseren Zeiten vorüber waren.

Doch dieser Ausblick erfüllt Luke mit Hoffnung, auch wenn er nicht weiß, worauf er hofft. Es ist das unbestimmte Gefühl, dass alles viel besser werden wird.

Die Brücke entstand als Teil eines größeren Plans.

Mr Theodore Marsh, zweiundfünfzig, war ein kahlköpfiger Exzentriker mit runder Brille und stetigem Lächeln. Er erbte das Vermögen, das seine Vorfahren durch den Bau eines Abschnitts der transkontinentalen Bahntrasse durch die Prärie in den sechziger Jahren des neunzehnten Jahrhunderts erwirtschaftet hatten. Der schmale Schienenstrang, den sie in das offene Grasland hämmerten, zog Zäune und Siedler nach sich. Aus den bald nachfolgenden Zügen heraus erschossen Jäger die Büffel. Sie leerten die Landschaft und erschufen sie neu.

1934 erbte Marsh das auf der Eisenbahn und der Holzfällerei fußende Vermögen seiner Familie. Er hatte die Vision, eine hundertsiebzig Kilometer lange malerische Bahnstrecke durch die Landschaft von Central Maine zu bauen. Die Endstation sollte im Brachland errichtet werden.

Das Brachland war ein drei Kilometer langes Gebiet mit Gerbereien, Schmieden, Haushaltswarengeschäften, Schneidern, Schustern und Polsterern, das sich aus einer einzigen Zugangsstraße entwickelt hatte. Die Straße verlief parallel zum Fluss und war das Herz der Stadtgeschichte –

voller Menschen, die alles reparierten, was arme Leute sich kein zweites Mal leisten konnten. In dieser herrlichen Abgeschiedenheit, die sich bis zum Meer erstreckte, fanden die Handwerker und die Armen Zuflucht. Dieser seltsame Außenposten mit seinem seltsamen Namen war der Herzschlag einer vergessenen Menschlichkeit. Hier sammelten sich die sichtbaren und unsichtbaren Existenzen, die der Stadt Leben einhauchten. Es war eine Zuflucht für kurze Gespräche und lange Morgen.

Mr Marsh beschloss, zuerst die Brücke fertigzustellen. Die Endstation, die Gleise und die Bahnhöfe an der Strecke konnten später folgen. Etwas an dieser Schlucht faszinierte ihn, forderte ihn heraus, reizte ihn.

Drei Jahre lang arbeiteten hundertdreißig Einheimische an den beiden riesigen Masten auf beiden Seiten, an den zehntausend Metern Stahlkabel, die fünfzig Zentimeter dick verdrillt und durch Laufrollen geführt wurden. Armierte Betonplatten wurden auf Stahlträgern und Rahmenkonstruktionen an ihren Platz gehievt. Die einzigen Gleise, die verlegt wurden, waren die auf der Brücke selbst. Als sie 1937 fertiggestellt wurde, überspannte die dreißig Meter lange Brücke eine Schlucht und verband eine Wiese mit einer anderen.

Der bebrillte Erbe von Eisenbahnmagnaten starb eine Woche später. Es heißt, er war das erste Opfer der Brücke. Oder die Geister der von seiner Familie umgebrachten Prärie-Indianer erschienen, um sein Werk zu begutachten.

Die Erben des Grundstücks boten es der Stadt zu einem symbolischen Preis an, den die zwölf Stadträte bei einer aufwendigen Feier bekanntgaben. Der Bürgermeister, ein Bauunternehmer namens Don Beeman und Vater des gegenwärtigen Bürgermeisters, sagte scherzhaft, sie hätten die teuerste

Brücke, die in Maine je gebaut wurde, für einen Dollar bekommen.

Es hieß, dass viele Hotels gebaut werden sollten.

Das war die Zeit, als es im Brachland zu den ersten Unfällen kam. Bei einer Reihe von mysteriösen Feuersbrünsten, deren Ursache nie aufgeklärt wurde, brannten Gerbereien und Schuppen ab.

Den Inhabern der Handwerksbetriebe gehörte das Land nicht. Das Gebiet wurde von einem örtlichen Richter namens Loksten für unbewohnbar erklärt, und für die Grundstücke, auf denen die Gerbereien und Schmieden so lange gestanden hatten, fand eine Ausschreibung für den Bau einer Polizeiwache statt. Die restlichen Bewohner wurden vertrieben – nahezu dreihundert im Frühling eines einzigen Jahres. Sie verließen die Stadt und verfluchten Ross Point.

Die Bodenpreise im Umkreis von drei Kilometern schossen in die Höhe.

Aber es lief nicht so, wie die Stadt es geplant hatte. Man erhoffte sich Gewerbeanträge, doch eine Eisenbahnbrücke ohne Gleise auf beiden Seiten war weder eine Brücke noch eine Eisenbahn.

Unterdessen waren Wartungsarbeiten erforderlich. Wenn die Brücke fertig gestrichen war, war schon der nächste Anstrich fällig. Der Beton wies winzige Risse auf, die von Ingenieuren untersucht werden mussten. Vermesser wurden gebraucht, um Abweichungen bei den Trägern zu ermitteln. Das Geld dafür besaß die Stadt nicht. Man hielt immer wieder Sitzungen ab und hoffte, ein Sturm würde das ganze Ding irgendwann zum Einsturz bringen. Doch Mr Marsh hatte sein Geld gut angelegt. Die Brücke stürzte nicht ein.

Die Stadt strich sie aus den offiziellen Karten. Man riss die Zugangsstraße auf und hinterließ einen Kiesweg. Man entfernte die Wegweiser. Die einzige Möglichkeit, sie zu erreichen, war ein mühsamer Marsch durch das Brachland, in dem es jetzt nichts mehr gab außer wucherndem Gras und den Spuren entwurzelter Leben.

Die nächste Generation wuchs heran in einer perspektivlosen Stadt mit einer prachtvollen, sinnlosen Brücke. Jeden Morgen ließ die Sonne die Stahlkabel erstrahlen wie Kratzspuren. Die Brücke starrte Ross Point an, und Ross Point starrte zurück.

Und sie starrt auch heute her, als Luke in der Mittagspause an dem großen rechteckigen Fenster steht; die an den Horizont geprägte Brücke trotzt der Stadt, die wünschte, sie würde nicht existieren.

Sie steht nebelfrei und imposant über dem Fluss.

Neben ihm erklingt Eds Stimme. »Was für ein Blick, oder?«

Die Frage hat etwas Kryptisches, aber auf diese Art übt McGee seine Macht aus. Er tut so, als wüsste er etwas, was man selbst nicht weiß. Die Leute fürchten sich vor ihm.

McGees eigener Sturz dauert schon dreißig Jahre, doch er merkt es nicht. Jeden Tag auf der Arbeit sieht er dieselben Leute. Jeder ist da, wo er am Vortag war, und führt dieselben Arbeiten aus, also stürzen alle mit der gleichen Geschwindigkeit, und es hat den Anschein, als würde gar niemand stürzen.

29.

Als Luke nach der Arbeit nach Hause stapft, ist es noch warm.

Es hat sich herumgesprochen, dass er unterwegs ist.

Der schwarze Lieferwagen taucht auf, dann ein roter Pick-up, gefolgt von einem verrosteten Wagen, der anhält. Quietschend öffnet sich eine Tür. Roger, ein ehemaliger Mitschüler in St. Augustine, steigt aus. Er sieht aus, als ginge es ihm nicht besonders gut, nicht mal nach den Maßstäben von Ross Point. Anzeichen von Unterkühlung, rote Flecken rings um den Mund.

»Luke, ich hab dich eine Ewigkeit nicht gesehen.«

»Hallo, Roger.«

»Und, wie geht's dir?« Roger knufft ihn. »Was ist los? Ich hab's bei Twitter und Instagram probiert, aber da bist du nicht. Wie soll man dich da finden?«

»Ich bin nicht online, Roger.«

»Ach, deshalb konnte ich keinen Kontakt halten. Wohnst du noch auf dem Hausboot?«

»Ich muss jetzt los, danke, dass du angehalten hast.« Luke geht ein paar Schritte, und Roger folgt ihm.

»Lust auf einen Drink?«

»Nein danke.«

»Morgen?«

»Nein.«

»Was, zum Teufel, ist mit dir los? Ich halte an, um hallo zu sagen, und du lässt mich einfach abblitzen.«

Luke beschleunigt seine Schritte.

»Das vergess ich nicht, du Arsch! Bis demnächst.«

Luke kann in Ross Point nirgends mehr zu Fuß gehen. Die Stadt ist für ihn jetzt geschlossen.

Kaufleute warten in den Ladeneingängen und mustern ihn. Wenn er näher kommt, lächeln sie und applaudieren. Ein Wohnmobil rollt langsam neben ihm her. Der Fahrer hupt.

Der Schlag trifft seinen Kopf von hinten, und ein Stiefel tritt ihm in die Rippen. Als er herumwirbelt, rammt ihm Roger den Ellbogen brutal an die Stirn.

»Bist dir zu fein für uns, was?«

Luke rennt die Einfahrt eines Privathauses rauf, der Boden schwankt unter seinen Füßen.

»Lass mich nie wieder einfach stehen«, brüllt Roger.

Luke springt über den Zaun hinterm Haus und erreicht den Steg. Der Boden schwankt. Er darf nicht stehen bleiben. Das letzte Stück legt er auf allen vieren zurück. Er ist schon fast zur Mitte des Flusses gerudert, als die ersten Verfolger aus den Gassen und Gärten der am Ufer stehenden Häuser kommen und sehen, wo er ist. Geschäftsleute, Autogramm-jäger, Bekannte, die er seit Jahren nicht mehr gesehen hat. Er kann nie wieder diesen Weg nehmen. Ein Stöpsel wurde gezogen, und die Stadt strudelt um ihn herum.

Die zusammengewürfelte Schar folgt ihm am Ufer entlang. Er hört auf zu rudern und wartet. Sie filmen ihn. Ihre Köpfe sind weiße Rechtecke mit glasigen, leblosen Augen.

Er wartet, bis das Tageslicht schwindet.

Blut rinnt von seiner Stirn, als das Ruderboot im Dunkeln gegen den Rumpf des Trawlers stößt. Er kontrolliert das Vor-hängeschloss an der Fliegentür, nimmt die Brandaxt und lehnt sie ans Sofa. Dann legt er ein Tranchiermesser unters Kissen seiner Koje.

Das Boot schaukelt, als das Wasser die paar Zentimeter steigt, wie es so weit von der Küste entfernt noch möglich ist. Er blickt aus dem Bullauge und sieht die Silhouette der Brücke im Licht der Mondsichel.

Vielleicht liegt es an den Schmerzen, die seinen Kopf und die Rippen plagen, aber die Masten und das Stahlkabel sehen im Mondschein lediglich wie eine Brücke aus. Er sieht keine Pforte zur anderen Seite, die ihn hinüberlockt. Da ist keinerlei Zauber. Den gab es nie. Er ist geheilt, und es ist zu spät für eine Behandlung.

Das Telefon klingelt. Auf den Piepton folgt Ray Vaughns Stimme.

»Der Kurs zur Wassersicherheit beginnt um elf Uhr. Nimm dir den Morgen frei. Ich hol dich am Boot ab. Vergiss nicht, diese Stadt hat dich zu dem gemacht, was du heute bist.«

Luke wäscht sich das Gesicht und nimmt die Antibiotika. Als der Eisbeutel seine Stirn berührt, hält er den Atem an. Der Ellbogen hat die Wunde nicht getroffen und nur einen blauen Fleck hinterlassen.

»Luke Roy! Luke Roy! Luke Roy!«

Er legt sich in die Koje und zieht die Decke über den Kopf. Jedes Mal, wenn er die Augen schließt, geht Roger wieder auf ihn los. In dem Sprechchor hört er plötzlich andere Worte. Er ist überzeugt, dass sich ein neuer Vers herausgebildet hat.

Luke Roy! Lügner! Luke Roy ist ein Lügner!

30.

Am Dienstag um 6:25 Uhr, fast hundert Stunden nachdem er von der Brücke gesprungen ist, piept sein Anrufbeantworter.

»Hier spricht Ludovic, Enterprise Cheese. Mir liegt ein Gesuch des Polizeichefs vor, Sie heute früh von der Arbeit freizustellen. Ich erwarte Sie dann am Nachmittag. Ich hab Ihre Fabrikjacke hier.«

Um 10:30 Uhr betätigt Vaughn die Hupe des Streifenwagens, und Luke steigt ein.

Rays Uniform ist gebügelt, seine Schuhe gewienert. Luke trägt Hemd und Krawatte.

Ray sieht die neue Wunde. »Was, zum Teufel, ist da passiert?«

»Ich bin gestürzt.«

Ray holt verschreibungspflichtige Schmerztabletten aus dem Handschuhfach.

»Heute musst du dir allergrößte Mühe geben. Der Stadtrat hat sich für diesen Kurs eingesetzt. Der Bürgermeister persönlich.«

Während der Fahrt tänzelt eine Fliege an der Fensterscheibe.

Ray räuspert sich. »Eine Zeitungsreporterin zieht Erkundigungen über dich ein.«

Luke nippt an seinem Kaffee.

»Und der Discovery Channel hat heute früh im Serenity Motel angerufen und um Diskretion gebeten.«

Die Fliege schwirrt um Lukes Nase. Er wedelt sie weg.

Ray spreizt die Hände in imaginärem Neonlicht und lenkt mit dem Knie.

»Ich kann's deutlich vor mir sehen. Der Titel.«

»Halt mich da raus«, sagt Luke.

Ray zündet sich eine Zigarette an, und der Rauch zieht aus dem Fenster.

»Genau genommen, tu ich dir einen Gefallen, indem ich dich einweihe.«

Luke nimmt den Deckel von seinem Kaffee, und sofort schwirrt die Fliege vor seinem Gesicht. Sie fliegt ständig gegen seine Haut, bis er um sich schlägt und Kaffee auf dem Armaturenbrett verspritzt.

Der Wagen schlingert mit quietschenden Reifen über Schlaglöcher, während Ray ihn wieder geradezuziehen versucht.

»Herrgott noch mal!«

Luke patscht in einer sinnlosen Reihe von Schlägen aufs Fenster und die Türverkleidung: Für eine Fliege spielt sich das Ganze in Zeitlupe ab.

St. Augustine kommt in Sicht. Sie sind siebenundzwanzig Minuten zu spät.

»Übrigens nimmt an dem Kurs auch die Tochter eines Stadtrats teil«, sagt Ray.

Die Direktorin und die Lehrer warten mit mehr als dreißig Kindern.

Luke hält Ray Vaughns Stichwortkarten in der Hand. Die Direktorin unterdrückt ihren Ärger.

»Heute haben wir einen ganz besonderen Besucher zu Gast, der mit euch über Wassersicherheit sprechen wird.«

Sie dreht sich um. »Wie fühlen Sie sich heute, Luke?«

»Danke.«

Ray betritt dasselbe Klassenzimmer, in dem er als Kind Qualen litt. Er sieht die Gesichter derjenigen, die ihn gepiesackt haben, in den Gesichtern ihrer Söhne und Töchter gespiegelt.

»Und den Polizeichef«, sagt die Direktorin. »Auch er ein ehemaliger Schüler von St. Augustine.«

Ray fasst Luke an der Schulter. »Begrüßt Luke Roy, unseren Helden wider Willen!«

Das Zimmer ist von Beifall erfüllt.

Luke hebt die Hand. »Danke. Aber ich bin kein Held.«

Die Lehrer stehen auf und klatschen noch lauter.

»Bravo!«, rufen sie.

Diesmal sagt Luke nichts. Ray Vaughn sitzt auf der Heizung und schwitzt. Luke liest das erste der drei Stichwörter: SCHWIMMEN.

Er spürt die von der warmen Heizung ausgehenden Hitzewellen.

Das zweite Wort rückt in sein Blickfeld: STRÖMUNG.

»Ein Ripstrom«, sagt er. »Was ist ein Ripstrom?«

Der kleine Junge ganz vorn sagt: »Warum erklären Sie's uns nicht einfach?«

Ray flüstert, das sei Beemans Sohn. Luke dreht sich zur Tafel um und zeichnet ein Strichmännchen, das im wogenden Meer schwimmt, und einen Pfeil, der zur Seite zeigt.

Er wendet sich wieder der Klasse zu.

»Ein Ripstrom ist eine Unterströmung, die einen ins tiefe Wasser zieht. Wenn man dagegen anschwimmt, ertrinkt man. Das Meer ist stärker als wir.«

Der kleine Junge streckt den Arm in die Luft. Luke kehrt an die Tafel zurück.

»Aber wenn man zur Seite schwimmt.« Luke macht eine Kunstpause. »Dann kann man entkommen.«

Der Arm des Jungen ist immer noch oben. »Hatten Sie Angst, als Sie von der Brücke gesprungen sind?«

Lukes Kehle schnürt sich zusammen. Die sitzenden Gestalten verzerren sich.

»Wie hoch ist die Brücke?«, fragt der Junge.

»Ich glaube, fünfunddreißig Meter«, sagt die Direktorin. Sie hat sich informiert.

Luke stützt sich an die Tafel und sieht sich das dritte Stichwort an: TREIBEN.

Als neun Minuten später die Klingel ertönt, schwingt die Eingangstür auf, und Luke Roy trottet die Stufen hinunter ins Sonnenlicht und reißt sich sofort die Krawatte vom Hals. Er bläst erst das eine und dann das andere Nasenloch durch und wendet dann das Gesicht zum Himmel, die Augen geschlossen, die Binde lose flatternd. Er lächelt in der wohltuend kühlen Luft.

Ein Lehrer geht mit einer Schachtel Kreide vorbei. Er sieht Luke und bleibt stehen: »Der erste Tag?«

Ray Vaughn hält am Bordstein und lässt den Motor aufheulen.

»Was war da drin mit dir los?«, brüllt er mit beschlagener Brille.

»Ich kann in der Öffentlichkeit nicht reden.«

»Ich hab dir doch die Stichwortkarten gegeben. Und du kannst ja auch jetzt mit mir reden, oder?«

Auf der Fahrt zum Hausboot gelingt es Ray nicht, die Straße im Blick zu behalten.

»Du musst das verstehen«, sagt er. »Mein Arbeitsvertrag muss verlängert werden. Der Stadtrat stimmt darüber ab.«

»Tut mir leid.«

Ray drosselt das Tempo. »Wir können dich nicht gebrauchen, nicht nach diesem Auftritt.«

»Wofür denn?«

»Den Dokumentarfilm.« Ray gibt ihm noch ein paar Tabletten. »Und von dem tätlichen Angriff hättest du mir erzählen sollen. Ich knöpfe mir Roger vor. Er war in der Schule der Schlimmste von allen. Ich hab übrigens in der Fabrik angerufen – du bist von der Arbeit freigestellt. Und reiß dich für die Feier am Freitag zusammen. Ich melde mich.«

31.

Als Luke das Boot betritt, findet er einen Postsack an Deck und hievt ihn auf den Küchentisch.

Er schließt die Augen und greift hinein.

Er öffnet einen rosafarbenen Umschlag, der an »Luke Roy, Ross Point, Maine« adressiert ist.

Die Handschrift eines Kindes, große, runde Buchstaben.

Die Zeichnung eines Strichmännchens, das, den Kopf von der Sonne umschlossen, von einer Brücke springt.

Du bist mein Held. Mein Daddy ist im Krankenhaus. Meine Mutter liegt im Bett und weint. Kannst du meinen Dad bitte retten? Wir wohnen in Reno. Shawn.

Luke liest den Brief noch mal. Der Aufschrei eines fernen Herzens, das sich an eine unwirkliche Hoffnung klammert und alles weiß, was ein Kind weiß, also jederzeit alles.

Er zieht eine Ansichtskarte hervor. Winzige Schrift, Buchstaben, die keine Energie mehr haben.

Sehr geehrter Mr Roy. Ich bin auf die Sunshine Bridge in Tampa gefahren und habe um 7:05 Uhr dort gewartet, und da hab ich die Nachricht im Radio gehört. Sie haben mir einen weiteren Tag geschenkt. J. P.

Luke holt einen maschinegeschriebenen Umschlag aus dem Sack.

Luke, ich bin ein Mann etwa in Ihrem Alter. Ich leite ein Unternehmen, ich bin erfolgreich. Ich habe stets mit einer geheimen Angst gelebt, weil mir, als ich noch klein war, eine Autoritätsperson etwas angetan hat. Sie haben mir geholfen, in die Vergangenheit zurückzukehren, diesen Schatten auszulöschen und dem kleinen Jungen zu sagen, dass er anfangen soll zu leben. Mit freundlichen Grüßen. Mike.

Der vierte Brief ist in einer sorgfältigen Handschrift verfasst. Luke kann das linierte Heft aus einer vergangenen Zeit und den strengen Schreibunterricht geradezu vor sich sehen.

Mr Roy, können Sie in das gute alte Florida kommen? Ich lebe allein. Ich weiß, das können Sie nicht. Aber wenn Sie's könnten, würden Ihnen ein eigenes Zimmer, eine Farm und ein Auto zur Verfügung stehen. Ich habe niemanden. Ich lebe für meine Kinder und Enkel. Aber die kommen nicht zu Besuch. Ich hatte ein schönes Leben. Ich wollte bloß mal schreiben. A.

Luke kann keine Adresse entdecken.

Er zieht noch einen Brief aus dem Postsack. Der Stempel auf der Briefmarke ist aus Long Beach, Kalifornien.

Beim Tod meines Bruders war ich fünfzehn. Er war achtzehn, und ich konnte mir damals nicht vorstellen, dass ich je älter sein würde. Er brachte mir das Surfen bei, nahm mich mit zu Lagerfeuern am Strand und der ganzen Musik, und am besten kann ich mich an die Eagles erinnern. Er war braungebrannt und sah richtig gut aus. Die Mädchen liebten ihn, aber er vergaß mich nie. So war er. Ich blickte zu ihm auf und tue das auch heute noch. Er würde mir immer ein paar Schritte voraus sein, und ich müsste ihm bloß folgen.

Doch irgendwo hinter diesem Selbstvertrauen gab es in seiner Seele ein Ungemach, von dem er mir nicht erzählen konnte. Bevor er ging, legte er eine Schallplatte unter mein Kopfkissen.

Wäre ich bloß ein bisschen älter gewesen, dann hätte er vielleicht etwas gesagt.

Oft begebe ich mich an genau diesen Ort und spiele die Songs, die wir damals hörten. Doch es ist eine andere Zeit. In Ihrem Alter dürften Sie die Zeit, von der ich rede, kaum kennen, aber vielleicht doch. Mein Bruder hieß Sam. Er fehlt mir immer, wenn ich nicht weiß, wo ich hinwill oder was ich tun soll. Ich wurde in dieser Welt

von meinem großen Bruder getrennt, und manchmal ist
sie ein kalter Ort. Nächstes Jahr werde ich sechzig. Wenn
Sie so weit gekommen sind, sorgen Sie für sich selbst, seien
Sie das Licht.

Luke spürt die Last dieser ungelebten, in Papier gehüllten Leben.

Er ist nicht in einen Fluss gesprungen, sondern in die Leben der Verlassenen und der Menschen, die keine Stimme haben, aber am meisten zu sagen wissen.

Welche Krankheit ihn auch vor all den Jahren befiel, gegen diese fünf Briefe hat sie keine Chance.

32.

Bei Einbruch der Dunkelheit ist es noch warm. Ein anhaltender Luftstrom aus Süden hat Anfang November über Maine nichts zu suchen.

Bis dieses seltsame Wetter vorbei ist, bleibt jede Vorhersage sinnlos.

Luke muss irgendwohin. Die eindringlichen Briefe in dem Postsack, diese kleinen Geschichten, die niemand je kennen wird, der Druck der Briefe, die er noch nicht geöffnet hat – sie bedrängen ihn.

Er hat gehört, dass Henry in einem irischen Pub auftritt, und fragt, ob er mitkommen kann. Nestor ist auch dabei.

Luke steigt auf den Beifahrersitz, und Henry betätigt die Revolverschaltung und fährt übers Gras zu einer Lücke in der Menschenmenge. Henrys 1971er Citroën Dyane war in Frankreich dafür konstruiert worden, vier Bauern und einen Sack Kartoffeln über ein Feld zu transportieren. Durch seinen hohen Schwerpunkt fährt er ziemlich holprig.

Um 18:15 Uhr biegt Henry auf die alte Küstenstraße. Schon bald fahren sie auf dem geraden Stück am Anfang durchgängig siebzig, bis sie zu einer langen Steigung gelangen. Der Zwei-Zylinder-Motor ächzt unter seiner Last.

Als der Motor immer lauter wird, sagt Henry: »Das klappt schon. Er bleibt bei fünfzig. Wir haben genug Schwung.«

Auf den letzten hundert Metern schafft der Wagen nur noch zehn Stundenkilometer.

»Ich steig gleich aus und geh nebenher«, sagt Nestor. »Verdammt noch mal!«

»Komm schon!«, schreit Henry.

Nachdem der Citroën die Kuppe erreicht hat, geht es bergab. Sie brausen zur Unfallzone hinunter – scharfe Kurven und am Straßenrand aufragende Felsen.

Deshalb musste die Umgehung gebaut werden.

Nur wenige Fahrer kennen die Kurven der Straße. Man fährt sie immer zum ersten Mal.

Aus den Buchten zieht Nebel auf, der das Scheinwerferlicht verschluckt. Der dichte Dunst steigt über die Motorhaube bis zur Hälfte der Windschutzscheibe. Sie sind unter Wasser.

Im Rückspiegel ist Nestors vom aufgeklappten Laptop blau gefärbtes Gesicht zu sehen.

Henry spielt in einem Pub, der The Gallop heißt. Auf dem Laminatboden der kleinen Bühne stehen ein Hocker, ein Mikrofon und ein Tisch. Während das Publikum hereindrängt, stimmt Henry die Gitarre. Auf dem Tisch wartet neben einem Bier ein Glas Whiskey. Henry zieht das Mikro näher.

Luke verlässt den Pub, als das Licht gelöscht und die Türen verschlossen werden. Henrys Stimme erfüllt den Saal.

Der Wind weht mal warm und mal kalt gegen die Fenster, und Luke hört seinen Freund eine alte irische Ballade singen.

Black is the color of my true love's hair.

Luke geht zum Strand, dem langen, herrlichen Strand, der die Schalheit aus seinen Knochen fegt. Er beobachtet, wie die Wolken aus dem Süden herantreiben, hellgrau gefärbt, wo sie über den Strand ziehen. Nur die Wellen sind Zeugen. Am Strand kann er genau das sehen und hören, was er vor der Entstehung der Menschheit gesehen und gehört hätte.

Ein Schatten nähert sich.

Das Licht verändert sich, und der Schatten verschwindet. Als er wieder auftaucht, sieht Luke eine Jacke flattern. Der kleinere Schatten ist ein Hund.

Eine Frau und ein Hund treten in den schwachen Lichtschein der Landspitze.

Die Frau wirft einen Stock, und der Hund, ein großer Terriermischling, prescht durchs seichte Wasser. Er bleibt stehen, um den Stock ins Maul zu nehmen, und kommt dann zurückgetrottet. Als sie den Stock ergreift, zerrt der Hund daran.

Er sieht Luke und läuft zu ihm – er ist viel größer, als Luke gedacht hat. Über Hunde weiß er bloß, was Henry irgendwann mal gesagt hat: Wende den Blick ab, begrüße ihn freundlich und halte dich an einer freudigen Erinnerung fest – ein Hund kann Angst riechen, und Angst bedeutet Angriff.

Die Frau geht an Luke vorbei. Dreht sich noch mal um. »Er mag Sie.«

Der Hund schnuppert an seinen Stiefeln und rennt seinem Frauchen nach, bis die beiden hinter der Gischt der größeren Wellen verborgen sind und sich lautlos im weichen Sand bewegen.

Luke wartet für den Fall, dass sie zurückkommen sollte. An der Bootsrampe bummeln ein paar Strandspaziergänger. Die Frau kommt nicht zurück.

Luke begibt sich zu Henrys Wagen. Während er wartet, spielt er in Gedanken ein Video dessen ab, was er gerade gesehen hat: das jungenhafte Gesicht und das kurze Haar, die Cowboyjacke mit den Lederfransen an der Taille.

Als er die Begegnung zum zweiten Mal vor seinem inneren Auge ablaufen lässt, wirft die Frau ihm einen langen Blick zu. Beim dritten Mal stellt sich Luke vor. Beim vierten Mal kommen sie aufeinander zu, während der Wind das unsichtbare Meer zu Hügeln ruhelos platschender Wellen auftürmt, die ihnen in den Ohren dröhnen. Und beim vierten Mal gehen sie auch gemeinsam den Strand entlang. Reden scheint ein fernes Ritual zu sein, das sie erreichen werden, wenn sie aufhören, sich zu kennen. Die Gespräche werden sich anfühlen, als hätten sie schon vor ihrer Geburt begonnen.

Nestor überquert im Licht einer Laterne die Straße. Er kommt als Letzter aus dem Pub.

»Wo ist Henry?«, fragt Luke.

»Ist er nicht bei dir?«

Sie suchen ihn in der ganzen Straße.

Nestor kehrt zum Pub zurück. Ein Schemen hinter dem Fenster ruft: »Wir haben geschlossen.«

Am Wagen teilen sie sich eine Zigarette. Eine kalte Böe fegt auf Kniehöhe die Straße entlang. Der Citroën schwankt.

»Spürst du das?«, fragt Nestor. »Der Wind hat sich gedreht. Was, zum Teufel, ist mit dem Wetter los?«

Nach der Zigarette hält Nestor sich warm, indem er auf und ab springt und schattenboxt. Luke zittert.

Noch eine Zigarette. Nestor sprintet von verschiedenen Punkten aus um den Wagen. Dann macht er ein paar schnelle Liegestütze.

Luke schüttelt den Kopf, und Nestor geht ziellos umher, starrt fröstelnde Gestalten an, die vorbeigehen, und fragt, ob sie einen verloren aussehenden Mann mit einer Gitarre gesehen haben. Sie erwidern, sie hätten kein Geld.

Nestor gibt es auf und bleibt beim Wagen.

»Du siehst aus, als wär dir ein Gespenst begegnet«, sagt er.

»Ich hab jemanden gesehen.«

Nestor nimmt sich noch eine Zigarette und steckt sie in den Mund. »Erzähl weiter.«

»Eine Frau.«

»Das hab ich mir schon gedacht.«

Luke erzählt von der Fransenjacke und dem Hund. Nestor nickt.

»Wer ist das?«

»Da war mal ein Mann, Danny Cortez, der ist beim Versuch, Dolores Macy zu retten, ertrunken. Die Frau, der du heute Abend begegnet bist, ist Elena Cortez. Er war ihr Mann.«

Wieder eine Windböe. Nestor greift unwillkürlich nach der Tür. Sie öffnet sich.

Der Wagen ist nicht abgeschlossen.

»Ich dachte, du hättest kontrolliert, ob offen ist«, sagt Nestor.

Sie steigen auf beiden Seiten ein. Als Nestor nach hinten greift, um sich eine Decke zu nehmen, wird Henry wach und umklammert seinen Gitarrenkoffer. »Mein Gott. Ich dachte, ich werde ausgeraubt.«

Was den Wagen in diesem Augenblick trifft, ist kein Wind, eher schrumpft er. Die Windschutzscheibe knarrt. Ein Draht aus Kälte zeichnet die Form der Tür im Wageninnern nach. Der Himmel ist freigekratzt von Wolken. Die Sterne sind laut. Gestalten, die an geparkten Autos stehen, sind nur noch ein Tasten nach Schlüsseln.

Luke fährt südwärts, bis die letzten Lichter von Orchard im Heckfenster dunkel werden und sie die Küstenstraße erreichen. Die Scheinwerfer erleuchten die kalte Luft.

Auf der Fahrt nach Ross Point lässt eine Kaltfront aus Quebec die Temperatur von milden sieben auf minus fünf Grad sinken. Die Wand, die den Wagen getroffen hat, war die durchziehende Kaltfront. Luke hofft, dass die letzten nachsichtigen Tage nicht entflohen sind.

Die Leute, die draußen kampieren, sitzen an Lagerfeuern. Einige Zelte sprenkeln die Felder jenseits der Bäume. Der einsame Übertragungswagen ist geparkt und scheint abgeschlossen zu sein.

Nestor läuft zu seinem Haus hinüber und holt die neuesten Zahlen.

»Auf Twitter weckt #EinsiedlerHeld kein großes Interesse mehr. Da scheint der Höhepunkt schon erreicht zu sein. Aber

#*Held wider Willen* legt ordentlich zu. Auf YouTube zweiundfünfzig Millionen. Bei Instagram jenseits von Gut und Böse. Bei Facebook dreißig Sekunden von dir, fünfzehn Sekunden Werbung. Die kassieren richtig ab.«

Nestor sagt, das sei noch nicht alles.

Er kramt in den Ausdrucken. Dann steckt er sich eine Kugelschreiberleuchte zwischen die Zähne und starrt die Seiten an.

Auf dem Rücksitz zieht Henry neben der Gitarre den Mantel fester um sich und streicht sein Haar zurück. Nestor liest das letzte Fundstück vor, eine Schlagzeile aus einem Blog des *Wall Street Journal*: *Ein digitaler Held ist etwas Besonderes.*

Dann hält er einen Ausdruck der Online-Ausgabe von *The Atlantic* in der Hand. Er brüllt die Schlagzeile so laut, dass er den Motor übertönt: *Ein schroffer Individualist im digitalen Neuland.*

Er legt den Finger unter einen Satz am Schluss, den er markiert hat: »Luke Roy ist ein wirkmächtiges Relikt aus dem verlorenen Zeitalter der Privatsphäre.«

»Beachte, wie schnell man dich als Relikt bezeichnet«, sagt Henry.

Draußen an der Straße hört Luke das Knistern der Holzscheite in den brennenden Lagerfeuern und den heiseren Gesang aus den aufgeschlagenen Zelten.

Als er der Kälte ausgesetzt neben Henrys Wagen stand, hat sich Luke eine Halsentzündung zugezogen. Er muss zwei Tage lang das Bett hüten. Am Mittwochabend ist es stürmisch. Bei ungestümem Januarwetter hatte Luke oft das

Gefühl, dass der Fluss ein riesiger Ozean ist und er sich als Einziger auf einem Boot befindet, ohne dass irgendwo Land in Sicht wäre. Die Wände des Ruderhauses sind die vier Winde, und er kann seine Gespräche nur mit dem knarrenden Holz und den an den Bootsrumpf klatschenden Wellen führen.

Während er dem Sturm lauscht, beobachtet Luke eine andere Szene, die sich an einem Strand abspielt. Die hübsche Frau des toten Tauchers. Diese unvergessliche braunäugige Schönheit hat einen natürlichen Stil, den sie wie einen Duft trägt. Sie haben nur ein paar Sekunden miteinander verbracht, doch der Trost, den Luke verspürt, ist älter. Ihre Züge sind ein Gedicht, das sich ihm aus der Erinnerung vorliest. Ihre Augen reimen sich, ihr Blick ist ein wiederkehrender Vers, der jedes Mal mehr bedeutet.

Vor ihrem Haus küsst sie ihn auf die Wange. »Gute Nacht.«

An der Tür winkt sie.

Nichts davon ist passiert, deshalb kommt es ihm so real vor.

In seiner Koje denkt Luke an den toten Taucher. Der Tod von Danny Cortez war brutal – es kann nicht anders gewesen sein. Er war nur fünf Meter entfernt von seinem nächsten Atemzug. Er hatte nicht auf die treibenden Wasserpflanzen geachtet. Sie umschlangen ihn, und er geriet in Panik. Das war alles, was sie brauchten, um ihn zu töten.

33.

Freitag. Der Tag der Verleihungszeremonie ist gekommen.

Seit dem Sprung von der Brücke der Hoffnung, einem Namen, der im ganzen Land übernommen wurde, ist eine Woche verstrichen.

Die Schwellung an Lukes Stirn ist nicht schlimmer geworden. An der Binde ist kein Blut zu sehen. Er zieht sich Jackett und Krawatte an. Die Schmerzen hat er unter Kontrolle. Sein Schädel ist voller Narkotika.

»Du siehst halbwegs menschlich aus«, sagt Henry.

Bei einem Blick aus dem Bullauge sieht er, dass die Versammlung nur noch halb so groß ist.

Luke dreht sich um. »Es lässt langsam nach.«

Nestor schüttelt den Kopf. »Falsch. Die echten Massen tummeln sich im Internet. Zweiundsiebzig Millionen Klicks auf YouTube.«

»Du hast um zehn und um halb elf zwei Reden verpasst, beide live auf der Wiese. Zwei politische Gegenkandidaten. Es wurde ein Rednerpult aufgestellt, und beide sprachen vor deinem Boot als Hintergrund. Sie haben sich nicht mal die Mühe gemacht, an die Tür zu kommen.«

»Das ist eine öffentliche Straße«, sagt Luke.

»Die beiden waren aus New Hampshire. Die Leute kannten sie nicht mal. Sie haben ihre eigenen Crews mitgebracht.«

Ray Vaughn holt Luke ab. Auf der Fahrt ist er gedankenverloren. Kein Wort über den Dokumentarfilm. Nächsten Monat geht es um die Verlängerung seines Arbeitsvertrags. Bis zu den Wahlen sind es nur noch vier Tage. Alle sind nervös.

Bei ihrem Eintreffen ist die Veranstaltung schon im Gange. Die größten landesweiten Nachrichtensender sind mit ihren Crews vor Ort.

Auf der Grünfläche vor dem Rathaus steht ein großes Zelt mit einer Fahne. Eine geschmeidige Blaskapelle spielt Frank Sinatra und leichten Pop. An den langen Imbisstischen herrscht ein großes Gewimmel. Das Denkmal von Dolores Macy blickt geradeaus und zeigt ihr Schulmädchenlächeln.

»Ja, hallo!« Der Bürgermeister hat sie gesehen. Er winkt und streckt die Hände triumphierend in die Luft.

»Hey, sehen Sie doch mal, wer da ist!«, ruft er.

Die Menge klatscht, die Motoren der Übertragungswagen springen an, und die Antennen werden ausgerichtet. Die Crews nehmen Aufstellung neben der Bühne, die wie ein Galgen vor der Zeltöffnung mit Blick auf das Rathaus aufgebaut ist.

Beeman kommt, um sie zu begrüßen. Er zwinkert Ray zu. »Gute Arbeit, wir sehen uns bei der Vertragsverlängerung nächsten Monat«, sagt er und nimmt Luke beiseite.

»Ich werde abstreiten, das gesagt zu haben, aber es geht das Gerücht, auf der Grünfläche soll ein weiteres Denkmal errichtet werden«, raunt er Luke zu und fasst ihn am Ellbogen. »Ja, ich meine neben *Dolores Macy.*« Er macht eine Kunstpause.

Mit den zwölf Stadträten als Hintergrund schreitet Beeman zur Mitte des Podiums und stellt sich hinter das Rednerpult. Er räuspert sich und winkt. Der Lärm legt sich.

»Heute ist ein unglaublich vielversprechender Tag im Leben unserer Stadt. Wie Sie wissen, waren wir mit Herausforderungen konfrontiert, auf die wir keinerlei Einfluss hatten. Aber wir in Ross Point resignieren nicht. Wir werden mit allen Problemen fertig.«

Sein persönlicher Assistent klatscht, und der Beifall breitet sich vom Wahlkampfteam bis zu den aufgereihten Stadträten aus.

Beeman lächelt. »Heute vor einer Woche ist Luke Roy todesmutig in einen reißenden Fluss gesprungen und hat einen Jungen vor dem sicheren Tod bewahrt.«

Die Leute erheben sich von ihren Klappstühlen und jubeln. Der Hubschrauber eines Nachrichtensenders schwebt über der Veranstaltung. Im Rotorenlärm verwandelt sich das Klatschen der Menge in einen Stummfilm.

Die Leute setzen sich wieder, und die Fahne flattert in der warmen Luft des Ortszentrums.

Beeman kommt hinter dem Pult hervor, nimmt eine Medaille, die auf einem schwarzen Kissen drapiert ist, und hält sie hoch. »Das hier ist mehr als ein Orden, es steht für den Geist von Ross Point.«

Er streckt Luke die Hand entgegen. »Kommen Sie her, junger Mann.«

Luke tritt vor, und Beeman sagt: »Hiermit überreiche ich Ihnen die Ross Point Tapferkeitsmedaille.« Er hängt Luke die Medaille um, zupft die Kette zurecht und streicht das Revers glatt.

Sie drehen sich gleichzeitig um und schütteln sich für die Kameras die Hand.

Der in der Menge versteckte Assistent des Bürgermeisters skandiert: »Rede! Rede!«

Als der Bürgermeister ein paar Blätter aus der Innentasche

zieht, macht der stämmige Fahrer unten Platz für den hoch-
gewachsenen, zielstrebigen Senator Michaud, der in blauem
Hemd und roten Hosenträgern auf die Bühne steigt.

Er zerzaust Beeman das Haar und legt ihm den Arm
um die Schultern. »Vielen Dank für diese Veranstaltung,
Donny«, sagt er. »Tut mir leid, dass ich so spät komme.« Er
geht auf Luke zu, schüttelt ihm die Hand und wirft sich mit
ihm vor den laufenden Kameras in Pose.

»Wir sollten Luke Roy das Wort erteilen«, sagt Michaud.
»Meinen Sie nicht auch, Donny? Ihre Rede können wir später
hören.«

Beemans Lächeln erstarrt.

Luke tritt ans Mikrofon. Das Zelt flappt.

Er räuspert sich. »Ich bin kein Held.«

Beeman klatscht ungestüm, und Michaud und Richter Loksten schütteln bewundernd den Kopf. Der Hubschrauber fliegt
davon. Der Lärm der jubelnden Menge erfüllt den Platz.

Luke hebt die Hände. »Nein. Ich bin wirklich kein Held.«

Beeman beugt sich vor, um auch ans Mikrofon zu gelangen. »Das ist genau das, was ein Held sagen würde.«

Der Beifall schwillt an, und Beeman tritt aus Michauds
Schatten.

»Als es um das Leben eines anderen ging, legte Luke keinen Wert auf sein eigenes Leben«, ruft er.

Das ganze Zelt klatscht Beifall. Beeman hat für diesen
Nachmittag den richtigen Ton getroffen. Die Reporter fragen
ihre Kameraleute, ob sie die Szene im Kasten haben.

Donny Beeman ist nicht mehr zu bremsen. Er holt sein
Manuskript hervor, auf dem markiert und unterstrichen ist,
wo er eine Kunstpause machen soll. Die Sätze sprudeln ihm

von der Zunge: Luke sei das Symbol einer Gemeinde, die sich um ihre Bewohner kümmere. Der Stadtrat plane zurzeit Verbesserungen bei der Infrastruktur und wolle den Fluss und die Umgebung für den Tourismus erschließen. Die Stadt wolle sich in einer vernetzten Welt ihre Abgeschiedenheit zunutze machen.

»Und jetzt amüsieren Sie sich gut. Musik!«, ruft Beeman.

Als Luke dem Ausgang zustrebt, holt Beeman ihn ein und spricht durch eine lächelnde Maske zu ihm.

»Kein Held?«, faucht er. »Was sollte das?«

»Das ist die Wahrheit.«

»Hat mein Assistent Ihnen nicht die Stichwortkarte gegeben? Was war denn daran so schwer, den Namen dieser Stadt und ihres Bürgermeisters zu nennen und zu sagen, dass Sie hier aufgewachsen sind?«

»Ich hab's vergessen.«

»Vergessen? Wir haben das Ganze hier heute für Sie geplant. Was ist mit Ihnen los?«

»Tut mir leid.«

Beeman zuckt mit den Schultern. »Nee, Ihnen können wir nicht mehr trauen. Aber wir hatten Glück. Zufällig haben Sie meine Kernpunkte angestoßen.«

Für vereinzelte Kameras schüttelt er Luke die Hand.

Luke mustert die Klapptische mit den Automaten-Snacks. Seine blecherne Medaille. Das Zelt aus militärischen Restbeständen. Die zum Spielen genötigte Schulkapelle. Die Pappteller und Papierservietten. Das hier ist eine Stadt, die sich billig kleidet. Die Korruption wird vererbt wie ein getragener Pullover.

Richter Loksten führt Beeman zu ein paar potenziellen Investoren und kehrt mit seinen eigenen Ratschlägen für Luke zurück.

»Donald will Ihnen Folgendes sagen: Ihnen wurde von unbekannten Mächten eine Pflicht auferlegt. Wir hätten lieber, dass es jemand anders wäre – und Sie wahrscheinlich auch.«

Loksten zeigt auf die Medaille, als wolle er ein geschichtliches Detail darauf erklären.

»Die Menschen taufen ihre Kinder *Luke*. Sie sollten lieber davon ausgehen, dass es auf dem Grasbuckel, neben dem Sie wohnen, den nächsten Monat voll sein wird, weil viele Leute herkommen werden. Diese Leute wollen Sie anfassen. Sie wollen ein Kleidungsstück von Ihnen haben. Ich hab gehört, wie ein Journalist zum Bürgermeister gesagt hat: *Luke Roy hat Ross Point bekannt gemacht.*«

Luke zuckt wegen einer schmerzenden Rippe zusammen und blafft: »Was hat das mit mir zu tun?«

Loksten starrt ihn an. »Die Verantwortung, die mit einem Privileg einhergeht. Ist es zu viel verlangt, wenn man das als Stadtrat von einem Mitbürger erwartet?«

Man bittet Luke, für etwas, was er gar nicht wollte, Dankbarkeit zu zeigen, etwas zurückzugeben für nichts.

Die Verleihungszeremonie hat ihm eins gezeigt. Würden alle in Ross Point ihre Sachen packen und weggehen, ihre ganzen Besitztümer mitnehmen und nichts außer Luke Roy zurücklassen – er wäre trotzdem ein Außenseiter. Würde man die Stadt niederbrennen und das Land roden und alle Straßen aufreißen und ihn einladen, der erste Bewohner einer neu errichteten Stadt zu werden – er wäre ein Außenseiter. Er verachtet die Urgroßväter, die er nie kennengelernt hat und die einen Teil ihres Blutes in den Adern der gegenwärtigen Generation hinterlassen haben. Beeman und die Stadträte sind keine Nachfahren, sie sind Kopien.

Er hat all das satt, die Stadt und ihren Helden.

Seine Eltern sind mit ihm aus New Hampshire hergekommen, als er fünf war. Er hat ein Leben lang unter diesen Leuten gelitten. Er kennt keinen von ihnen. Seine einzigen Freunde stammen aus einem anderen Land.

Trotz der tiefstehenden Sonne scheint es ein Apriltag zu sein. Verrücktes Wetter. Er steht auf den Rathausstufen und zündet sich eine Zigarette an.

Am Fuß der Treppe bieten ihm fünf Männer vierzig Dollar an, wenn er sich mit ihnen fotografieren lässt. Das würde ihren Kindern viel bedeuten.

Luke weist das Geld zurück. Einer nach dem anderen lässt sich mit ihm ablichten. Danach klopfen sie ihm auf den Rücken. »Sie sind Gold wert, Luke Roy.« Die fünf steigen in einen Wagen und fahren davon.

Als Luke Henry winken sieht, überquert er die Straße.

Henry tritt hinter den Citroën und verdeckt mit der Hand den Mund.

»Wer ist Ellen Kane?«

Sie setzen sich in den Wagen. Henry schließt das Fenster, flüstert aber trotzdem. »Also?«

»Ellen Kane?«, sagt Luke. »Den Namen hab ich noch nie gehört.«

»Aber sie kennt dich.«

»Was ist passiert?«

»Vor einer halben Stunde hab ich an Deck gesessen, und da steht sie plötzlich vor mir und fragt, ob ich ein Freund von Luke Roy bin.«

Henry holt seine Sachen raus und dreht sich eine Zigarette.

»Sie sagt, sie ist Journalistin beim *Boston Globe*.«

Er blickt in die Seitenspiegel, während er das Papier zuklebt.

»Sie hat gesagt, sie will deine Version der Geschichte hören.«

»*Meine* Version?«

Henry gibt ihm ihre Karte: Ellen Kane, Chefkorrespondentin, *Boston Globe*. Cell/Twitter/Facebook/LinkedIn.

»Du sollst dich bis sieben Uhr bei ihr melden. Sonst gibt sie das in Druck, was sie hat.«

Ellen Kane klopft ans Fenster.

34.

Luke schließt die Augen.

Es ist Freitag, aber vor sieben kurzen Tagen, nicht heute.

Er ist auf der Brücke. Plötzlich hört er Schreie.

Er läuft los, um nachzuforschen. Sieht den Unfall. Der Fluss tost mit reißender Geschwindigkeit. Er sieht einen Jungen hilflos im aufgewühlten Wasser treiben.

Er läuft zur Brücke zurück.

Gerade noch rechtzeitig hebt er die Kamera, filmt den untergehenden Jungen und sagt: »Ich wünschte, ich könnte was unternehmen.«

Der Junge prallt gegen die Felsen und sieht leblos aus. Luke stellt das Bild noch mal richtig scharf und lädt das Video bei Facebook hoch. Wegen des ertrunkenen Kindes schießen die Klicks in die Höhe. Durch die Werbespots, die aufgrund der hohen Klickzahlen geschaltet werden, verdient er ein Vermögen. Sein Leben ist einfacher als zuvor. Der Junge ist tot, doch das war nicht zu verhindern.

Und er würde jetzt nicht in diesem Wagen sitzen.

Die Stimme der Journalistin ist so laut, dass die Scheibe vibriert. »Mr Roy? Ich bin Ellen Kane. Kann ich Sie kurz sprechen?«

Luke steigt aus. Kane blättert eine Seite in ihrem Notizbuch um. »Haben Sie wirklich im Bruchteil einer Sekunde entschieden zu springen, um den Jungen zu retten?«

»Ja.«

»Waren Sie an dem Tag zum ersten Mal auf der Brücke?«

»Nein. Ich hab einen Umweg zur Arbeit genommen, über die Brücke.«

»Wie lange waren Sie auf der Brücke, bevor Sie gesprungen sind?« Sie tritt näher.

»Ich hab eine Stunde lang auf der Brücke gestanden. Ich hab über alles Mögliche nachgedacht«, sagt er. »Aber ich bin nicht gesprungen ... in diesen Fluss kann man nicht zweimal springen. Wenn Sie hier leben würden, wüssten Sie das. Ich habe wegen dem Nebel so lange auf der Brücke gewartet. Dann hab ich's mir anders überlegt.«

Ellen Kane hält im Schreiben inne und sagt, ohne aufzublicken: »Ich brauche mehr Einzelheiten.«

»Ich saß im Nebel fest. Plötzlich hörte ich panische Schreie. Ich lief flussaufwärts, sah den Jungen, rannte zur Brücke zurück und sprang.«

»Wollen Sie noch irgendwas hinzufügen?«

»Zum Beispiel?«

»Über Ihre falsche Darstellung.«

»Was?«

»Dass Sie den Helden gespielt haben.«

»Ich bin kein Held.«

»Das ist widerlich.«

»Wie bitte?«

»Ach, kommen Sie schon!«

Luke nimmt die Tapferkeitsmedaille ab und schleudert sie in hohem Bogen zu dem Zelt vor dem Rathaus.

»Sie wissen, dass ich das veröffentliche«, sagt sie und senkt ihr Smartphone.

»Was wollen Sie von mir?«

Sie sagt: »Eine Entschuldigung.«

Luke ist verwirrt. »Niemand muss sich bei mir entschuldigen.«

»Ihr Eingeständnis, dass Sie dort waren, um Selbstmord zu begehen, ist festgehalten.«

Luke zuckt mit den Schultern. »Niemand hat mich gefragt, was passiert ist.«

»Ist das alles, was Sie zu sagen haben?«

»Ich würde gern sagen, dass sich meine Gefühle geändert haben. Es ist seltsam, aber ich fühle mich frei. Ich hab keine Angst mehr, mich umzubringen.«

»Meinen Sie wirklich, dass die Leute das wissen wollen?«, fragt sie verächtlich. »Die wollen wissen, warum Sie vorgetäuscht haben, etwas zu sein, was Sie nicht sind.«

Sie winkt ihrem Fahrer, damit er sie für den Fall, dass Luke versuchen sollte, sich ihr Telefon zu grapschen – das kostbare

Beweismaterial, das sein Verderben sein wird –, zum Lieferwagen begleitet.

Der Fahrer schiebt die Tür zu und setzt zurück.

»Wann erscheint der Artikel?«, ruft Luke.

Der Lieferwagen holpert auf die Straße und bahnt sich einen Weg in die Stadt.

Luke ist mit sich im Reinen und beobachtet, wie Henry auf und ab geht. Er hat eine Zigarette nach der anderen geraucht.

Henry schüttelt ihm die Hand. »Luke, das wusste ich nicht. Mein Gott, tut mir leid, dass du damit leben musstest.«

Ellen Kane hat ihn nicht gezwungen, irgendwas zu sagen. Sie wird tun, was Journalisten tun. In dem Zeitungsartikel wird sie erklären, dass ihn die Leute gegen seinen Willen mit Lob überschüttet haben.

Die Leute werden ihn in Ruhe lassen. Dann kann er wieder zu seinem früheren Leben zurückkehren.

An der Straße vor dem Hausboot steht auf einer Reklametafel: »Stimmen Sie für Senator Michaud. Der Weg zu einem besseren Maine.«

Der Senator hat den Finger ausgestreckt.

Am Wahltag bin ich ganz bei Luke Roy. Und Sie?«

Drinnen hat Nestor gerade Screenshots von Tweets der Verleihungszeremonie gemacht, die mit *#HeldwiderWillen* gekennzeichnet sind: fünf Kandidaten für ein Amt, die alle mit der neuen Berühmtheit posieren.

Am Wahltag bin ich ganz bei Luke Roy. Und Sie?«

Er sieht sich Lukes Wikipedia-Seite an. Ein Mensch wird aus Nichtigkeiten und Kleinigkeiten zusammengestückelt. Links zu verschiedenen Käsesorten, zur Schweiz und zu Bayern. Sein Hausboot. Ein Foto von der Menge auf der Gemeindewiese. Ein Zitat aus der kontroversen Sonntagsausgabe von *Crossfire*. Sein Klassenfoto in St. Augustine. Dass seine Eltern ihn verlassen haben.

Nestor schließt den Laptop wie einen Sarkophag.

35.

Nach der Vertreibung der Armen aus dem Brachland ging in die Annalen von Ross Point ein weiteres Kapitel der Schande ein.

Die Selbstmorde begannen kurz nach Fertigstellung der Brücke. Der erste fand 1941 statt – zumindest wurde damals der erste Selbstmörder aus dem Wasser gezogen.

Sie kamen in die Stadt wie alle anderen Fremden.

Die Geschäftsleute konnten etliche solche Geschichten erzählen. Ein Bus hält auf dem Marktplatz, ein Mann steigt mit einem Koffer aus. Schon älter, redegewandt. Er trinkt Kaffee, isst ein Sandwich und erkundigt sich nach der Brücke. Dann geht er in den Abend hinaus. Niemand kann sich erinnern, ihn noch mal an der Bushaltestelle gesehen zu haben.

Als sich die Nachricht von der Brücke verbreitet, treffen mehr Kandidaten ein.

Manche sagen, sie können erkennen, wer wegen der Brücke da ist. Aber niemand schert sich darum. Keiner will etwas damit zu tun haben. Und die Leute, die kommen, sind nett. Sie geben Geld aus. Sie geben viel Geld aus, manchmal bleiben sie eine Woche und geben alles aus, was sie haben. Sie sind gekommen, um zu sterben. Die Brücke wäre nicht in den Nachrichten gewesen, wenn sie ihnen nicht diese Möglichkeit böte.

Irgendwann zieht die Brücke jeden Monat eine Handvoll Leute aus fernen Gegenden an. Ein inoffizieller Geschäftszweig zur Erleichterung des Vorhabens etabliert sich, ohne dass je das Wort »Selbstmord« fällt. Es ist ausgesprochen schlechter Stil, den Tod zu erwähnen. Für die »Brückenbesucher« werden spezielle Zimmer mit einer kleinen entsprechenden Biblio-thek und Schreibmaterialien für Briefe etc. reserviert. In einem Restaurant gibt es eine inoffizielle »Brückennische« für die besonderen Gäste, die über mehrere Tage hinweg hohe Trinkgelder geben. Und was die Fremden betrifft, die einen Wagen parken und den Schlüssel im Zündschloss steckenlas-sen, so gelten diese Wagen als herrenloser Besitz.

Die Leute ohne Rückfahrkarte sind an ihren letzten Tagen auffallend glücklich. Sie kaufen Sandwiches in den Cafés, unterhalten sich gutgelaunt über ihre Lieblingskünstler, fla-nieren durch die Stadt und reden von ihrer Jugendzeit und den Freunden, die sie hatten. Und dann sieht man, wie sie das Brachland durchqueren, Strichmännchen vor der Kulisse der Küste. Man könnte sagen, der schönste Tag ihres Lebens war der Tag vor dem Selbstmord. Die Entscheidung ist gefal-len, weshalb sollen sie sich also beeilen? Sie gewinnen dem Zeitraum zwischen Entscheidung und Tat noch ein bisschen Freude ab. Ein langsamer Sprung, der sich über mehrere Tage hinzieht.

Die Statistik reichte nicht aus, um der Brücke einen Ruf zu verschaffen. Hätten sich diese Leute alle in einem einzigen Sommer umgebracht, dann wäre die Nachricht landesweit ausgestrahlt worden. Stattdessen erschien in einer überregionalen Zeitschrift ein kurzer Bericht, der die Fotos, Namen und Adressen der vierundfünfzig bekannten Personen enthielt, die im Laufe von elf Jahren auf dem Marktplatz aus dem Bus gestiegen waren und, nachdem sie wildfremden Menschen gutgelaunt ihre Lebensgeschichte erzählt hatten, nie mehr gesehen wurden. Nur neun von ihnen trieben stromaufwärts, und deshalb wurden auch nur neun offiziell für tot erklärt.

Der Artikel schilderte die Geschichte der Brücke und ihre Vernachlässigung.

Psychologen analysierten die Architektur, sie standen auf der Brücke und achteten auf Sinnestäuschungen, die von unterschiedlichen Wetterlagen hervorgerufen wurden, auf den dunstigen Auf- und Untergang der Sonne, den zur silbernen Küste strömenden Fluss, den Blick aufs Jenseits, den man angeblich durch das Stahlgeflecht hatte. Sie interessierten sich für das hypnotische Geräusch des Wassers, das rhythmisch gegen die Felsen krachte, und erklärten, die Stelle sei das Tor zu einem Traum – ein hochgefährlicher Ort.

Andere malten sich den Anblick aus, den die Selbstmörder vorgefunden haben mussten. Die Brücke – erstickt von herabhängendem Dornengestrüpp, Nesseln und wirrem Unkraut, dazu hohes Gras, das angeblich Warmwetterschlangen beherbergte. Nachts war sie eine Bastion großer Spinnen, die herbeieilten, um heftig zuzubeißen, wenn ein Gesicht oder Arm die Netze streifte, die sie über weite Flächen gespannt hatten.

Die Brückenfamilien, die kamen, um sich die Stelle anzusehen, wurden sorgfältig voneinander ferngehalten. Die Stadt weigerte sich, sie mit ihren neuen Verzweiflungsgenossen – den Familien der anderen Selbstmörder – in Kontakt zu bringen. Sie konnten sich nicht über die Menschen austauschen, die ihnen fehlten. Das Schweigen der Zeitungen verbarg jeglichen Hinweis auf die Gestorbenen.

Doch diese Leute waren bereits vergessen, wenn sie übers Geländer stiegen. Der Selbstmord war nur die Bekanntgabe.

DER SCHURKE

36.

Am Samstagmorgen hat Luke keine Lust aufzustehen. Er hört, wie die Sonne einen leichten Wind über dem Fluss aufkommen lässt. Er ist glücklich und fühlt sich besser. Irgendwie hat es ihm gutgetan, Ellen Kane alles zu erzählen.

Er blickt nach draußen. Die Menschenmenge ist leise. Einige sehen mürrisch aus. Andere starren zurück.

Luke beschließt einzukaufen.

Mit Kappe und Sonnenbrille schlüpft er die Kaimauer entlang und kommt hinter Nestors Haus heraus. Er bleibt auf der rechten Straßenseite, um das Licht einzufangen. In seiner Jacke schwitzt er. Er könnte schwören, dass ein Hemd ausreichend wäre, doch das wäre riskant. In Maine kann innerhalb von fünf Minuten das Wetter von einem anderen Planeten aufziehen.

Der kleine Tante-Emma-Laden liegt auf halbem Weg zum Chambliss Diner. Im Laden setzt sich Luke mit einem Kaffee auf den einzigen Stuhl. Der runde Tisch ist groß genug für seine Ellbogen und die Tasse.

In den Gazetten im Zeitungsständer geht es nur um die am Dienstag anstehenden Wahlen. Er liest eine der Schlagzeilen: *Neue Fragen zur Rettungsaktion am Fluss.*

Der Händler deutet mit dem Kopf auf die Zeitung: »Jammerschade, was?«

Ellen Kane, Sonderkorrespondentin für den Globe.

Luke Roy, der Held von der Brücke der Hoffnung, dürfte einer genaueren Überprüfung unterzogen werden, nachdem er eingestanden hat, schon mindestens eine Stunde vor der Rettung des Jungen dort gewesen zu sein, um Selbstmord zu begehen. Er bestreitet, dass er mit der Entgegennahme von Lob und Auszeichnungen die Öffentlichkeit zu täuschen versuchte, und behauptet, er wollte nie als Held gelten. Die ihm gestern verliehene Medaille hat er vor den Augen der Korrespondentin weggeworfen. Das Interview wurde abgebrochen, nachdem Mr Roy wegen der Veröffentlichung dieser Fakten aggressiv wurde.

Der Film macht einen ungewöhnlichen Ablauf der Ereignisse noch komplizierter.

(Anmerkung der Redaktion: Das Filmmaterial ist in der Onlineausgabe zu sehen.)

Luke beobachtet, wie ein Wohnmobil am Laden vorbei zur Uferstraße fährt, gefolgt von einem Lieferwagen und einem roten Pick-up. Ein paar Nachzügler gehen in dieselbe Richtung.

Als er am Boot ankommt, sieht er Nestors Gesichtsausdruck.

»Erzähl schon«, sagt Luke. »Egal, was los ist.«

»Das ist nicht gut«, sagt Nestor. »Nicht gut. Es läuft schon den ganzen Morgen.«

Das Material stammt vom *Boston Globe.* Jemand mit einer hochwertigen Superzoom-Kamera hat Luke kurz nach seinem Eintreffen auf der Brücke gefilmt, bevor der ganze Trubel begann – als der Nebel das riesige Bauwerk erst noch verschlingen musste.

Die winzige Gestalt, das ist Luke. Auf seiner Jacke ist die Aufschrift *Enterprise Cheese* zu erkennen.

Er lehnt sich ans Geländer – klettert aufs Geländer – steht schwankend auf dem Geländer. Dann verschwindet er beinahe im Nebel, der allmählich in Strängen vom Fluss aufsteigt.

Er springt.

Der Nebel umhüllt die Brücke. Nur die beiden Masten auf beiden Seiten erheben sich über den wallenden Dunst, der wie ein Fluss auf dem Fluss aussieht.

Nachdem er sich das Filmmaterial des *Boston Globe* angeschaut hat, reibt sich Henry das Kinn und nickt. »Verstehe. Tja, irgendwie hab ich das schon gestern gewusst, Nestor.«

»Und du hast nichts gesagt?«

»Das stand mir nicht zu.«

Luke ergänzt, was Ellen Kane ausgelassen hat – über den Todesdrang seit seiner Kindheit.

Nestor sieht ihn lange an. »Was ich gerade gehört hab, ist so seltsam, dass es die Wahrheit sein muss.«

Henry holt ein Bier aus dem Kühlschrank. Er hebt den Finger. »Sag mir, ob ich was nicht verstanden hab. *Du bist von einer Brücke gesprungen und hast einem Jungen das Leben gerettet.* Hat sich daran irgendwas geändert?«

Luke sieht sich den kurzen Film noch mal aufmerksam an.

»Das wurde vom Kantinenfenster im vierten Stock aus gefilmt«, sagt er. »Den Blick kenne ich auswendig. Die Perspektive und alles.«

Abgesehen vom Sicherheitsdienst, kommen nur zwei Leute früher zur Arbeit: Ludovic und Ed McGee. McGee geht als Erstes in die Kantine, um sich Kaffee zu machen.

Plötzlich ergibt alles einen Sinn.

Vor kurzem hat McGee damit geprahlt, dass er sich eine neue Nikon mit achtzigfachem Zoom gekauft hat. Zufällig filmt er genau den Ausblick, dem er sonst keine Beachtung schenkt, denn er sieht diese unglaubliche Nebelwand. Als Luke zum Helden wurde, sah McGee noch mal den Anfang an, wie der Nebel die Brücke einhüllte, und entdeckte den auf dem Geländer sitzenden Luke.

Niemand entkommt, hat sich Ed bestimmt gesagt, während er Lukes Untergang vorbereitete. Das Gefilmte brauchte keinen Sinn zu ergeben. Er verkaufte es an Ellen Kane.

Luke kann sich noch an Eds hinterhältige Stimme erinnern, die am Montag hinter ihm in der Kantine ertönte und auf den tollen Ausblick anspielte. McGee wartete auf den richtigen Augenblick. Was für eine Gelegenheit, dem arroganten Luke Roy eins auszuwischen. Luke Roy, der glaubte, er, der Fabrikarbeiter, könnte einfach auf der Erfolgswelle davonschwimmen.

Im verblassenden Tageslicht drängen dunkle warme Wolken in den Himmel, und der Trawler wirkt wie ein Fleck auf einem Meer, wie eine Streichholzschachtel. Das Boot hat einst die Karibik und den Golf von Mexiko durchquert, doch es ist ihm noch nie so klein vorgekommen.

Bei *Crossfire* löst ein Foto von Luke eine über dem Kreml explodierende Rakete ab.

Eleanor: »Wollen wir wirklich wegen des Nordpols einen Krieg anfangen? Das ist doch nur Wasser, Herrgott noch mal!«

George: »Es geht um Öl und Gas! Wir können den Meeresboden nicht jedem überlassen, der ihn haben will.«

Moderator: »Zum nächsten und letzten Thema. Der *Boston Globe* berichtet, dass bei der Brücke der Hoffnung alles anders gewesen sein könnte, als es den Anschein hat.«

Er senkt die Stimme. »Luke Roy könnte an Selbstmord gedacht haben.« Er wendet sich Eleanor zu. »Da stellt sich die Frage: Wurden wir angelogen?«

Eleanor: »Er hat nicht gelogen.«

George: »Er hat von vorn bis hinten gelogen. Er hat sich von den Leuten als Held bezeichnen lassen.«

Eleanor: »Wie oft hat er gesagt, er sei kein Held?«

George: »So oft, dass er den Eindruck erweckt hat, er wäre einer.« George deutet mit dem Finger auf seine Brust. »*Ich* hab ihm vertraut.«

Moderator: »Aber gab es eine Straftat?«

George: »Ja. Diebstahl.«

Moderator: »Was wurde gestohlen?«

George: »Er hat dafür gesorgt, dass unter Vortäuschung falscher Tatsachen Werbeplatz verkauft wurde.«

Eleanor: »Damit hatte er nichts zu tun! Er hat an der Online-Werbung nichts verdient. Das waren andere.«

George: »Wie bitte? Er hat eine Tapferkeitsmedaille angenommen.«

Eleanor: »Er hat den Jungen gerettet. Warum ist das so schwer zu begreifen?«

George: »Dabei war keine Tapferkeit im Spiel, denn ihm hat sein eigenes Leben ja nichts bedeutet.«

Eleanor: »Verstehe ich Sie da richtig?«

George: »Geben Sie's doch zu. Ich habe recht.«

Moderator (die Hand an der Hörmuschel): »Eine Eilmeldung. Wir haben gerade erfahren, dass Mr Roy beim Auftauchen nach dem Jungen gegriffen hat, um sein eigenes Leben zu retten. Das steht in einem Online-Kommentar ... tut mir leid, das hätte nicht gesendet werden sollen.«

George: »Ich hab's doch gesagt.«

Eleanor: »Ein Online-Kommentar?«

George: »Lenken Sie nicht ab, Eleanor! Luke Roy kann nicht ein Selbstmörder *und* ein Held sein.«

Eleanor: »Selbstmord hat nichts mit Feigheit zu tun.«

Der Moderator klatscht in die Hände.

Moderator: »Eine neue Frage: Hat Luke Roy sich feige verhalten, als er nach dem Jungen griff? Die Antwort erhalten Sie in der nächsten Ausgabe von *Crossfire*. Auf Wiedersehen!«

Das Gebrüll fängt wieder an, und das Bild der Talkshow wird ausgeblendet.

37.

Montag, 6:25 Uhr. Der Tag vor der Wahl. Das Telefon klingelt.

»Hier spricht Ludovic, Enterprise Cheese. Sie sind gefeuert. Holen Sie morgen nach Feierabend Ihre Sachen ab.«

Luke spürt, wie das Boot schaukelt, als die letzten Ausläufer der Flut flussaufwärts schwappen. Er schaltet das Radio ein und wärmt seinen Kaffee noch mal auf.

Der Briefträger wirft einen kleinen Postsack aufs Deck.

Er hätte das Gleiche tun sollen wie seine Eltern. Was sie ihm empfohlen haben – sich in eine warme Gegend begeben und ein einfaches Leben führen. Dieser Stadt hier kann man nicht trauen.

Als Luke nachsieht, stellt er fest, dass die Uferstraße menschenleer ist. Das Boot schwankt so stark, als wäre er auf hoher See. Doch er ist an einem viel gefährlicheren Ort.

Nestor trifft mit Brot, Milch und einer Zeitung ein und benutzt seinen Laptop als Tablett. Er schleppt den Postsack herein und lässt ihn neben dem Couchtisch fallen.

»Geh bloß nicht nach draußen.« Er zieht drei Lagen Kleidung aus und zündet den Gasbrenner an. »Im Wind sollen es minus sechzehn Grad sein.«

Von Kopfschmerzen eingehüllt und eine Teehaube auf dem Kopf, kommt Henry herein und schnappt sich eine Decke.

»Du bist früh auf«, sagt Nestor.

Henry macht sich einen Tee und zwängt sich in eine Ecke des Sessels. »Schalt den verdammten Fernseher ein.«

Gary und Kate von KTV5 in Augusta erscheinen auf dem Bildschirm. Hinter ihnen steht auf einem Banner: »Held oder Hochstapler?«

»Das Material stammt aus einer einzigen Quelle«, betont Gary.

»Und Mr Roy hat immer gesagt, er sei kein Held.«

»Diese Formulierung kann jetzt unterschiedlich ausgelegt werden«, sagt Gary.

»Wir können versichern«, fährt Kate fort, »dass das Video authentisch ist. Hier ist es, freundlicherweise zur Verfügung gestellt vom *Boston Globe*, auf KTV5 Augusta.«

In dem Film steht Luke auf dem Geländer, während eine Nebelbank aufzieht. Der Zeitstempel auf dem Video zeigt, dass es eine Stunde vor dem Unfall ist. Luke ist offenbar bereit zu springen.

Gary wirft die Hände in die Luft. »Das ist ja unglaublich.«

Kate sagt: »Und jetzt zu unserer Reporterin vor Ort.«

Wendy Sullivan hält Donald Beeman ein Mikrofon vor die Nase, während er sich in einem Mantel mit hochgeschlagenem Kragen zu einer Pressekonferenz im Rathaus begibt.

»Bürgermeister Beeman, was sagen Sie zu der Unterstellung, Sie hätten das ganze Land hinsichtlich der Ereignisse auf der Brücke in die Irre geführt?«

Beeman bleibt stehen. »Hören Sie mal, junge Frau. Ich führe niemanden in die Irre.« Er unterstreicht jedes Wort mit seinem herabstoßenden Finger. Sein Hut wird ihm vom Kopf geweht. »Das ist ein Komplott gegen mich und die Menschen, die tagtäglich im Dienst dieser Stadt tätig sind.«

Wendy Sullivan wendet sich der Studiokamera zu: »Ein sichtlich fassungsloser Bürgermeister von Ross Point.«

Nestor sieht bei YouTube, Instagram und Twitter nach, wo das neue Filmmaterial auf einem rollenden Zählwerk in blitzartigen Zehnersprüngen weitere Klicks sammelt. Die Kommentare gleiten den Bildschirm hinauf, zwei Drittel davon richten sich gegen Luke.

Der Twitter-Hashtag #*FalscherHeld* stößt auf großes Interesse.

Die Pressekonferenz wird live übertragen, und ein trübsinniger Beeman steht am Rednerpult.

»Im Lichte dieser neuen Information scheint uns Luke Roys Unaufrichtigkeit die traurige Tatsache widerzuspiegeln, dass es heutzutage vielen Menschen an einer moralischen Richtschnur fehlt. Die Stadt Ross Point hofft, das Vertrauen der Amerikaner möglichst bald zurückzugewinnen.«

Der persönliche Assistent tritt ans Mikrofon. »Der Bürgermeister nimmt keine Fragen entgegen.«

Bevor Beeman verschwinden kann, bahnt Michauds stämmiger Fahrer für den Senator, der direkt zum Rednerpult geht, einen Weg durch die Presseleute. Beeman tritt zur Seite. Michaud liest von einem maschinengeschriebenen Manuskript ab.

»Ich habe eingewilligt, einer kränkelnden Stadt in meinem Verwaltungsbezirk bei dem schlecht durchdachten Versuch zu helfen, infolge der Lebensrettung an der Brücke die Werbetrommel für sich zu rühren. Ich räume ein, dass dieser Versuch ein – wenn auch gutgemeinter – Fehler war.

Ich bitte alle Menschen im wunderbaren Staat Maine, sich davon nicht ablenken zu lassen. Vielen Dank.«

Sein Leibwächter macht ihm den Weg frei, und Michaud geht. Beeman ist bereits in die andere Richtung verschwunden und schüttelt Hände, um noch ein paar letzte Stimmen zu ergattern.

38.

Am Wahltag um neun Uhr wird Ludovic zu einer Besprechung mit den Fabrikeigentümern in Augusta zitiert. Die Fabrik trägt sich nicht mehr. Sie schließt ihre Tore.

Um zehn Uhr wird Polizeichef Vaughn zu einer Krisensitzung der zwölf Stadträte zitiert.

»Chief Vaughn, haben Sie dem Stadtrat irgendetwas zu sagen?«, fragt Beeman.

Vaughn spricht von seinem Platz aus.

»Sie wollten, dass Luke Roy öffentlich auftritt, um von seiner Berühmtheit zu profitieren. Ein Bestandteil davon war der Kurs zur Wassersicherheit.«

Cooperman verschränkt die Arme. »Wir haben Ihrem Urteil vertraut.«

Beeman fängt an zu brüllen. »Muss ich noch deutlicher werden? Sie haben einen Selbstmörder in die Schule mitgebracht, damit er Zwölfjährigen etwas über Wassersicherheit erzählt.« Er stößt den Finger auf seine Brust. »Darunter auch mein Sohn.«

»Die können alle schwimmen, nur dass Sie's wissen«, sagt Vaughn.

Die Abstimmung geht zwölf zu null aus.

Nirgends könnte eine größere Selbstgefälligkeit herrschen, ein stärkerer Glaube an die eigene Bedeutung, eine unverhohlenere Rachgier.

Die Stenografin bringt Vaughn das vorbereitete Kündigungsformular und einen Stift. Er legt seine Waffe und seine Dienstmarke ab. Als er geht, schließt er hinter sich die Tür.

Hoffentlich weiß Luke, was ihn erwartet, denkt er.

Eine Stunde nach Ray Vaughns Kündigung fegt kurz eine markerschütternde Kälte über Central Maine und sorgt für eine geringe Wahlbeteiligung. Der Wind treibt die Leute von den Straßen und bildet in der kurzen Zeit zwischen Ebbe und Flut auf dem Fluss eine Eisschicht.

Um elf Uhr erscheint auf Flughafenmonitoren und in den Kaufhäusern des ganzen Landes eine Schlagzeile unter Lukes Foto: LUKE ROY SIEHT ZWANGSRÄUMUNG ENTGEGEN.

»Falls Sie gerade eingeschaltet haben, hier sind die neuesten Nachrichten auf KTV5 Augusta.«

Garys Stimme: »Wie verlautete, sind mehrere Beschwerden über Luke Roys Hausboot eingegangen.«

»Was für ein Spektakel«, sagt Kate.

»Wie oft mussten wir von Todesfällen berichten, die auf fehlerhafte Verkabelung und nicht zugelassene Heizungen zurückzuführen waren?«, fragt Gary.

Gefolgt von einer wackelnden Kamera, nähert sich Coopermans Neffe, der neue Polizeichef, in pelzgefütterter Mütze und lederner Fliegerjacke dem Hausboot. Er geht an Deck und klopft an die Fliegentür.

»Hier ist der Polizeichef, machen Sie auf.«

Der neue Chef klebt einen Strafbescheid an die Tür. Luke hat zehn Tage, um ihn anzufechten.

Um 14:00 Uhr ist die Straße draußen immer noch menschenleer, der Wind weht aus wechselnden Richtungen.

Im Dachgeschoss betrachtet Nestor seinen Twitter-Feed.

@derWahreBürgermeisterBeeman.
Die Verleihung der Ross Point Tapferkeitsmedaille an Luke Roy wird hiermit für ungültig erklärt. Zynische Manipulation der Presse zu persönlichem Vorteil. #GestohleneTapferkeit

Irgendein Hitzkopf twittert exzessiv aus Harvard:

@MagestrixK
Luke Roy hat das Vertrauen aller missbraucht, die an klinischer Depression leiden.

Nestor hat sich oft ausgemalt, wie reine Panik und reines Chaos sein müssen. Am Himmel taucht ein Komet auf, von dem die Regierung wusste, den sie aber geheim hielt – was für einen Sinn hatte es denn, den Leuten davon zu erzählen? Ein Feuerball, so lang wie drei Busse, tritt mit fünfundvierzigtausend Stundenkilometern in steilem Winkel in die Atmosphäre ein. Der Schrecken vereint eine ganze Stadt. Im Angesicht der Vernichtung werden die Leute im Umkreis von mehreren hundert Kilometern zu dem Menschen, den sie vor anderen verbergen.

Um 17:00 Uhr erhalten die Angestellten von Enterprise Cheese beim Verlassen des Fabrikgeländes ihre Kündigungsschreiben. Sie lesen sie schweigend. Keinerlei Vorwarnung. Ohne Arbeit nach Hause geschickt.

So wollen sie sich nicht behandeln lassen.

Nach einer kurzen Besprechung begeben sie sich als Gruppe zu dem Restaurant in der Stadt, das wegen der Rettungsaktion an der Brücke der Hoffnung geöffnet blieb – doch als sie dort ankommen, sehen sie, dass an allen Fenstern ein Blatt Papier mit der Aufschrift GESCHLOSSEN klebt.

Drinnen, beleuchtet von Teelichtern, fegt ein Schatten mit einem Besen.

Sie vereinbaren, zum Rathaus zu gehen.

Vor dem Rathaus wird an derselben Stelle, an der Luke seine Medaille erhielt, ein Rednerpult aufgestellt.

In mehreren Reden wird der Schuldige beim Namen genannt. Ein Held wurde vor einem landesweiten Publikum als Schwindler entlarvt. Und sie müssen nun die Zeche bezahlen. Sie müssen ihre Autos dem Händler, ihre Häuser der Bank zurückgeben.

Beeman, der Polizeichef und eine Handvoll Stadträte beobachten vom Büro des Bürgermeisters im ersten Stock aus, was da draußen vor sich geht.

Der Assistent des Bürgermeisters sagt, sie sollten versuchen, die Gemüter zu beruhigen.

Beeman lächelt spöttisch. »Ich gebe Ihnen einen Rat, junger Mann. Treten Sie nie vor eine aufgebrachte Menge.«

Sie beobachten, wie die Unzufriedenheit auf die Main Street drängt und südwärts zur Uferstraße weiterzieht.

Beeman deutet auf die vereinzelten Feuer. »Chief, löschen Sie die Flammen auf der Grünfläche.«

Die Sekretärin ist besorgt. »Was sollen wir tun? Wir wissen, wohin sie wollen.«

»Tatsächlich?«, sagt Beeman. »Fragen wir doch den Polizeichef, den jungen Cooperman hier.«

Coopermans Neffe kaut Kaugummi. »Es wurden keine konkreten Drohungen ausgesprochen.«

»Genau«, sagt der Richter. »Und jetzt löschen Sie die Flammen, wie es der Bürgermeister angeordnet hat.«

Die Familien schließen sich dem Marsch der gefeuerten Arbeiter an.

Sie retweeten zwei neue Beiträge:

@derWahreBürgermeisterBeeman
Wir müssen Unternehmensentscheidungen respektieren,
auch wenn sie nicht aus geschäftlichen Gründen getroffen
wurden. Ich stehe zu einem Gespräch bereit.

@derWahreBürgermeisterBeeman
Ich fordere die Demonstranten auf, jeglichen Privatbesitz
zu respektieren.

Einige bleiben stehen, um ihre Antworten einzutippen. Die
Kommentare nehmen sprunghaft zu.

Luke Roys fünfzehn Minuten gestohlener Ruhm kosten
die Stadt ihre Lebensgrundlage.
Er hat das Filmmaterial selbst verkauft!
Mein Dad hat gerade seinen Job verloren.
Es ist die Brücke. Die Brücke ist schuld.
Wir wissen, warum das passiert ist. Wir alle wissen,
warum!!!
Luke Roy! Luke Roy! Luke Roy!

Während das Abendlicht waagrecht über die Dächer streicht,
starrt Nestor von seinem Fenster im Dachgeschoss aus die
Fackeln an, die in einer Prozession die Uferstraße entlang-
ziehen. Unter der Wolkendecke berührt die Sonne das Meer.

Die Leute stellen sich hufeisenförmig am Rand der Wiese
auf und beginnen mit perfektem Timing zu singen.
Amazing Grace, how sweet the sound
That saved a wretch like me.
Drei Schilder sprießen wie weiße Pilze nach dem Regen:
HOCHMUT.
WIEDERGUTMACHUNG.
VERGEBUNG.

Um 17:13 Uhr hinterlässt der Assistent des Bürgermeisters auf
Lukes Anrufbeantworter eine Nachricht.

»Wir haben Ihnen vertraut.«

Die ersten Hochrechnungen aus dem ganzen Land werden bekanntgegeben. In Maine ist die Wahlbeteiligung niedrig.

Der Inhaber des Pubs The Gallop hinterlässt auf Lukes Telefon eine Nachricht für Henry. Sie haben einen neuen Musiker engagiert. »Niemand macht dir einen Vorwurf, Henry.«

Das Gebälk des Hausboots zieht sich zusammen. Die Bullaugen schwimmen in einem Graupelschauer.

Henry geht zu einem Raumteiler, wo er drei in Pappe verpackte Flaschen verstaut hat. Sie stammen noch von seinem Vater, der einen Teil seines Lebens in den Weinanbaugebieten Südfrankreichs verbracht hat.

Er schenkt drei Gläser Chardonnay ein.

»Auf die andere Seite des Ganzen.«

39.

Nestor wirft einen Blick auf die Wikipedia-Seite. Er schlägt sich die Hand vor den Mund.

Das Bild ist fleischig, mürrisch, träge, verschwitzt, teilnahmslos. Der Monitor selbst wirkt feucht und muffig.

Unter »Verurteilungen« wird Luke von ehemaligen Klassenkameraden bezichtigt, snobistisch zu sein. Seine Behauptung, dass er verprügelt wurde, wird als falsch bezeichnet. Seine Behauptung, unpolitisch zu sein, steht neben Fotos von ihm mit Senator Michaud und unzähligen Wahlplakaten, auf denen er lächelnd abgebildet ist. Die Tweets von Beeman gelten für manche als »Rechtfertigung der Beschuldigungen«. Es wird auf gestohlene Tapferkeit angespielt, und ein Foto zeigt, wie er die Ross Point Tapferkeitsmedaille in die Luft schleudert.

Unter »Jobverluste«: die Schließung der Fabrik und Fotos von Demonstranten, die nicht älter als fünfzehn Minuten sein können. Die Demonstranten sind mit anderen Demonstranten überall auf der Welt über das Wort »Ungerechtigkeit« verlinkt.

Feuer, Gewehrkugeln, Wut.

Nestor kann den Blick nicht vom Endprodukt abwenden. Luke wandert mit seinem Glas Chardonnay um den Laptop herum und sieht sich im digitalen Körper, verschrammt von den Kommentaren und von blauen Fußnoten auf die Seite geheftet.

»Verdammt! Ich will nicht im Internet sein!«, brüllt er. »Ich will da raus.«

»Das geht nicht.« Nestor verschränkt die Arme.

»Ich schreibe jemandem.«

»Es gibt niemanden, dem du schreiben kannst.«

»Willst du mich verarschen?«

»Warum findest du dich nicht damit ab?«, brüllt Nestor.

Während die Wikipedia-Seite stärker geworden ist, ist Luke schwächer geworden.

Der Zustand, der am besten zu seinen Symptomen passt, ist die Angst der indianischen Stammesführer beim Auftauchen der ersten Kameras. Die Angst, dass man ihre Seele einfängt.

Der echte Luke Roy ist der gefälschte Luke Roy.

40.

Nach Lukes Wutanfall stehen sie schweigend da. Aus Richtung des Sonnenuntergangs lodern in den Bullaugen die ersten Flammen auf.

»Zwei Feuer«, berichtet Nestor. »Werden immer größer.«

Am Waldrand stehen vier Leute aufgereiht und entrollen ein Transparent:

DU WARST AUF DER BRÜCKE, UM DIR DAS LEBEN ZU NEHMEN. WARUM HAST DU'S NICHT GETAN? SCHANDE ÜBER DICH.

Henry schließt die Autotüren ab, und ein Stein schlägt im Gras auf. Er nimmt einen Eimer vom Deck, als befände er sich in einem Landhaus und würde vor dem Frost eine Topfpflanze hereinholen.

Nestor befestigt die Fliegentür und schaltet alle Lichter aus. Er stellt die Brandaxt neben die Tür.

Ein weiterer Tweet von Donald Beeman.

@derWahreBürgermeisterBeeman
An alle in Ross Point, die sich versammeln, um gegen die Fabrikschließung zu protestieren: Ich verstehe Ihre Frustration und fordere Sie auf, sich zurückzuhalten. Gewalt ist keine Lösung. #Einsiedlerschwindel

»Beeman gibt den Fabrikarbeitern grünes Licht«, ruft Nestor.

Vom Bullauge aus hört er das Klingeln neuer Beiträge und sieht dann auf dem Laptop zu, wie sich die Twitter-Nachrichten nach oben schieben.

Ich kann verstehen, warum die Leute dem Kerl ans Leder wollen.

Gebt seine Adresse bekannt.

Erledigt. #lukeroyGPS.

freddie1776: Komm raus, Roy. Wir wissen, dass du das hier liest.

Akay47: Abschaum!

Was auch immer Donald Beeman und seine Tweets erfasst hat, es ist ansteckend. Henry sieht es philosophisch. »Heroin macht nicht so süchtig wie ein Samsung.«

Doch der Protestzug der Fabrikarbeiter ist noch unterwegs.

Die Leute da draußen sind die Gratulanten, die die ganze Woche kampiert haben. Die Träumer. Ein Stein prallt gegen den Außenrahmen des Bullauges. Ein zweiter schlägt auf dem Deck auf.

Nestor verständigt die Polizei.

Als jemand rangeht, trifft ein großer Stein den Citroën. »Aber es darf doch gar niemand auf dem Boot sein.«

»Die Leute werfen mit Steinen.«

»Wie viele wurden geworfen?«

»Ein paar.«

»Haben Sie's gesehen?«

»Ich hab gehört, wie sie gelandet sind.«

»Wir können doch nicht wegen zwei Steinen kommen.«

Die Fliegentür wird getroffen. Die Scheibe eines Bullauges springt. Steine prallen an den Bootsrumpf und landen auf dem Dach des Kojenbereichs.

Eine Flasche zersplittert auf dem Citroën, und Alkohol

fließt heraus, doch die Flamme an dem wodkagetränkten Lappen ist vorher ausgegangen. Nestor hat genug. »Verdammt noch mal, die müssen verschwinden, bevor die anderen kommen.«

Er kramt in einem Schränkchen, findet einen kostbaren Bushmills und steckt einen whiskeygetränkten Lappen in die Flasche, den sie im Flug hinter sich herziehen soll.

Wirbelnd und taumelnd steigt sie in die Luft.

Sie zuckt in einem Flammenstrahl auf und zersplittert mitten auf der Gemeindewiese. Flammen züngeln in die Luft und ergreifen Hosenbeine und Rucksäcke. Die Leute reißen sich die Handschuhe von den Händen, rollen sich auf dem Boden, um die Flammen zu ersticken.

»Mein Dad ist Anwalt!«, schreit einer.

Ein anderer: »Du hast dich gerade mit Dartmouth angelegt!«

Eine Handvoll Leute lösen sich aus der Menge und kommen aufs Boot zugestürmt. Sie erwischen Nestor im Freien.

Henry kommt, die Brandaxt schwingend, nach draußen, und Luke sprüht eine Dose Haarspray durch die Flamme eines Feuerzeugs und verwandelt es in einen Flammenwerfer. Sie halten die Menge vom Boot fern und schlagen eine Bresche. Nestor rettet sich an Deck. Luke und Henry treten den Rückzug an.

Am Ende ist in erster Linie ihr Stolz verletzt.

Durch die Stadt schrillen Polizeisirenen. Die Menge weicht vor den vereinzelten Flammen zurück, die flackernd an Deck erlöschen.

41.

Luke zappt sich durch die Fernsehkanäle. Bei einer Zusammenfassung des Wahlabends wird ein Interview mit Beeman gezeigt.

Der Bürgermeister ist wütend. »Diese Posse hat Ross Point geschadet. Aber die Stadt ist nicht das einzige Opfer. Ich hoffe nur, dass Mr Roy begreift, welche Auswirkung sein Aufmerksamkeitsbedürfnis auf Leute mit Selbstmordgedanken hat.«

Er hält einen ausgedruckten Tweet hoch. »Eine Fabrik wurde geschlossen.«

Nestor beobachtet die marschierenden Kolonnen von seinem Dachgeschoss aus. Auf beiden Straßenseiten sind die Fackeln in den Händen der Demonstranten zu sehen.

@derWahreBürgermeisterBeeman:
Ich verstehe, warum Gewalt die Lösung zu sein scheint,
aber ihr dürft keine Selbstjustiz üben. #FalscherHeld

Die Drohungen sprießen wie Mohnsamen, sie schweben wie Mikroben über die windstillen digitalen Plattformen. Die Nachrichten stoßen auf andere Ungerechtigkeiten, die die Empörung steigern. Milliarden wütender Bits entstehen auf Tastaturen und Touchscreens.

In beiden Kolonnen sind die Telefone pausenlos leuchtende Displays. Das Maul von Twitter hat sich in einen riesengroßen brüllenden Rachen verwandelt.

»Es geht los«, sagt Nestor.

Er ruft Luke an. »Schnapp dir, was du brauchst, und komm rüber. Leg dich nicht mit denen an.«

Nestor zählt die Leute auf einer Seite und verdoppelt die Zahl. Achtzig Demonstranten und ein paar Nachzügler.

Er sieht sich die aktivierten Feeds an. Ein Satz sticht heraus. *Ich fordere die Demonstranten auf, jeglichen Privatbesitz zu respektieren.*

Die Stadtbewohner säumen die Bäume. Wie Statuetten stehen sie reglos in Schneeregen und Dunkelheit. Nestor sieht ihre Gesichter aufleuchten, als die Telefone sie zu gestaffelten Reihen erwecken. Sie schicken Nachrichten in die Leere, und die Leere antwortet ihnen. In einer Welt ohne Spiegelung erschaffen sie Spiegelbilder von sich.

Ihre Blicke sind auf die Telefone in ihren Händen geheftet. Eins nach dem anderen werfen die Displays schräge Schatten vom Kinn bis zur Stirn ihrer Besitzer. Nestor betrachtet die Antworten auf Beemans Tweet. Die Leute sind durch Schatten und Licht unterteilt. Als sie aus den Bäumen hervortreten und die Uferstraße überqueren, choreografieren sie ihre Bewegungen. Sie rücken an Lichtstrahlen vor, gerade Linien aus bewegter Masse, gesprenkelt von brennenden Fackeln.

Die Wiese ist ein Art-déco-Schachbrett.

Der Horizont blitzt in gelben Lichtbögen auf. Auf der Grasfläche erscheint eine flüchtige Stadt aus goldenen Gewölben, die wieder verschwindet, als die Flaschen mit einer Stichflamme landen und sich in Brandflecken verwandeln. Nach einem Dutzend gescheiterter Versuche erklimmt eins der Geschosse mit brennendem Arm das Gebälk des Ruderhauses.

Das Boot, das in der Karibik unterwegs war, hat einen Hagel aus Steinen und Molotowcocktails überstanden. Als die

Leute spüren, dass der Augenblick gekommen ist, springen sie lärmend von Pick-ups an Deck und schlagen mit Eisenstangen auf die Fliegentür ein. Während sich die Flammen ausbreiten, treten die Männer mit ihren Springerstiefeln die Tür ein und stürmen durch den vom Feuer beleuchteten Innenbereich. Sie kippen den Kühlschrank um und werfen das Kajütenbett auf den Couchtisch. In den Bullaugen züngeln die Flammen. Plötzlich schießt jemand mit einer Flinte, und die Scheiben zerspringen. Alle laufen nach draußen und beobachten, wie sich aus den kleineren Feuern eine Pyramide erhebt. Es ist nicht mehr möglich, Schatten von Menschen zu unterscheiden. In dem langsamen Inferno verliert der Trawler jegliche Form. Als der Dieseltank explodiert, werden die Leute, die nah am Boot stehen, mit Schlieren aus flüssigem Feuer besprüht. Sie werfen sich aufs Gras, aber wenn Diesel auf menschliche Haut spritzt, nützt es nichts, zu Boden zu gehen und sich umherzuwälzen. Also rappeln sie sich auf und rennen, die Arme am Körper, im Kreis. Ein Feuerlöscher löscht die Fackeln, in die sie sich verwandelt haben.

Der Trawler richtet sich auf zu einer einzigen Flammenzunge. Der Horizont brennt.

Umstehende schütten nutzloses Wasser aufs Boot und laufen davon. Die Übrigen klettern über Gartenzäune und trotten oder kriechen am Ufer entlang nach Hause. Der Trawler flackert noch mal auf, bevor er sich in dichten, erstickenden Dieselrauch verwandelt, gekräuselt vom Wind.

GLÜHWÜRMCHEN

42.

Mittwochmorgen. Der Trawler brennt, aber es ist nicht die Nachricht des Tages.

Der Schock der Fabrikschließung legt sich über die Stadt. Die Leute berichten, dass sie spüren, wie der Boden unter ihren Füßen bebt. Ein Gefühl, als müssten sie nach Luft ringen, sich an einem Rettungsfloß festhalten. Ein seelischer Schock beeinträchtigt die Gesundheit und die Zukunftsperspektive der Einwohner. Doch sie müssen dieser Angst noch einen Namen geben. Es ist, als hätten die Stadt und der Fluss die Plätze getauscht. Die Stabilität der Gebäude nimmt das Ungestüm des Wassers an. Von jetzt an werden sie in ihrem Leben nur wenig Ruhe haben. Sie gehören zu einem großen Meer.

Nestor legt das Telefon hin. »Luke, es ist geregelt. Elena holt dich am Wochenende ab. Sie hat es mit Henry besprochen. Bis dahin bleibst du hier.«

»Ich kenne sie doch kaum.«

Nestor schenkt sich noch eine Tasse Kaffee ein. »Sie kommt in einer Stunde vorbei, um dich zu sehen.«

»Warum?«

»Sie hat drei Gästezimmer. Sie will ihr Haus in einem Monat verkaufen.«

»Warum kann ich denn nicht hierbleiben?«

Nestor nimmt sich Zeit, bevor er sich setzt. »Hast du dein Boot gesehen?«

Auf dem Arbeitsamt zieht Henry eine Nummer und setzt sich zu einer Schar murrender Leute. Er hat für den Winter kein Einkommen.

Das Gebäude ist voll mit entlassenen Arbeitern von Enterprise Cheese. Manche von ihnen riechen nach Rauch. Sie sind wütend.

Auf einem einzelnen nach vorn gezogenen Stuhl sieht Henry ein enges weißes Hemd und eine schmale Krawatte. Im Supermarkt ist Ludovic dafür bekannt, dass er, egal, ob hinter ihm eine Schlange wartet, sein Wechselgeld zählt. Ein Kassenbon ist ihm wichtig; er ist ein Vertrag, eine Vereinbarung. Heute studiert Ludovic das Arbeitslosengeld-Formular, das er ausfüllen soll, als nähme er eine Qualitätsprüfung vor. Es wird hart für ihn sein, keine Arbeit zu haben, denkt Henry.

Ludovics Gesichtsausdruck weist nichts von der Fassungslosigkeit und Enttäuschung eines kürzlich Entlassenen auf. Nur das Hemd und die Krawatte hängen müde von seinen Schultern, als er an den Schalter tritt und mit einem Sachbearbeiter spricht. Er deutet mit dem Gebaren einer mittleren Führungskraft auf das Formular und erläutert seine Situation ausführlich jemandem, der nur darauf wartet, dass er eins von zwei Kästchen ankreuzt:

JA.

NEIN.

Nach vierzig Minuten blickt Henry auf seine Nummer: 86.

Im Moment ist Nr. 16 dran, und nur ein einziger Schalter ist geöffnet. Henry gibt die Nummer jemandem, der gerade hereinkommt.

Unterdessen hat sich eine Handvoll Einheimische, die früher am Morgen Arbeitslosengeld beantragt haben, an dem ausgebrannten Trawler versammelt. Sie lehnen an den Türen ihrer Pick-ups und betrachten ihr Werk.

Auf der Uferstraße hält eine gelbe Limousine. Elena Cortez, in ihrer fransigen Lederjacke, mit Stiefeln und einer Sonnenbrille, kommt zu Nestors Haus herauf.

Die Männer stoßen einander mit den Ellbogen an. Jemand pfeift. Sie dreht sich um.

Sie mustert den Trawler. Henry hat ihr wohl erzählt, dass er bis vor kurzem das Zuhause eines Mannes war, der ins tiefe Wasser gesprungen ist, um einen Menschen zu retten.

Deshalb ist sie hier.

Sie klopft. Nestor führt sie in die Küche. Als sie das Zimmer betritt, steht Luke auf.

»Kaffee?«, fragt Nestor. »Haben die Sie belästigt?«

»Nein, danke. Luke, haben Sie vielleicht Lust auf einen Spaziergang?«

»Klar.«

Elena und Luke gehen zusammen nach draußen. Die Männer bilden ein Hufeisen, das ihnen den Weg versperrt.

Elena nimmt die Sonnenbrille ab. Sie zeigt auf die beiden Anführer. »Dich und dich kenne ich noch. Ihr wart das damals. Vor acht Jahren. Ich hätte nie gedacht, dass ich euch beiden noch mal zusammen begegne.«

»Du hast eine ziemlich große Klappe«, sagt der eine.

»Der Taucher«, sagt der andere langsam und sieht sie dabei an. »Der Mann, der an sich rumgespielt hat, während Dolores, das anständigste Mädchen, das je hier gelebt hat, ertrank.«

Elena spuckt auf den Boden.

Sie will um die Leute herumgehen, aber der Größte in der Gruppe hält sie auf und deutet nach Süden: »Geh zurück über die Grenze – und nimm deinen Helden gleich mit.«

Eine braune Gestalt springt aus dem offenen Limousinenfenster und zerrt zweimal kräftig am Unterarm des Mannes. Der stößt einen leisen Schrei aus, und Elenas Hund Radar lässt ihn los. Der Mann betrachtet die blutigen Bissspuren.

»Ich bring dich vor Gericht.«

Elena fährt ein paar Kilometer weit aus der Stadt, und als der Wagen schlingert, hält sie auf dem Seitenstreifen.

»Ich kann fahren«, sagt Luke.

»Nein. Alles in Ordnung.«

Eine Zeitlang spricht sie kein Wort.

Luke weiß nicht, was er sagen soll. Er scheint auf Probleme abonniert zu sein. Und obendrein stiftet er Unfrieden. Elena wollte ihm helfen, und jetzt muss sie dafür büßen.

Sie betupft sich die Augen. »Ich hab acht Jahre darauf gewartet, es diesen Männern, die das Gerücht über Danny verbreitet haben, ins Gesicht zu sagen. Dass ich weiß, dass sie es waren. Ich wusste nicht, wie ich die beiden je zusammen finden sollte. Deshalb bin ich die ganze Zeit geblieben. Und heute … standen sie plötzlich da. Standen einfach da.«

Luke begreift. Acht Jahre an einem Ort, an dem sie nicht leben wollte, nur um ein paar Worte loszuwerden.

Sie wendet ihm das Gesicht zu. »Luke, das soll heißen … danke. Sie haben mich befreit.«

Sie fahren wieder. Als Elena sieht, dass er sie mustert, lächelt sie hinter der Sonnenbrille.

»Was ist?«

»Wer hat Sie gebeten zu kommen?«

»Henry. Er war nach Dannys Tod mein Freund. Nichts Romantisches. Er hat einfach zugehört. Er hat zugehört, und das hat mir am meisten geholfen.«

»Wohin fahren wir?«, fragt Luke.

»Zum Poets Walk.«

Er kennt diesen Ort nur von Henrys Schilderungen – märchenhaft, zeitlos.

Radar legt den Kopf zwischen ihnen auf die Mittelkonsole. »Wen beschützt er jetzt?«, fragt sie.

Der Poets Walk ist ein Teil des siebenundzwanzig Hektar großen Parks, der mit dem Marsh-Vermögen gekauft wurde. Felder und noch mehr Felder, ein paar Pfade, ein Pavillon und zwei Bänke. Unter der Verwaltung von Bürgermeister Beeman und den zwölf Stadträten ist er allmählich in Vergessenheit geraten, ein neutraler Raum in einer Zeit, in der jedes Fleckchen in Anspruch genommen wird.

An der nördlichen Spitze verläuft der Rundweg anderthalb Kilometer weit zum Wasser hinunter, wieder auf Felsvorsprünge hinauf und zwischen Bäumen hindurch. Er schlängelt sich um weitere Bäume herum, kommt an einem Pavillon mit breitem Dach vorbei und führt zu einer Bank auf einem Hügel mit Blick auf den Fluss. Von dort tritt man den Rückweg an.

Das Herz des Poets Walk sind drei Wiesen, die seit Jahrhunderten unberührt sind. Kein Pflug, keine Landwirtschaft, keine Viehweide. Unverstellte Natur in erlesener, dem Zufall überlassener Gestaltung.

Luke und Elena stellen den Wagen auf einem unkrautbewachsenen Parkplatz ab.

Als sie zu den Wiesen kommen, fasst sie ihn an der Hand.

»Ich komme manchmal hierher«, sagt Elena. »Wenn die Erde einen Herzschlag hätte, dann würde ich ihn durch eine Wiese hören.«

»Was würde er sagen?«

»Dass wir beide wieder herkommen sollten.«

Sie setzen sich auf die Bank am Wendepunkt, wo man einen Blick auf das ruhige Flussstück und graslose Flächen hat, an denen sich die Wildblumen für den Winterschlaf in die Erde zurückziehen. Als Markierung für alle, die dort im Sommer vorbeigewandert sind, haben sie ihre Stängel an der Oberfläche zurückgelassen.

Luke spürt, wie ihn Erleichterung durchflutet. Eine Last, die er nicht gespürt hat, ist von ihm abgefallen. Jenes andere Leben, das er geführt hat, war nicht das echte Leben. Das hier ist echt.

Unter einem blauen Himmel fällt es leicht, sich vorzustellen, wie diese Blumen Anfang Mai gelb oder rot hervorsprießen. Wenn der Sommer kommt, leuchten dann Lila und Weiß heller im hohen Gras, und die Bäume strecken ihre belaubten Zweige in kühlen Schatten.

Luke weiß, dass das Band, das sie sofort gespürt haben, die Brücke ist, die sie zusammengebracht hat. Es muss einen Grund dafür geben, dass man sich einem fremden Menschen so nahe fühlt. Elena hat einen Umschlag dabei.

Auf ihren Kaminsims passe nur eine begrenzte Zahl von Fotos, sagt sie; in einem Wohnzimmer könne nur eine begrenzte Zahl von Rahmen hängen, ohne dass es zu einer Bildergalerie werde.

Die Fotos stecken fest im Umschlag – sie hat sie eine Zeitlang nicht mehr herausgenommen.

»Die hier hebe ich gesondert auf.«

Bilder aus ihrer Kindheit in Guadalajara. Sie nennt die Namen ihrer Familienmitglieder, und er wiederholt sie. Vor Freude schließt sie die Augen, als hätte er sie alle mit dem Klang ihrer Namen herbeigerufen.

Auf dieser Bank in einem verlassenen Park sitzen und Fotos ansehen: Luke spürt, dass sie mit großer Beschleunigung zu dem Ort unterwegs sind, an dem sie sein sollten. Die Zeit kann nicht warten.

Ein Luftwirbel treibt auf die Bank zu, gekleidet in Staub und Laub.

Plötzlich ist er da, die Fotos fliegen in die Luft, und Elena ruft, dass sie nur diese Originale besitzt. Beide springen auf und grapschen danach. Aus der Ferne müssen sie aussehen wie tanzende Irre mit fuchtelnden Armen. Luke schreit, als ein weiteres Foto über ihm kreist. Sie können bloß geduldig den Bildern folgen, bis sie auf den Boden fallen. Als der Staubteufel in Schieflage gerät und an den Bäumen verendet, kommen die verbleibenden Fotos herabgeschwebt. Bis zum allerletzten Moment bleiben sie eine Fingerspitze entfernt.

Elena neigt den Kopf. »Wir haben beide hier gelebt … all die Jahre.«

Nach kurzem Schweigen fragt sie: »Wo ist deine Familie?«

»Das Letzte, was ich gehört habe? Irgendwo auf dem Meer.«

Ihre braunen Augen wechseln von Besorgnis zu Heiterkeit. Ihr Blick ruht ganz leicht auf seinem. Sie streicht ihm durchs

Haar und küsst ihn. Ihre Lippen sind sanft wie eine Rose und weich wie Gras, das sich im Wind wiegt. In der zarten, durch die Wiese verstärkten Wärme verliert er sich in ein anderes Leben und spürt die Befreiung von seinem eigenen. Er sieht die Stadt, in der sie gelebt hat, das Meer, das an die Küste brandete, an der sie als Kind gespielt hat.

Ihm ist egal, was sie zusammengeführt hat. Der Teich, die Brücke, die Überfälle.

Drei Stunden vor Sonnenuntergang brausen sie zum Chambliss Diner, wo sie sich Sandwiches holen, und zum Supermarkt, um Wein und Hundefutter zu kaufen. Dann fahren sie wieder zum Park.

Am Abend ist es fünf Grad wärmer als üblicherweise. Der gesamte Bezirk erlebt wieder die unglaublichen Tage eines außergewöhnlichen Wochenendes.

Elena gibt Luke zwei Decken, und er hofft auf das Schwinden des Tageslichts.

Sie kehren zu den drei Wiesen zurück. Dort setzen sie sich, in die Decken gehüllt, und trinken den kühlen Wein.

Die Sonne geht unter.

Auf der abendlichen Wiese unterteilen nur Abstufungen schwächeren Lichts den Raum. Luke spürt, dass das Grün seine eigene Note hat. Er hat das Gefühl, auf dem Meer zu sein. Die Bäume wallen im Schwappen des sanften Mondscheins und brechen die Brandung. Die Zweige zittern im silbrigen Wind. Die Felder sind fahle Milch im zurückgeworfenen Licht. Ein anderer Planet ist zum Vorschein gekommen. Sein wahrer Umriss verläuft an den Grenzen der Schatten, an den flüchtigen Duftfahnen. Die farbenprächtige Welt des Tages zählt hier nicht mehr. Für Geschöpfe, die die

Sonne nicht ertragen können, bietet die Nacht diesen Planeten an.

An den Ufern eines Teiches krächzen zwei Kröten wie weise alte Männer.

»Sie dürften nicht hier sein«, sagt Elena. »Nichts ist, wie es war.«

Luke bemüht sich, wieder Wein in die Gläser zu gießen, als er Elena flüstern hört.

»Ich glaube es nicht.«

Luke sieht eine funkelnde Leiter an den Saum der Bäume genäht, die aus dem Laub ins Gras herabrollt: ein glitzernder Wasserfall aus blinkenden Lichtern.

»Das kann doch nicht wahr sein«, sagt er. »Nicht im November.«

Es könnten Tausende sein, aber die Anzahl spielt keine Rolle. Sie sind überall, zeigen ihre Anwesenheit nur kurz an einer einzigen Stelle: Sie schimmern einen Augenblick und erlöschen. Dann tauchen sie in einem anderen Teil des Feldes wieder auf. Stumm senden sie eine Reihe von Punkten und Strichen: Licht und kein Licht.

Die Glühwürmchen bemalen die Nacht mit ihrer Sehnsucht, entdeckt zu werden.

»Sie brauchen richtige Nacht«, sagt Elena. »Jedes Jahr gibt es weniger Orte, an denen sie sich versammeln können.«

Sie lehnt sich an Lukes Schulter, und er legt den Arm um sie. Unendliche Minuten lang beobachten sie die flackernde Flut, hören die stummen nächtlichen Rufe nach Gesellschaft.

Jedes der Blinklichter in der funkelnden Kette schreibt ein Versprechen; pulsierende Noten eines Liedes. Sie sehen aus wie beliebige Funken, aber sie sind nicht beliebig, das Glüh-würmchen schaltet sich ein und aus und ein. Nichts könnte weniger dringlich sein als dieses Signal.

Sie haben die drei Wiesen in Besitz genommen, weil es hier nirgends künstliches Licht gibt. Eine einzelne Lampe auf der Veranda eines Landhauses leuchtet anderthalb Kilometer weit. Sie sind verwirrt und fliegen zum Licht. Schon sind sie füreinander verloren.

Sie sterben aus.

Luke fragt sich, ob Elena so lange darauf gewartet haben kann, dass ihr verlorener Partner wieder auftaucht. Ob ihr Herz sich geweigert haben kann, den Ort zu verlassen, an dem sie ihn zum letzten Mal sah – an dem Morgen, an dem er zu dem Teich aufbrach, um ein Mädchen zu suchen, das schon die ganze Nacht tot war. Sein Funke hat sich nie mehr gezeigt. Irgendwo tief im Herzen glaubt sie, ihr toter Mann könnte wieder auftauchen, wenn sie nur nach ihm Ausschau hält. Luke sieht es sofort ein.

»Luke, ich hab lange gedacht, ich könnte mein Leben um mein Unglücklichsein herumplanen. Ich hab zu viel Zeit da-mit verbracht, zu lernen, wie man nicht lebt.«

Sie senkt den Kopf. Der Wind rauscht in den Bäumen. Sie küssen sich sacht, legen sich auf die Decken und ziehen sich aus. Nackt liegen sie neben ihrer Kleidung. Ihre Körper berühren sich. Einer ist ein Musikinstrument, der andere ein Lied. Er presst sich an die weiche Haut ihrer Brüste und ihre Brustwarzen, die zwei feste Punkte ihrer Erregung sind. Sie drückt seinen Mund darauf und schmiegt sich an ihn, dann führt sie ihn, und er gleitet in ihr langes Seufzen. Sie ist die Kraft des Bodens, die sich ihm entgegendrängt, ihre schlanken Beine umschlingen ihn. Ihr Atem ist wortlos, lebendig und heiß.

Die Flaschen sind leer, warm im Vergleich zur Abendkälte. Die Glühwürmchen sehen aus wie unzählige Armbänder an einem wedelnden Handgelenk, sie vollführen ihre Trennung und Wiedervereinigung nach demselben Gespür, das sie hergebracht hat.

Elena hält seine Hände in ihren Händen.

»Zieh zu mir. Da, wo ich bin, ist es sicher. Ich bleibe nur noch einen Monat, und es ist ein schönes Haus.«

Luke beobachtet, wie die Leitern aus Licht von den Bäumen ins Gras fallen. »Hoffentlich bekommen sie damit nie was zu tun.«

»Womit?«

»Mit Menschen.«

Als sie ihn zu Nestor zurückfährt, schaltet sie auf dem letzten Stück die Scheinwerfer aus. Es lässt sich nicht sagen, wer draußen wartet. Sie machen Pläne für Sonntag. Dann fährt Elena zu ihrem Strandhaus in Orchard.

Sogar im Schlaf ist Nestor in Alarmbereitschaft. Er ist eine Spinne. Die Tür ist der äußerste Faden, das Erste, was bebt. Luke schafft es ins Schlafzimmer und legt sich hin.

Eine Stimme dringt durch den Flur, leise und fest.

»Wie war's?«

43.

Am Samstagmorgen warten acht Kunden im einzigen Supermarkt von Ross Point vor der Kasse, um zu bezahlen. Sie beschweren sich bei der Geschäftsführerin. Nur eine Kasse ist geöffnet, die Selbstbedienungskassen sind außer Betrieb. Während sie sich beschweren, schlurft ein neunter Kunde, der seine Gutscheine umklammert hält, ans Ende der Schlange.

Die Geschäftsführerin öffnet eine zweite Kasse. Der Gutscheinbesitzer reißt seinen vollen Einkaufswagen herum und stürmt an das freie Warenband. Die erfahrenen Kunden wissen, es wird zehn Minuten dauern, alles einzuscannen, und die Gutscheine dürften noch mal zehn Minuten in Anspruch nehmen.

Das Wochenende ist da, und Luke wird zu Elena Cortez ziehen.

Seit der Enthüllung im *Boston Globe* sind sieben Tage vergangen. Seit dem Sprung von der Brücke sind es inzwischen fünfzehn Tage.

Die Leute, die in der ursprünglichen Schlange stehen, suchen sich im Zeitungsregal des Supermarkts, das über den Schokoriegeln angebracht ist, etwas zu lesen: Dort liegt das Sonderheft des *Life*-Magazins über berühmte ungeklärte Mordfälle aus, dessen Seiten deutliche Gebrauchsspuren aufweisen. Boulevardblätter und Wochenzeitungen mit grellen Fotos von Prominenten. Das Fach mit dem *Pointe Chronicle* leert sich, als die Leute die Exemplare mit der Schlagzeile *Verrat!* weiterreichen, um sich die Zeit zu vertreiben. Über dem Fach klebt ein Schild mit der Aufschrift: »Der *Pointe Chronicle* ist nicht kostenlos.«

Als der Warenberg des Gutscheinbesitzers in den Einkaufswagen zu gleiten beginnt, hält draußen ein Lieferwagen. Der Fahrer kommt durch die Schiebetür und lässt zwei Stapel Zeitungen auf den Boden fallen. Die Geschäftsführerin entschuldigt sich und schließt die Kasse. Der Fahrer flüstert ihr etwas ins Ohr.

Daraufhin öffnet sie unverzüglich die beiden Pakete und nimmt sich die neueste Ausgabe des *National Enquirer*. Auf der Titelseite ist das Standbild von Luke Roy zu sehen, und der dazugehörige Bildtext lautet:

WIEDER EIN HELD!

Die Geschäftsführerin verschwindet in ihrem Büro und liest die erste Seite.

»Der *Enquirer* hat unveröffentlichtes Filmmaterial erhalten, das zeigt, dass der in Ungnade gefallene Luke Roy doch ein echter Held ist.

Ein Video mit Zeitstempel beweist diese überraschende Nachricht. Ein neuer Zeuge, der einen freien Blick auf den Vorfall hatte, hat sich gemeldet und eine eidesstattliche Erklärung abgegeben.

Der Zeuge, seit Jahren bei der Käsefabrik beschäftigt, hat den Ablauf gefilmt. Das Filmmaterial wurde von Fachleuten eingehend geprüft und als authentisch eingestuft.«

Eine Serie von Standbildern aus dem Film zeigt eindeutig:

1. wie Luke *von der Brücke weg* in Richtung des Unglücks läuft,
2. wie er den Jungen im Fluss sieht,

3. wie er in einem Höllentempo zurückrennt, um schneller zu sein als die Strömung,
4. wie er *wieder auf die Brücke* läuft,
5. wie er sich ins Wasser stürzt.

»Das lässt nur die Schlussfolgerung zu, dass Mr Roy zur Brücke zurückkehrte und, ohne zu zögern, sprang, um den Jungen zu retten. Das Ganze war kein Selbstmordversuch.«

Nestor sitzt in Freizeitkleidung in seinem Haus am Fluss inmitten seiner Bücherregale und trinkt Kaffee. Der *National Enquirer* liegt ordentlich zusammengefaltet auf dem Tisch.

Er ruft das Video auf dem Laptop auf. Als er es sich ansieht, wird sein Lächeln immer breiter.

In dem Film rennt Luke vom Pfad aus die Rampe hinauf. Er erreicht die Mitte der Brücke und springt. Kurz darauf taucht er aus dem Wasser auf und packt den Jungen. Beide treiben im tosenden Wasser unter die Brücke. Mit seinem Körper schützt er den Jungen vor den Felsen. Deutlicher geht es nicht.

Lukes Rehabilitation macht weder den Wahnsinn am Wahlabend noch das Abfackeln seines Bootes ungeschehen. Der Dieselgestank markiert den Ort, der mal ein Zuhause war. Wäre Luke da gewesen, hätten sie ihn aufgeknüpft. Die sozialen Medien haben ihr eigenes Herz der Finsternis, und Lukes zerstörtes Boot auf dem Fluss ist die perfekte Metapher.

Aber wie köstlich. Ein verbranntes Boot und einen Shitstorm später ist es ausgerechnet die Zeitung, die sonst Fotos von Hundert-Kilo-Babys und Ufos über dem Weißen Haus bringt, die das Ganze richtigstellt.

Am Samstag um zwölf Uhr mittags bringt KTV5 Augusta die Nachricht.

Im Studio sitzt Gary Kate fassungslos gegenüber.

»Die Geschichte hat schon wieder eine Wendung genommen.« Er wirft die Hände in die Luft.

»Es ist eine Seifenoper«, sagt Kate.

Gary verschränkt die Hände. »Jetzt mal im Ernst – ich habe den Verdacht, dass unsere Zuschauer gemischte Gefühle haben, seit sie dieses Drama mit uns erleben. Ich frage mich, was das für den Bürgermeister von Ross Point bedeutet.«

»Du und ich, wir übermitteln die Nachrichten bloß«, sagt Kate. »Wir produzieren sie nicht. Aber menschlich gesehen …«

»Ich verstehe, worauf du hinauswillst.« Gary verschränkt die Arme. »Was hat sich der Bürgermeister gedacht, als er diese Tweets verschickt hat?«

»Ich habe sie nicht gesehen.«

Gary legt die Hand auf die Brust. »Ich spreche hier nur für mich. Es ist umstritten. Es könnte zu Gewalt geführt haben, sagen manche.«

»Mr Roys Boot wurde zerstört«, liest Kate von ihrem Laptop ab.

»Das wirft Fragen auf«, sagt Gary, »legitime Fragen danach, wer verantwortlich ist, wenn Worte Gewalt auslösen.«

Kate denkt nach. »Aufwiegelnde Äußerungen können nicht zurückgenommen werden.«

Gary: »Aber halten wir uns an die positiven Aspekte. Nach diesen Meldungen zeigen wir ein wirklich erstaunliches Filmmaterial. Bleiben Sie dran.«

Nach dem Werbespot für eine Lebensversicherung sagt Kate das Video an: »Für diejenigen unter Ihnen, die an diesem unglaublich milden Novembertag in Central Maine eingeschaltet haben, kommt hier die neueste Wendung im Drama um Luke Roy, freundlicherweise zur Verfügung gestellt vom *National Enquirer*.«

Sie zeigen das Video, das Luke Roy entlastet.

Im Chambliss Diner, wo draußen ein roter Pick-up parkt und drinnen nur ein einziger Gast am Tresen sitzt, ist die Kellnerin in die neue Nachricht vertieft. Sie sieht sich an, wie der Assistent des Bürgermeisters eine vorbereitete Stellungnahme verliest.

»Der Bürgermeister kann in dieser sich rasch ändernden Lage keinen Kommentar geben. Falls sein Büro etwas mitzuteilen hat, werden wir eine Presseerklärung veröffentlichen.«

Wendy Sullivan: »Was sagen Sie den Leuten, die der Ansicht sein könnten, dass der Bürgermeister zur Gewalt angestachelt hat?«

»Wen meinen Sie?«

»Manche Leute wollen wissen, warum er es für nötig hielt, diesen Wortlaut zu benutzen.«

»Was für Leute?«

Die Reporterin blickt in die Kamera. »Und das war's aus Ross Point.«

Kate: »Danke. Und jetzt haben wir einen Tweet aus Senator Michauds Büro.«

@derWahreSenatorMichaud
Ich möchte Luke Roys Ehrenrettung feiern. Ich war der Erste, der seine Tat gewürdigt hat. Prinzipien gehen vor Politik.

Gary hält die Hand hoch. »Kate, wir haben die Information, dass das Büro des Senators noch einen *zweiten* Tweet veröffentlicht hat.«

@derWahreSenatorMichaud
Jeder Hinweis auf Anstiftung zum Aufruhr muss untersucht werden. Ich bezweifle, dass der Bürgermeister von Ross Point so etwas beabsichtigt hat, aber es wurde Eigentum zerstört. Und Leben gefährdet. Niemand steht über dem Gesetz.

Ludovic sitzt lächelnd in seinem Trailer und liest den *Enquirer*.

Der Fernseher steht auf einer Milchkiste vor dem Sofa. Ein Strang aus Drahtkleiderbügeln verbindet ihn mit dem oberen Fenster, von dem aus man einen Morgen Land überblickt.

Sieh mal einer an, Ed McGee, denkt er. Das Video, das du an diesem Glückstag von der Kantine aus gedreht hast.

Zuerst filmt McGee aus Zufall in den Nebel hinein.

Nach dem Bootsunglück nimmt er auf, wie Luke zur Brücke zurückläuft und hinunterspringt.

Der *Enquirer* war der Geldsegen.

Ed hat Ellen Kane das letzte Stück vorenthalten und es dann an die Konkurrenz verkauft.

Ludovic misst ein Drittel Glas Milch ab, rührt Zimtpulver in den Kochtopf und wartet. In der Stille des Landlebens sind die Tage lang, zumindest kommen sie ihm lang vor. Und auch die Tage wissen nicht, was sie mit ihm anfangen sollen. Er ist es nicht gewohnt, Freizeit zu haben.

Er nimmt den Teller, spült ihn sorgfältig unter fließendem Wasser ab und nimmt sich die Tasse vor. Danach wischt er sich die Hände an einem Papiertuch ab und faltet es zusammen.

Er wacht immer vor dem Klingeln des Weckers auf. Dann frühstückt er und bereitet sich auf den Tag vor. Montags ist stets viel zu tun. Er parkt den Wagen in Sichtweite der Fabrik an der Straße. Um zehn geht er ins Chambliss, wo er einen Kaffee trinkt und den Nachmittag verbringt.

Sein Wecker ist auf sechs Uhr früh eingestellt. Er könnte es ändern, aber das würde bedeuten, dass er resigniert hat, und da weigert er sich. Er will nicht irgendwann morgens erschrocken aus dem Bett springen, nur um festzustellen, dass er nirgendwohin muss.

Im Chambliss Diner nimmt die Kellnerin die Fernbedienung, um von der unendlichen Brückengeschichte auf einen anderen Sender zu schalten. Der einzige Gast, der gerade etwas in sein Notizbuch geschrieben hat, blickt von der Theke auf.

»Bitte nicht umschalten. Ich hör mir das an.«

Sie sieht die Augen des Fremden unter der Baseballkappe und legt die Fernbedienung wieder hin. Dann kehrt sie zu den Fenstertischen zurück, die sie schon abgeräumt hat, denn dort ist sie so weit wie möglich von diesen Augen entfernt.

Am Nachmittag kommt Elena, um Luke für den letzten Monat in ihr Haus zu holen.

Luke, Henry, Elena und Nestor begeben sich zu dem sanft schaukelnden Wrack und gehen an Deck. Nestor streicht über die schwarzen Reste des Ruderhauses.

Gelbschwarze Fetzen der Briefe aus dem Postsack wehen im auffrischenden Wind übers Deck. Auf einem erkennt Luke die unversehrt gebliebenen Worte:

Ich hoffe …

»Was willst du mit dem Boot machen?«, fragt Henry.

Luke hat nichts gefunden, was er mitnehmen kann. Ein paar verkohlte, geschmolzene Gebilde, die mal Wahrzeichen seines unbedeutenden Lebens waren.

»Ich lasse es hier. Darum müssen sie sich kümmern.«

Nestor umarmt Luke, und Henry umarmt ihn noch fester. »Bis bald.«

Luke überquert die Gemeindewiese und stellt zwei Taschen in ihren Wagen. Das ist alles, was er besitzt. Als sie von dem Ort wegfahren, der so lange sein Zuhause war, dreht Luke sich nicht um.

DAS MEERESHAUS

44.

Ein Meereshaus. So nennt es Luke, als er es zum ersten Mal sieht.

Eine große Terrasse mit Blick auf den Strand. Sie kommen über den Pfad herauf, wo Sand und Dünengras ihren Duft den Flammen im Kamin entgegenwehen.

Es ist ein offener Grundriss. Wände aus Raum.

Luke stellt seine Sachen in Elenas Gästezimmer.

Sie führt ihn in ihr Schlafzimmer im ersten Stock, zu einem großen Bett, wo ein weiterer Kamin ausreichend Wärme spendet. Das Meer in den offenen Fenstern erfüllt das Zimmer mit der Brandung. Er könnte von einer Seite zur anderen schwimmen.

Sie kommt aus der Badewanne. Als sie sich aufs Bett setzt, streift er ihr den Morgenrock ab.

Sie zeichnet ihm eine Karte der Küche auf ein Papiertaschentuch, damit Luke den Wein findet. Es ist ein endloses Haus. Das Glas macht das Meer zu einem weiteren Zimmer.

Wenn das Haus eine unendliche Geschichte hat, dann wird es ihm diese schon bald erzählen. Das tun Häuser immer. Durch die Möbel, durch alles, was die Leute angefasst haben, durch die Tassen, aus denen sie getrunken, die Kissen, auf die sie ihren Kopf gelegt und auf denen sie ihre Träume geträumt haben. Überall werden diese Berührungspunkte ein Flüstern sein, das Echo der Menschen, die vor ihm hier waren.

Als er mit einer Flasche und Gläsern zurückkommt, liegt sie an die Kissen gelehnt da, in einem weißen Hemd, das geöffnet und an den Seiten zurückgestreift ist. Ihr Hals und ihre Brüste trocknen schweißglänzend in der Seeluft. Ihre Haut ist straff und braungebrannt, ein Bein angewinkelt. Aus Schüchternheit, vielleicht auch weil er aus der Übung oder einfach Luke Roy ist, blickt er zu Boden.

Die Fenster sind zwar offen, aber wer draußen vom Wasser aus hereinschauen würde, sähe nur Schatten.

Er schenkt zwei Gläser ein und legt Holzscheite aufs Feuer. Elena nimmt seine Hand und starrt an die Decke.

»Ich war beeindruckt von deinem gewaltigen Sprung«, sagt sie lachend.

»Das ist schön.«

Sie seufzt. »Aber mal im Ernst.«

»Ja?«

»Als ich noch klein war, haben meine Eltern zwei Jahre in Acapulco verbracht. Damals war es dort noch ganz anders. Abends gingen sie mit mir in ein Restaurant im Mirador Hotel. Von da konnte ich die Klippen von La Quebrada sehen.«

Elena schwelgt in Erinnerungen. Sie liegt auf der Seite, und die Seife auf ihrer Haut riecht nach Blumen und trockenem Lehm.

»Die Klippenspringer kletterten dreißig Meter hoch und sprangen mit einer brennenden Fackel hinunter, die einen Kreis aus Licht um sie schlang.« Sie schwenkt den Arm. »Ich habe die Feuerzungen und die Silhouetten ihrer schlanken Körper betrachtet, wenn sie sich die Klippenwand hinabstürzten.«

Sie sagt, sie seien in eine Rinne gesprungen, in die fortlaufend Wellen strömten, wonach das Wasser kurzzeitig drei bis fünf Meter tief war. Aber wenn die Wellen zurückliefen, warteten unten die nackten Felsen. Der Sprung dauerte drei Sekunden. Fünf Sekunden brauchte das Wasser, um die Rinne zu füllen. Die Männer mussten vom Klippenrand auf die zerklüfteten Felsen zuspringen, ehe das Wasser in die Rinne drang, und vertrauten dem Meer, dass die hereinströmende Welle tief genug war.

Nach den ersten Sprüngen stiegen sie höher, auf vierzig Meter hinauf.

Jedes Mal kletterten die abendlichen Klippentaucher von Acapulco zu den beiden Kapellen hoch, in denen sich jeweils ein einziger Mensch hinknien konnte.

»Ich sehe es noch vor mir. Im Abendlicht von Mexiko auf eine Bronzetafel graviert.«

Sie legt ihr Bein auf seinen Schenkel. Luke fügt die Bilder aus ihrer Erinnerung zusammen und betrachtet die geschilderte Szene.

Ja – jetzt sieht er sie vor sich –, die Kodak-Springer, in die Bronze der achtziger Jahre getaucht. Hinunter, hinauf und wieder hinunter – sie nähen das Land und das Meer in einem uralten Ritual zusammen. Der Tod mit Mut und Romantik besprenkelt.

Er sieht die junge Elena, wie sie mit großen Augen am Fenster des Hotelrestaurants steht und diese lebenden Fackeln betrachtet, die die Felswand mit flüchtigem Feuer erleuchten.

Was für ein Anblick. Menschliche Gestalten, die auf allen vieren den Wellen entsteigen.

Um neun Uhr klingelt das Telefon.

»Hallo, Henry«, sagt Elena. »Tatsächlich? Es läuft gerade? Okay.«

Sie eilt zum Fernseher und winkt Luke zu sich.

»Du bist wieder im Fernsehen.«

Der Apparat geht an. Luke sieht das vertraute Dreieck der Debattierer in ihrem Studio und lässt verzweifelt den Kopf sinken.

Der Moderator wendet sich den Zuschauern zu. »Und jetzt bei *Crossfire* die endlose Saga des Brückensprungs. Die Frage ist: Kennen wir jetzt die ganze Geschichte?«

Eleanor: »Vom Helden zum Schurken. Sein Zuhause niedergebrannt. Jetzt entdecken wir, dass er gar nicht auf der Brücke war, als der Junge in den Fluss stürzte. Die Sache ist klar: Er ist ein Held.«

George: »Nicht so schnell. Woher wissen wir, dass das Video nicht frisiert ist? Schließlich haben wir's mit dem *National Enquirer* zu tun. Und sehen Sie, was in Ross Point passiert ist. Die Fabrik hat geschlossen.«

Eleanor: »Meine Gewährsleute sagen, die Besitzer wollten sowieso im Dezember schließen.«

George: »Das wusste ich nicht.«

Moderator: »Moment. Sie haben aufgehört, sich gegenseitig ins Wort zu fallen.«

Eleanor: »Mr Roy wurde rehabilitiert – und ja, vom *National Enquirer*.«

Moderator: »Eleanor, Sie wollen offenbar andeuten, dass die Stadt für sein Boot verantwortlich ist.«

Eleanor: »Anstiftung zum Aufruhr. Haben Sie den Tweet des Bürgermeisters gelesen?«

George: »Der Bürgermeister hat ausdrücklich betont, dass er keinerlei Gewalt duldet. Das hat er unmissverständlich klargemacht.«

Eleanor: »George, das nennt man *Drehsprech*. Man fordert das Gegenteil von dem, was man will. *Ich dulde keine Gewalt* bedeutet *Ich will Gewalt*.«

Moderator: »Die Abgeordneten einer Kleinstadt sind rhetorisch so gut ausgebildet?«

Eleanor: »Sie sind gute Lügner.«

Der Moderator wendet sich George zu, der kopfschüttelnd dasitzt.

Moderator: »Und das war's von einem ziemlich verhaltenen *Crossfire Sunday*. Gute Nacht!«

Am Abend heißt es in der Wetterprognose, dass der Himmel über Central Maine am nächsten Tag aufreißen wird. Die Kälte eines wolkenlosen Himmels ist am allerschlimmsten, und ein wolkenloser Himmel wird für die nächsten zwei Wochen vorhergesagt.

Danach wird es an diesem Strand Dezember sein.

Elena schläft noch.

Das Feuer brennt in dem Glas-und-Stahl-Haus am Meer.

Er hört die Wellen wie Münzen übereinandergleiten.

Elenas nackter Körper neben ihm füllt sein Gesichtsfeld aus. Was macht sie so besonders? Er ist ein Nachtfalter, unwiderstehlich angezogen und hilflos. Sind es die braunen Augen, eine Intelligenz, eine Seele und ein Körper, die sich zu einer Stimme vereinen, deren Sprache er nicht spricht?

Ihre Stimme ist Rohhonig aus der Wabe, die Linie ihrer Wangenknochen zum Mund bildet einen beständigen Kuss, ihr Haar, über ein Ohr drapiert, ist eine sich brechende Welle, die herrliche Wölbung der Nase und die stille Freude ihres Auftretens – allein, in ihrer Nähe zu sein, überwindet jeden Zweifel, der aufkommt.

Mitten in der Nacht setzt sie sich auf. Sie schaltet das Licht an.

»Weißt du noch den Namen meines Mannes?«

Luke hat nicht geschlafen. »Danny.« Als er ihn im Dunkeln ausspricht, hat er das Gefühl, einen Toten herbeizurufen.

Sie legt sich wieder hin und bedeckt das Gesicht mit den Händen. »Ich hab geträumt, neben einem Mann zu liegen, der für mich ein Fremder ist.«

In der folgenden Woche lernt Luke, sich in den größeren Zimmern zurechtzufinden, Treppen zu steigen und sich in einem Bett wohlzufühlen, das nicht schaukelt. Das Haus hat Danny gebaut. Es ist um den Raum geformt, den er damals dort sah. Die Aussicht ist für die jeweilige Tageszeit gestaltet, die Elena gern vor den Fenstern verbrachte. Danny war viel mehr als ein ehrenamtlicher Taucher. Er gab seinen Vollzeitjob als Architekt für andere Beschäftigungen auf: Radfahrer, Sterngucker, Taucher und Gefährte der Frau, die ihm diese Freiheit schenkte.

Und von dem Leben, das Elena mit ihm geführt hat, ist dieses schöne Haus erhalten geblieben.

Luke ist ein Wanderer in ihrer gemeinsamen Vergangenheit. Er stößt an Ecken, die er nicht kommen sieht. Er stolpert in den großen Räumlichkeiten herum, bis er gegen eines der wenigen Möbelstücke prallt. Auf dem Boot konnte er den dicht an dicht stehenden Hindernissen blind ausweichen. In diesem prachtvollen Gebäude muss er lernen, mit der Leere zurechtzukommen. Das Haus duldet ihn. Von einer Zukunft, die für jemand anders bestimmt war, kann er keinen freundlichen Empfang erwarten.

Luke und Elena besuchen Cafés, gehen abends ins Bamboo-Restaurant. Sie kuscheln sich in eine Ecke. Tanzen einen Tango, dem niemand zusieht.

Elena hat keine Ahnung von der Veränderung, die sie in ihm bewirkt hat. Er betrachtet sie und weiß, nachdem er alles verloren hat, ist er frei. Wenn das Liebe ist, dann hat sie sein Schicksal ausgelöscht. Der Drang zu sterben traf auf etwas Neues, Lichtes und Furchtloses in seinem Innern und fiel von ihm ab.

Es war ein Irrtum, zu denken, sein Leben habe sich mit vierzehn in jenem Teich verändert, ein Irrtum, zu glauben, die Welt wähle die Glücklichen und die Unglücklichen willkürlich aus, ein Irrtum, sich damit abzufinden, dass sein Leben kurz und schmerzvoll sein würde.

Vielleicht war die Antwort auf seine Qual eines Abends von seiner Mutter mit nach Hause gebracht worden.

In seiner Jugend erleuchtete das Wüstengemälde jede Nacht seine Schlafzimmerwand. Die tödliche Verlockung, die ihn plagte, war wie eine Fata Morgana in dieser Wüstenszene. Sie war nicht real, doch er verlieh ihr den Umriss von Palmen und machte sie real. Jedes Mal, wenn er sich umdrehte, war sie da – nie näher, nie weiter entfernt. Er konnte den Abstand zu ihr nicht verkürzen. Sie war der perfekte Feind.

Doch um sich davon zu befreien, musste er bloß weitergehen, genau wie die Kamele.

Luke bedauert die vergeudeten Jahre, doch er wird das Leben mit offenen Armen empfangen. Er wird leben.

Wenn die Sonne morgens auf den Küchenfußboden scheint, machen sie Pläne. Luke schlägt vor, dass sie, bis der Monat verstrichen ist, noch in Orchard bleiben. Sie sollten sich auf ihre Art von Ross Point befreien. Sollten nichts zurücklassen, insbesondere keine Wut. Sie können in der Stadt, in der sie wohnen, zu Touristen werden. Können behutsam ins Leben des anderen sickern.

Sobald das Haus verkauft ist, sollten sie sich in der Nähe etwas mieten. Und im Sommer gehen sie dann nach Mexiko und fangen ein neues Leben an.

Wenn sie ihn küsst, wenn ihre Lippen sich berühren, ist ihr Kuss weicher, süßer. Luke verschmilzt mit ihrem Nektar. Mit jedem Tag berauscht sie ihn mehr – durch die Berührung ihrer Fingerspitzen, durch ihren Blick, wenn sie auf den Felsen am Strand sitzt und ihn zu sich ruft. Auch in einem tausendjährigen Leben könnte es für ihn keine schöneren Momente geben.

45.

Nach dem Konkurs von Enterprise Cheese hält in den Läden von Ross Point die Dreitagewoche Einzug. Die Pizzeria ist nur am Wochenende geöffnet. Die Kunsthandwerksläden schließen. Supermarkt, Pub, Diner und Tankstelle halten die normalen Zeiten ein.

Der Pub ist allabendlich voll, und draußen brechen Prügeleien aus.

Die plötzliche Massenarbeitslosigkeit und das Niederbrennen von Lukes Boot sind die letzten Atemzüge einer Stadt, die seit zehn Jahren nur noch eine heruntergekommene Ansammlung von Gebäuden war.

Deshalb ist sie so schnell auseinandergebrochen.

Eine Seuche ist durchgezogen und hat eine ansteckende Apathie und den Geschmack von Vernachlässigung hinterlassen. Besucher aus früheren Jahren blicken auf ihre Karte, um sicherzugehen, dass sie am richtigen Ort sind.

Nach einer Woche ist die Main Street nur noch der versteinerte Überrest eines Flugzeugrumpfs, der sich kurz in die Lüfte erhob und dann eine Bruchlandung hinlegte und seine Trümmer in einem ausgewaschenen Graben verstreute. Mit Brettern vernagelte Fenster. Zersplittertes Glas. Papier und Dosen. Aus dem Auto geworfener Müll.

Ray Vaughn mistet seine Wohnung aus. Die Hälfte seiner Sachen spendet er dem Tierheim. Man sieht ihn am Bartresen, und die Leute gehen zu ihm, die einen, um ihm ihr Mitgefühl auszusprechen, andere, um zu sticheln. Er spendiert ihnen Getränke. Bekommt selber welche spendiert. Tanzt zu Jerry Lee Lewis. Er wirkt entspannt, nicht länger ein Getriebener, der den größten Teil seines Lebens keine Ruhe fand. Nach langem Stillstand kommt er wieder auf Touren, erledigt eine Aufgabe nach der anderen. Die Leute sagen, die ganze Sache habe ihm eine neue Perspektive gegeben. Eine neue Gelassenheit, ein Strahlen im Gesicht.

Er verlässt die Stadt mitten in der Nacht, seine ganzen Habseligkeiten im Wagen verstaut.

Als er die Umgehungsstraße erreicht, beschließt er, westwärts zu fahren. Als Kind hat er davon geträumt, auf einer Ranch zu arbeiten und im Big Sky Country ein Pferd zu reiten.

Das Leben geht weiter. Er ist Luke Roy dankbar, weil er ihn befreit hat.

Die Katastrophe nimmt die ersten acht Seiten des kränkelnden zwölfseitigen *Pointe Chronicle* ein. Jemand muss schuld sein an dem Debakel. Die städtischen Beamten gehen mit den Bezirksbeamten hart ins Gericht. Die Zahl der Werbeanzeigen geht in den Keller. Die Kunden, die im Supermarkt vor den Kassen anstehen, lesen aufmerksam alles über den Skandal.

Der *Chronicle* verkauft sich so schlecht, dass der Herausgeber beschlossen hat, die nächste Ausgabe zur letzten zu machen. Die Lokalnachrichten sind an mangelnder Unterstützung gestorben. Er veröffentlicht eine letzte Freitagsausgabe mit einer Titelseite, die bis auf das in riesiger Schrift abgedruckte Datum leer bleibt.

Die Ausgabe ist rasch ausverkauft.

Die Käsefabrik hat eine Stille hinterlassen, die drastischer ist als die schleichende Verlassenheit in den Straßen. Sie steht imposant auf dem Hügel am anderen Flussufer – doch sie ist kein Gebäude.

Sie ist eine Anklage.

46.

Lukes und Elenas Traum, den Monat in Orchard auszuharren und vom Kamin aus den Wellen zuzusehen, ist nicht von Dauer.

Elena will nicht bis zum Sommer warten – sie sollten schon Ostern weggehen. Sie könnten südwärts nach Texas ziehen, um näher bei ihrer Familie zu sein. Was kann Luke da sagen? Er besitzt nichts, und er will ihr nicht seine eigenen Pläne aufdrängen, denn er hat gar keine.

Dann sagt Elena, sie könnten schon Weihnachten aufbrechen. Ihnen bleiben noch zwei Wochen in dem Haus.

Am nächsten Abend gehen sie nach dem Bamboo am nächtlichen Strand nach Hause. Auf halbem Weg hören sie, wie Radar in der Brandung planscht. Er will sie zum Spielen verlocken.

Elena erklärt Luke, sie habe den Leuten von Ross Point gesagt, was sie zu sagen hatte. Sie habe ihren toten Mann zur Ruhe gebettet.

Es gebe keinen Grund, auch nur einen Tag länger zu bleiben.

Er zündet ein Feuer an, und Elena setzt sich zu ihm aufs Sofa. Seit sie ihm ihre Pläne mitgeteilt hat, war sie den ganzen Abend lang still. Luke beobachtet, wie sich die Vorhänge bauschen. Der Winterwind an der Meeresküste bringt jeglichen Stoff zum Rascheln. Es gibt kaum etwas, was den Wind vom Meer bremsen kann.

»Ich hab mir das Video noch mal angesehen«, sagt Elena.

»Die Brücke?«

»Was ist wirklich passiert?«, sagt sie.

Sie rollt sich herum und legt die Füße auf seinen Schoß. »Stelle ich zu viele Fragen?«

Luke sucht nach den richtigen Worten.

»Ich wollte vor der Arbeit einen Spaziergang machen. Dann bin ich wegen der Aussicht stehen geblieben, und es ist über mich gekommen.«

Sie schweigt.

»Ein Zwang«, sagt Luke.

»Du wolltest springen?«

»Ich bin gesprungen, hab aber das Geländer gepackt und bin wieder hochgeklettert.«

»Du wolltest springen, dich umbringen?«

»Ja.«

Sie versteift sich. Dann zieht sie die Füße weg und setzt sich auf. »Und davor?«

Er kann nicht lügen. »Als Jugendlicher hab ich's schon ein paarmal versucht. Im Abstand von mehreren Jahren. Ich hab geübt, mich zu erhängen. So was tu ich nie wieder.«

Luke spürt, wie sich das Zimmer verhärtet, wie die Vertrautheit zwischen ihnen in die Silhouetten der Leute sickert, die auf der Straße vorübergehen.

»Warum, Luke?«

»Es dürfte angefangen haben, als ich aus einem Ruderboot in den Teich gestürzt bin.«

»Denselben Teich, in dem Danny …?«

»Ja.«

Sie stützt den Kopf in die Hände. »Wie konnte mir das *zweimal* passieren?«

Sie tritt ans Fenster und beobachtet, wie das Meer über den Sand gleitet.

»Wie könnte ich noch einen Mann lieben, der sich umbringen will?«

Luke steht auf. »Aber das will ich doch gar nicht mehr.«

Sie wirbelt herum. »Und bis wann, Luke? Und sagst du es mir wenigstens vorher?«

Sie legt die Hand an die Scheibe und starrt in den aufziehenden Sturm hinaus. »Als Dolores Macy verschwand, beauftragten sie *Danny*, nach ihr zu suchen. Er lachte, als ich ihn bat, nicht zu gehen. Er wollte sich immer vor diesen Leuten beweisen. Er konnte nie gut genug sein.«

»Warum bist du dann die ganze Zeit geblieben?«, fragt Luke. »In Wirklichkeit? Doch nicht wegen diesen Idioten bei Nestor.«

Sie kehrt zum Sofa zurück. »Vielleicht glaube ich, dass er irgendwann zur Tür hereinkommt. Tut mir leid, Luke. Ich sehe Danny überall. Ich kann dir nicht dasselbe Herz schenken, das ich ihm geschenkt habe.«

»Das würde ich auch nie erwarten.«

Er sieht es deutlich vor sich.

Sie haben sich nur kennengelernt, weil er an jenem Tag auf der Brücke war. Wären sie sich vor dem Fiasko begegnet, hätten sie vielleicht geheiratet und ein Haus gekauft, und dann wäre es ein Zuhause, weil es nicht hier wäre. Sie haben sich zum falschen Zeitpunkt kennengelernt.

Luke will unbedingt weggehen – irgendwohin. Auch sie will unbedingt weggehen – zu ihrem ersten Zuhause, dem Ort, an dem die Klippen aufleuchten, dem warmen Hotel und der freundlichen Sonne.

Er ist froh, dass sie ihm Gesellschaft leistete, als er an seinem Tiefpunkt war.

Elena betrachtet das Meer. »Es gefällt mir nicht mehr, dass die Flut so nah ans Haus kommt«, sagt sie. »Jedes Jahr kommt es mir näher vor.«

Ihr Ton hat sich bereits verändert. Luke bröckelt von ihr ab. Er ist wieder ein Fremder.

Der Wind fährt den Schornstein herab und drückt auf die Flammen.

Elena seufzt. »In meinen Träumen verzeihe ich ihm. Aber wenn ich wach bin, kann ich's nicht.«

Für Luke haben sich diese Wochen angefühlt wie Tage auf langen Brücken. Er weiß nicht, ob er in ein anderes Leben übertritt oder ob der Übergang selbst das einzige Leben ist, das er je kennen wird.

Dass ihm das Leben das Gefühl geben soll, als würde er fortwährend eine Brücke überqueren.

47.

Im September hat ihr der Makler geraten, bis zum Sommer zu warten. Die Leute sehen den Strand und wissen, was sie kaufen – sehen viel mehr, als ein Haus im November erzählen kann. Vermutlich kann sie dann vierzig Prozent mehr verlangen.

Luke versucht es noch mal. Er fragt Elena, ob sie das Haus immer noch so bald wie möglich verkaufen will.

Sie nimmt seine Hand. »Ja.«

Es gibt eine Sache, die er sich überlegen soll, wenn sie zusammen weggehen, wenn sie es ausprobieren. Elena will, dass Luke den Jungen trifft, den er gerettet hat, und sei es nur, um sich zu verabschieden. Egal, welche Macht sie an jenem Tag zusammengeführt hat, er sollte es würdigen.

»Ich kann mitkommen«, sagt sie. »Er wohnt bei seinen Großeltern, zehn Minuten südlich der Stadt.«

Sie will vollends verschwinden. Ohne irgendwelche Verpflichtungen gegenüber den Mächten, die hier ihr Schicksal geprägt haben.

Luke zögert. »Vielleicht sollte ich die ganze Geschichte mit dem Fluss hinter mir lassen. Schau, was beim ersten Mal passiert ist.«

Sie lacht. »Dann wären wir uns nicht begegnet.«

Luke will mit Pauls Leben nichts zu tun haben. Es ist wie mit dem Teich und den Warnungen seiner Großmutter. Ein Besuch bei Paul würde das Wasser aufwühlen. Sogar der Teich würde sich fragen, wie jemand so dumm sein kann.

Doch er sehnt sich so stark nach Elenas Gesellschaft, dass er sich nicht widersetzen kann. »Okay. Machen wir's.«

Der Makler meldet sich. Die Interessenten wollen am Freitag den Hauskauf bereits abwickeln, und er wartet auf Elenas Bestätigung.

In der Nacht, es stürmt immer noch, geht Luke nach unten und gießt sich ein Glas Milch ein. Die Fensterscheiben knarren. Nur ein paar Kilometer nördlich, und doch ist der Wind unerbittlich. Die natürlichen Schatten der Küstenlinie zerknittern die Wände. Er sieht einen Mann, der ihn beobachtet.

Die Jalousien scharren über die Dielen. Ein Pfeifen dringt ins Wohnzimmer, eine Tür bewegt sich. Das Wetter kommt durch ein offen gelassenes Fenster ins Haus. Als Luke mit seinen Eltern auf dem offenen Meer war, hat er Erscheinungen gesehen, die nicht zu erklären waren.

Hier könnte er beschwören, dass das Haus einem Toten treu ist.

Am Vormittag machen sie sich auf den Weg zu dem Jungen.

Sie fahren durch Ross Point und biegen dann auf einen Feldweg, der von der alten Küstenstraße abzweigt. Nach zehn Metern parken sie an einem weißen Eisentor. Durch das Tor sieht Luke, dass der Weg auf eine sanfte Anhöhe führt, wo der Kies spärlich und eben ist. Wenn es geregnet hat, muss es hier unten das reinste Schlammloch sein.

Elena klingelt am Tor, und sie warten. Hinter einem Ring aus Bäumen erblickt Luke ein viktorianisches Haus, ein düsteres beigefarbenes Gebäude, durch die Vegetation vor der Sonne geschützt. Die Fensterläden sind offen, im Innern kann er jedoch nichts erkennen. Es ist ein strahlender Tag, aber nicht dort drinnen.

Jemand steht am Fenster und beobachtet sie.

Luke dreht sich um. »Elena. Lass uns gehen.«

»Wo wir schon mal hier sind«, sagt sie.

»Es ist niemand zu Hause.«

Sie klettert auf das Tor und beschirmt die Augen. »Es ist jemand da. Die Tür, sie öffnet sich. Gehen wir.«

Luke mustert die Vorhängeschlösser – sie sind nicht abgeschlossen. Er löst die Kette und hält das Tor auf. Der Wagen schleicht den Weg hinauf und hält hinter einem weißen Mercedes.

Ein Paar in den Siebzigern steht in der offenen Tür. Der Mann trägt eine Strickjacke und Hausschuhe. Er deutet auf das Tor.

»Ich will, dass Sie verschwinden«, ruft er.

»Ich übernehme das Reden«, sagt Elena zu Luke.

»Ich würde …«

Schon ist sie an der Tür und spricht durch den Spalt, den die beiden Alten bei ihrem Rückzug offen gelassen haben.

In den Händen des Großvaters ist der Lauf einer Flinte zu sehen. Die Frau brüllt, dass Elena gehen soll.

Luke ruft aus dem Wagenfenster.

»Lass uns fahren.«

Alte Männer haben zittrige Hände. Beim Schuss einer Schrotflinte wäre Elena auf der Stelle tot.

Elena kommt zum Wagen zurück. Luke sieht, dass innen Vorhängeschlösser am Türknauf hängen. Die Schlösser am Tor sind nur Schau und so verrostet, dass zwei ältere Leute sie nicht mühelos abschließen können. Die an der Innenseite der Tür sind brandneu. Luke macht sich Sorgen um Paul.

Er sieht, wie sich an einem Fenster im ersten Stock der Vorhang bewegt.

Er winkt. Die Großmutter beugt sich zur Scheibe. Sie ist ziemlich schnell die Treppe hinaufgestiegen.

Sie fahren den Weg hinunter. Luke hängt das Schloss ans Tor.

»Sie haben Angst vor mir«, sagt er.

»Ich hab nur gesagt, dass du Paul guten Tag sagen willst.«

»Und was haben sie erwidert?«

»Halten Sie uns Luke Roy bloß vom Leib.«

Während Elena fährt, erinnert sich Luke, wie er am Tag des Sprungs, bis zur Hüfte im Wasser, zwischen den Felsen zu sich kam und der unverwandte Blick des Jungen auf ihm ruhte – für jemanden, der noch so jung war, zeigte er eine gespenstische Gelassenheit.

Elena sieht sich eine Nachricht an. Die Hausübergabe ist jetzt für Freitag ausgemacht.

48.

Nach der abrupten Schließung von Enterprise Cheese trifft der Stadtrat von Ross Point sich zu einer Krisensitzung. Bürgermeister Beeman starrt zwei Reihen mit sechs Personen auf beiden Seiten des langen Tisches an.

Es gibt schlechte Nachrichten zur Fabrik. Das Gebäude wurde verkauft. Der Stadtrat hat keinen Einfluss auf die neuen Besitzer.

»Wir können die Bedingungen nicht diktieren«, sagt Beeman. »Ich hab gehört, dass es eine Strohfirma ist, die überall gepfändete Immobilien aufkauft.«

»Das ist ungeheuerlich«, sagt Cooperman.

Beeman zuckt mit den Schultern. »Die Stadt wurde enterbt. Eine große Tradition hat ihr Ende gefunden.«

Der Bürgermeister hält fürs Protokoll eine kurze Rede. Ross Point habe vom Vermögen der Familie Marsh eine lange Zeit profitiert. In der größten Not sei stets ein Retter erschienen. Aber jetzt sei die Zeit der Hedgefonds gekommen. Und die würden sie bei lebendigem Leibe fressen.

»Uns bleibt nichts anderes übrig, als Marsh Park zu verkaufen«, sagt er.

Sofort gehen ein paar Hände hoch, die sich aber wieder senken, als die ältesten Stadträte nicht mal fragen, warum der Verkauf nötig sei. Das Ganze ist schon beschlossen.

Nach dreizehn Unterschriften als einzigem Ritual existiert Marsh Park nicht mehr.

In derselben Sitzung wird das Land zu einem Wohn- und Gewerbegebiet umgewidmet: Das bedeutet Mietshäuser und größere Gebäude. Bürgermeister Beeman verspricht, zwei Grundstücke zu erwerben. Auch andere Mitglieder des Stadtrats versichern, zur Unterstützung der Gemeinde Wohnungen zu kaufen.

In den kommenden Monaten sollen der Poets Walk und die drei Wiesen gerodet und das Land von einer Planierraupe eingeebnet werden. Die Lichter eines luxuriösen Vorstadttraums werden die Nacht erhellen. Saubere Straßen, geschmackvoll mit Bäumen gesäumt, werden das Symbol für ein neues Ross Point sein.

Die Stadträte verlassen die Sitzung und fahren durch eine Stadt, die sie nicht sehen. Sie kommen an Reihen von Fenstern vorbei, die immer mal wieder mit Sperrholz vernagelt und mit Plakaten beklebt sind.

Haus zu verkaufen, Umzugsfirmen, Sicherheitssysteme. Die ersten Maschendrahtzäune.

Sie kommen an Ludovic vorbei, der die Fabrik aus seinem geparkten Wagen betrachtet.

49.

Es ist Freitag früh. Der Tag von Elenas Hausübergabe.

Luke kann nicht schlafen. Er betrachtet von seiner Seite des Bettes aus den Horizont.

Die Morgendämmerung malt die riesigen Wogen draußen auf See.

Seit sein Boot verbrannt ist, schläft er nicht gut. Er war zu sehr daran gewöhnt, auf engem Raum zu schlafen. Wie lange er gebraucht hat, bis ihm klar wurde, dass sein Zuhause nicht mehr existiert. Er erkennt nur langsam, was andere unverzüglich begreifen.

Vor einem Monat ist er von einer Brücke in die Schande gesprungen. Während er im Bett liegt, beschließt er, noch einmal dorthin zu gehen. Dieser Albtraum soll nicht seine letzte Erinnerung an die Brücke sein.

Noch einmal dort zu stehen wird ein liebevolles Ritual für seine Eltern sein, ein angemessener Abschied. Er erinnert sich an die verlässliche Fremdheit seiner Eltern, daran, wie wenig er von ihnen gewusst hat. Sie waren Lichter, die leuchteten, solange die Batterien reichten.

Ein Spaziergang dürfte seinem ruhelosen Geist guttun. Alles ist besser, als dazuliegen und dieselben Gedanken im Kopf hin und her zu bewegen.

Er muss sowieso noch mal nach Ross Point, um sich von Nestor und Henry zu verabschieden.

Er macht Kaffee und Toast. Als er das Schlafzimmer betritt, erwacht Elena.

»Ich gehe noch mal zur Brücke«, raunt er.

Sie blickt aus dem Fenster. »Zur Brücke? Warum?«

»Es ist alles in Ordnung«, sagt er. »Ich will mich verabschieden.«

»Es ist noch so früh.« Sie hält seine Hand. »Tu's lieber nicht.«

»Warum nicht?«

»Ich hatte das Gefühl, dass du diesen Wunsch haben würdest.«

»Ich will im Guten weggehen.«

Sie umarmt ihn. »Nach der Hausübergabe komme ich ins Café. So gegen drei?«

Luke fährt in ihrer Limousine nach Ross Point.

Es ist ein schneidend kalter Morgen. Kein Nebel. Er hat sich noch nie so leicht gefühlt. Er ist bereit. Seine Gedanken sind nicht von dem, was er tut, zu trennen. Er muss nirgendwo anders sein. Zuerst wird er die Brücke aufsuchen – dann Nestor und Henry.

Er kann die Spitzen der Masten und die Stahlbögen sehen.

Luke parkt am südlichen Ende der verlassenen Main Street. Über seinem Hemd trägt er eine dicke Jacke. Er geht zu einem abbruchreifen Gebäude zwischen der Tankstelle und einem mit Brettern vernagelten Möbelgeschäft, das für einen Räumungsverkauf wirbt, der schon Jahre zurückliegt.

Früher, als er noch zur Schule ging, war das ein kleines Jazz-Café. Was für ein langsames Sterben.

Er drückt gegen die Tür. Die verrotteten Bretter splittern. Als die Tür aufschwingt, bleibt das Schloss an Ort und Stelle.

Er schlendert an den gestapelten Stühlen, dem langen Tresen und den unterm undichten Dach aufgereihten Kaffeetischen vorbei. Hört Gespräche, die seither längst aufgefegt wurden.

Dann geht er durch die Hintertür nach draußen und zündet sich eine Zigarette an.

Das Brachland erstreckt sich vor ihm in einem grünen Meer. Die unbeleuchtete Brücke zieht sich durch den heller werdenden Himmel.

Auch sie muss nirgendwo anders sein.

50.

Luke betritt das niedrige Gras des Brachlands.

Vierhundert Meter weiter sind die üppig wogenden Halme kniehoch. Er watet hindurch. Der Boden ist so dunkel, dass man ihn noch nicht sieht.

Dornen mischen sich unters Gras, bis er am Geräusch seiner Schritte den Kiesweg erkennt, eine Taschenlampe aus Geräuschen, die sich zwischen den Abstufungen sichtbaren Lichts bewegt.

Am östlichen Horizont kann er sehen, wie ein Fingerabdruck aus Licht die Sterne berührt. Ein unerbittlicher Wechsel bringt den Tag genauso schnell, wie er die Nacht gebracht hat. Die letzten Sterne leuchten nicht stark genug, um ihn zu führen, und die Lichter der Stadt sind nicht mehr als Stecknadelköpfe.

Am Fuß der Rampe haben sich seine Augen allmählich an die aufgehende Sonne gewöhnt. Er geht zur Mitte der Brücke und blickt übers Geländer.

Es herrscht Ebbe, der Fluss ist ruhig.

All das Leid, das ihm diese Brücke zugefügt hat. Sie hat sein Leben in Stücke gerissen. Aber sie ist nicht die Brücke der Selbstmörder. Nicht die Brücke der Hoffnung. Diese Brücke steht für nichts. Sie sollte gar nicht da sein. Man kann sie nicht mal als Brücke bezeichnen.

Das Holz und das Eisen knarren in der steigenden Temperatur, und die Sonne streut ihre Wärme über den Horizont.

Es steigt noch etwas anderes auf: das einzigartige Gefühl, dass er heute lebendig ist. Er scheint endlos lange zurückzuliegen, der Tag der Rettung, an dem er sagte, dass er frei sein könne – dass er verschwinden könne, bevor das Licht einen weiteren Tag an den Himmel malte.

Heute ist dieser Tag gekommen.

Ungetrübt von Nebel, scheint ihm die Sonne ins Gesicht. Die Chandler Bay ist ihm noch nie so nah vorgekommen, so silbrig glänzend. Er schlingt einen Arm um den Stahlträger und lehnt sich ans Geländer. Er will den Moment genießen.

Er braucht nichts zu packen. An diesem Abend wird er nach Texas aufbrechen. Er weiß, dass Elena unbedingt wegwill. Er wird sich mit ihr zusammentun und sehen, wie lange sie glücklich sind.

Elena ist mit den Einzelheiten des Hausverkaufs beschäftigt. Die neuen Besitzer überweisen das Geld auf ein Konto. Im Haus wurde alles saubergemacht, Wände, polierte Fußböden und glänzende Armaturen. Sie will keine verfolgbaren Spuren hinterlassen. Seit dem Abschluss des Vertrags ist sie wesentlich entspannter. Sie hat sich damit abgefunden, ein Haus zu verkaufen, das sie liebt, aber in dem sie nicht leben kann.

All das weiß Luke, doch während er in der nackten Sonne

auf dieser Brücke steht, kann er sich die Wahrheit einge-
stehen: Er kennt Elena nicht. Er kennt sie noch weniger als
bei ihrer ersten Begegnung. Je mehr Neues er herausfindet,
umso mehr überwiegt es das, was er weiß.

Er hat gespürt, dass sie ihm entgleitet. Und doch hat sie
ihm das Leben zurückgegeben, das er verloren hatte. Es spielt
keine Rolle, was Luke tun will. Es ist Elenas gutes Recht,
Pläne für sich zu machen. Sie wurde von einer ganzen Stadt
gedemütigt. Die kurze Zeit mit ihm kann das nicht ungeschehen machen. In einem Monat kann er dafür noch nicht real
genug sein. Wie konnte sie sich überhaupt in ihn verlieben?
Luke ist wie Wasser, er wird nur langsam warm oder kühl.
Wasser kann langweilig sein. Sie wird seiner überdrüssig
werden. All das geht ihm vor der Kulisse der Chandler Bay
durch den Kopf.

Noch vor kurzem sollte es das Letzte sein, was er von dieser Welt zu Gesicht bekam.

Luke setzt sich auf die Brücke, an dieselbe Stelle, an der
er saß, als er an jenem Morgen im Nebel gerade noch seine
Finger sah. Die Jacke liegt nach dem drei Kilometer langen
Fußmarsch schwer auf seinen Schultern. Ihre Wärmeschicht
knirscht.

Er zieht die Knie ans Kinn.

Als er erwacht, hört er fließendes Wasser. Ihm tun die Knie
weh.

Es ist ein strahlender Tag, und Luke wirft keinen Schatten.

Er rappelt sich auf. Die Sonne steht über ihm. Er hat mehrere Stunden geschlafen.

Er zieht die Jacke aus. In dieser Höhe flattert sein Hemd
im Wind.

Er packt den Stahlträger und hält sich daran fest, als er sich aufs Geländer setzt. Der Fluss ist auf dem Rückzug, die Felsen sind freigelegt. Der Lärm des Wasserfalls kommt ins Rollen. Von der Aussicht wird ihm schwindlig. Einmal ist genug. Er wird kein zweites Mal hinunterschauen.

Die Felsen im Fluss sind eine Milliarde Jahre alt. Wenn er von irgendwem lernen kann zu leben, dann von diesen singenden Steinen dort unten.

Er wendet den Blick ab und richtet ihn auf die Felder, auf die Inseln vor der Küste. Die Kälte weckt ihn behutsam.

Wenn er anhand der Schatten die Zeit richtig einschätzt, dann müsste der Hausverkauf inzwischen vollzogen sein. Elena wartet in dem Café in Orchard auf ihn.

Wenn sie sich treffen, wird er ihr etwas sagen.

Er wird sagen, dass sie allein fahren soll. Mit dem Wagen. Und wenn sie will, kommt er nach, sobald sie an ihrem Ziel eingetroffen ist. Nach den acht Jahren, die ihr gestohlen wurden, hat sie das verdient. Allein loszufahren und diesen Sieg zu genießen. Falls er nur ein Schlüssel ist, den sie einmal benutzen und dann wegwerfen muss, dann bleibt ihm noch sein Leben – und das genügt.

Der Schmerz ist vernichtend und kurz. Er stürzt nach vorn. Die Felsen sind nur wenige Zentimeter starren Schreckens entfernt. Sein Augenlicht fällt durch seinen Körper in einen Tunnel. Kein Geräusch, kein Schmerz. Sein Genick ist gebrochen, eine Röhre aus gesplittertem Knochen. Sein Gesicht ist dem fließenden Wasser zugekehrt.

Luke Roys zerschmetterter Körper liegt unter der Brücke.

DANKBARKEIT

51.

Das Geräusch des Schusses gleitet über die Böschungen, bis es in den umliegenden Feldern verhallt.

Nachdem Lukes Leiche auf die Felsen im Fluss gestürzt ist, bleibt das Visier des finnischen Scharfschützengewehrs Kaliber .308 auf die Stelle gerichtet, an der er auf dem Geländer saß. Bryce Fowler liegt bäuchlings da, den Lauf auf drei übereinandergestapelte Steine gestützt, die er sorgfältig ausbalanciert hat, um sein Ziel zu fixieren. Obwohl Luke in die Tiefe gestürzt ist, zielt er immer noch auf die Stelle, an der sich sein Rücken befand, bevor er ihn erschoss.

Ja, ein Auge am Zielfernrohr, betrachtete Bryce ihn wie ein Arzt, der eine Wunde untersucht. Er sah zwei Männer: den fernen Mann in seinem linken Auge und das nah herangeholte, vergrößerte Hemd des Mannes im Zielfernrohr.

Eine einzige Kugel, und beide kippten nach vorn.

Wenn Luke doch bloß das Verlangen bezwungen hätte, sich umzubringen. Wie an dem Tag, an dem er sprang, um stattdessen einen todgeweihten Jungen zu retten. Das Auge am Zielfernrohr, betete Bryce für Luke und wiederholte die Verse vom Schatten des Todes. Eine seltsame Situation war das: für einen Mann zu beten, dass er sich nicht umbringen möge, und sich gleichzeitig darauf vorzubereiten, ihn zu erschießen.

Luke rang ganz offensichtlich mit der Entscheidung, während er gedankenversunken aufs Meer und über die Felder blickte.

Bryce schätzt, dass seit dem Tod eine volle Minute verstrichen ist. Das Geschehen hallt in ihm nach.

Er hatte gewartet, den Finger am Abzug, um abzudrücken oder aber loszulassen. Doch als Luke die Jacke auf der Brücke zurückließ und sich aufs Geländer setzte, da wusste Bryce, dass Luke Roy an diesem Morgen in die Flammen der Ewigkeit springen würde. Bryce sah sich gezwungen, selbst die Verantwortung zu übernehmen. Er würde ihn ermorden.

Das hatte Luke Roy verdient.

Der Mann, der seinen fünfzehnjährigen Sohn gerettet hatte, würde nicht in die Hölle kommen, solange Bryce Fowler etwas zu sagen hatte. Und das hatte er tatsächlich.

»Ich liebe Sie und tue das Ihretwegen. Danke, dass Sie meinen Sohn gerettet haben. Ich kann nicht zulassen, dass Sie Selbstmord begehen. Das ist die Hölle.

Das hier tue ich Ihretwegen.«

Er wischte sich den Schweiß von der Stirn und legte den rechten Daumen auf den Schaft. Beim Einatmen verschob sich das Zielfernrohr leicht, und mitten im Ausatmen hielt er die Luft an und verharrte im letzten Sekundenbruchteil. Als Luke sich nach vorn zu beugen schien – er war sich nicht ganz sicher –, drückte er den Abzug, und ein metallischer Ton ließ alle Vögel im Umkreis von fünfhundert Metern aufstieben. Beim Rückstoß schlug das Gewehr gegen seine Schulter.

Die Kugel kam dem Selbstmord zuvor. Luke stürzte in einen unschuldigen Tod.

Und jetzt war es geschehen.

»Lieber Gott, ja. Geh jetzt, Luke Roy. Es ist so weit, mein wunderbarer Freund. Jetzt kann dir keiner mehr etwas anhaben.«

52.

Er zieht den Kammergriff und wirft die Hülse aus. Dann hebt er die leere Hülse auf, deren Schießpulver die Kugel mit neunhundert Metern pro Sekunde ihrem Ziel entgegentrieb. Die Leute fürchten sich vor dem lauten Knall. Doch sie sollten sich vor der Stille fürchten. Das ist die richtige Art, den Tod zu bringen. Man hört ihn nicht kommen. Ein Mensch sollte sterben, während er das Leben genießt.

Man bewahrt nicht jeden Tag einen Mann vor der Hölle.

Er sollte sich jetzt Gedanken um seine eigene Sicherheit machen. Um die Kleinigkeiten, die man zurücklässt. Zum Beispiel die kleine Delle, die der Schlagbolzen an der Hülse hinterlassen hat. Das ist ein Beweis. Man kann den Abdruck des Bolzens zu einem einzigen Gewehr unter Tausenden zurückverfolgen.

Er schiebt den Schirm seiner Baseballkappe zurück. Das war wirklich seltsam. Das Gehirn spielt einem Streiche. Ja – sechzig, siebzig Sekunden nachdem der Mann besinnungslos in den Fluss hinabgestürzt war, sah Bryce Luke immer noch auf dem Geländer sitzen, so wie er ihn durchs Zielfernrohr fixiert hat.

Bryce streift mit dem Fuß durchs Gras, um seine Spuren zu verwischen.

Er schultert das Gewehr und schlendert zu seinem Pick-up.

Er muss den alten roten Dodge nicht warmlaufen lassen oder schwerfällig wenden. Es ist ein schöner Tag, und der Wagen ist mit der Schnauze zur Stadt geparkt. Er löst die Handbremse und rollt den sanften Hügel hinunter, um locker über das unebene Gras zu holpern. Er schlängelt sich den Kiespfad entlang und singt vor sich hin. Als er die ersten Gebäude der Stadt erreicht, braust er zu dem leeren Grundstück zwischen der Tankstelle und einem Möbelgeschäft. Dort biegt er auf die Hauptstraße. Er zieht die Kappe wieder tief ins Gesicht, bis sein Kopf im Führerhaus eine Silhouette bildet, die in dieser ländlichen Gegend zu jedem gehören könnte.

Bryce fädelt sich in den stockenden Verkehr ein, die kurze Trägheit und Ungeduld, die man an Wochenendnachmittagen auf kleinen Durchgangsstraßen erlebt. Einheimische, die nirgends hinmüssen und gemächlich dorthin unterwegs sind. Fremde haben es immer eilig.

Er hat etwas Dringendes zu erledigen. Er muss sich mit seinem Notizbuch hinsetzen, in dem alle wichtigen Ereignisse festgehalten sind, und die Einzelheiten der Erschießung eintragen, bevor er sie im Lauf der weiteren Entwicklungen vergisst.

Für Bryce ist Chambliss ein schönes Restaurant, ein Airstream-Wohnwagen, der einmal auf den Highways und Nebenstraßen Amerikas umherzog. Ein Zufluchtsort, sofort erkennbar und seltsam, die Essenz des amerikanischen

Traums. So einen konnte er sich nie leisten. Er setzt sich an einen weißgedeckten Tisch mit einer funkelnden Tasse und einem Löffel. Da die Mittagszeit sich ihrem Ende zuneigt, fordert die Kellnerin ihn nicht auf, sich auf einen Stuhl am Tresen zu setzen.

Sein Notizbuch trägt einen Namen: *Das Buch der Beleidigungen.*

Die Vorfälle, die auf diesen Seiten festgehalten sind, beruhen auf Kränkungen, die ihm zugefügt wurden: Leute, die ihn von Parkplätzen und aus leeren Motelzimmern vertrieben, oder andere, die ihn bei verschiedenen Übernachtungsmöglichkeiten unklugerweise vor die Tür setzten. Er tippt mit dem Notizbuch an seine Schläfe. All die Daten und Uhrzeiten, die öffentlichen und privaten Orte, die ausgesprochenen Worte, die Anschuldigungen. Beschreibungen der Verantwortlichen.

So viele Kränkungen und Beleidigungen, Ungerechtigkeiten, so viel offensichtliche Dummheit und Grobheit. Diese Ausfälle sind in blutroten Buchstaben festgehalten, denn es sind verletzende Worte.

Würde er die Seiten zerknüllen, bekäme er das Triefen einer Wunde zu hören.

Er hält das Notizbuch in beiden Händen, als wollte er seinen Inhalt wiegen. Wörter sind leicht, sie bringen kaum zusätzliches Gewicht, egal, wie er die Seiten füllt – das Buch wird nicht schwerer. Er fährt mit den Fingern über den mit einer blauen Schnur umschlungenen Einband.

Mit einem Kaffee sitzt er am hellen Fenster und schüttelt den roten Füller.

In einem neuen Eintrag zieht er langsam eine Linie unter die Überschrift:

29. November. Ein Akt der Dankbarkeit.
Vorhin habe ich auf die beste mir mögliche Art meine
Liebe zu Luke Roy zum Ausdruck gebracht. Ich habe ihn
erschossen.

In dem Eintrag schildert Bryce, wie er Luke an jenem Morgen von Orchard zur Brücke folgte, die ganze Zeit ein paar Kurven hinter ihm. Er wartete, bis Luke einen Kilometer weit gegangen war, bevor er mit schwachem Pedaldruck ins Brachland fuhr. In dem Augenblick wusste Bryce, dass Luke entschlossen war, sich umzubringen. Die Brücke hatte ihn abermals angezogen, und das war eine Tragödie.

Bryce fand eine Schussposition und wartete die ganze Zeit, bis Luke erwachte, seine Jacke hinwarf und das Geländer erklomm. Bis zur Ausführung verstrichen noch zehn Minuten. Es heißt, ein Mann, der hingerichtet wird, schläft vorher wie ein Baby. Nun, Bryce hatte es selbst gesehen.

Luke schien sich von der Szenerie der Chandler Bay zu verabschieden, als wollte er weggehen, statt sich umzubringen.

Bryce feuerte von einer Stelle im hohen Gras, zweihundert Meter entfernt. Er hob das Gewehr um dreißig Grad und zielte zwischen den Stahlkabeln hindurch.

Ein Schuss ist reine Mathematik. Gespür ist ein Fehler. Alles andere ist Grausamkeit.

Da die Einzelheiten noch frisch waren und sich in seinem Kopf drängten, verlangsamte er seine Erinnerungen auf die Geschwindigkeit seines Füllers. Der Eintrag nahm bereits fünfzig Minuten in Anspruch. Er brachte jeden Fakt in eine Ordnung. Jedem Buchstaben widmete er gleich viel Zeit. Jedes Mal, wenn er einen Fehler machte, strich er das ganze Wort sorgfältig durch. Bryce Fowler riss keine Seiten heraus. Ein Notizbuch mit einer herausgerissenen Seite war eine Fälschung. Wenn bei einem Eintrag noch Platz frei blieb, füllte er ihn mit gekreuzten Linien aus, um zu verhindern, dass ein Betrüger falsche Behauptungen aufstellte.

Während er schrieb, goss ihm die Kellnerin zweimal frischen Kaffee nach. Als sie schließlich die Rechnung brachte, hielt Bryce sie ins Licht. Er zählte den Dollar und einundachtzig Cent ab und breitete das Kleingeld flach auf dem Tisch aus, um sicherzugehen. Dann stapelte er die Münzen auf dem flachen Dollarschein zu einer Pyramide, das Silbergeld unten, der Cent obendrauf.

Bryce legte den Füller hin und schlug das Notizbuch zu.

Jetzt, wo alles dort festgehalten war, konnte er sich erlauben, seinen Gedanken freien Lauf zu lassen.

Wenn er den Vorfall von diesem Morgen in ferner Zukunft schildern müsste, würde er sagen, dass Luke seinen Sohn Paul vor dem sicheren Tod gerettet habe. Im Gegenzug habe er Luke vor etwas Schlimmerem als dem Tod bewahrt. Da Bryce aus dem Süden stammte und, falls er irgendwas sein musste, Katholik war, folgte für ihn auf Selbstmord ewiger Schmerz.

53.

Etwa vier Jahre lang ist Bryce Fowler auf seinen Reisen einem festen Plan gefolgt.

Für sein Leben auf der Straße folgt er einer Sommer- und einer Winterrunde. Er fährt die Rastplätze in den Oststaaten und im Mittleren Westen ab. Sein Dodge 2500 hat einen zuverlässigen Motor. Das Führerhaus ist so groß, dass er sich bequem auf der Sitzbank ausstrecken kann. Er ist dankbar für seinen eigenen Raum und ein Haus, das so groß ist wie das Land, das er durchquert hat. Wenn es ihm an seinem Übernachtungsort nicht gefiel, steckte er einfach den Schlüssel ins Zündschloss.

Es verstreichen Monate, in denen er weder Tage noch Wochen zählt, denn das Leben in einem Fahrzeug blendet den Kalender aus. Jeder Tag besteht aus der Straße, dem Erhalt der Würde, der Umwandlung einer offenen Tür in eine Veranda, Feuer zum Erhitzen von Wasser, Baden in einem Fluss. Wenn man in seinem Fahrzeug wohnt, ist der Sommer dafür die richtige Zeit. Also folgte Bryce dem Sommer und ließ ihn das ganze Jahr dauern.

Die Sommerrunde brachte ihn die Ostküste hinauf bis in den Süden Vermonts und dann westwärts nach Des Moines, bevor er sich wieder südwärts wandte. Ein Motel alle fünf Tage sorgte für eine richtige Dusche und hielt seinen Bart unter Kontrolle. Was die Arbeit betraf, so war er ein Hobo ohne Zug. Er reparierte Rasenmäher, die das sommerliche Gras nicht mehr schneiden wollten, er räumte Scheunen für Flohmärkte aus. Nie nahm er sich irgendwas ohne Erlaubnis. Fünfzig Dollar, das reichte ihm mehrere Tage. Die

Rasenflächen brachten ihm das meiste Geld ein. Er hatte einen eigenen Handrasenmäher und eine Heckenschere. Er durchkämmte die nahegelegenen Kleinstädte, hielt an jedem Rasen mit zehn Zentimeter hohem Gras und mähte ihn für ein Butterbrot.

Seine Winterrunde führte ihn durch Mississippi, Alabama und Florida. Er blieb nie länger als zwei Nächte auf ein und demselben Rastplatz. Danach – am dritten Tag – wird man als Landstreicher angesehen. An den kleinen Highway-Abfahrten gibt es Verkaufsautomaten und Toiletten. Er kann sich die Zähne putzen und seine Socken mit Talkumpuder bestäuben. Für eine Besorgung in die Stadt fahren und danach wieder zurückkehren. Bei geöffneten Fenstern und mit einer Batterie im Kurzwellenradio schläft er oft während der Nachrichten über das Weltgeschehen ein. Das Rauschen verwandelt sich in Sprachen, die er nicht versteht, und das hilft.

Neben der Arbeit begleicht er auf seinen Reisen auch alte Rechnungen. An den Orten, an denen man ihm etwas angetan hat. Beleidigungen, Blicke. Wenn es so weit ist, fallen ihm seine Racheakte leicht. Manches verzeiht er im Lauf der Zeit, weil er eine Unhöflichkeit damals zu sehr aufgebauscht hat, aber manches verstärkt sich auch, und er brüllt vor Wut.

Doch im Allgemeinen beruhigt die Fahrerei seine Nerven. Auf diese Art ist die Wiedergutmachung eines Unrechts eine nüchterne Angelegenheit. Wie überrascht die Beleidiger aussehen, wenn sein Schatten am selben Ort auf sie zustürzt, an dem sie ihm die ursprüngliche Beleidigung zugefügt haben.

Doch am erstaunlichsten war der Tag gewesen, an dem er herausfand, wo sich sein Sohn aufhielt.

28. Oktober. Nagadoches, Louisiana. Tag der Entdeckung.

Ich befand mich auf meiner Winterrunde und weilte vorübergehend in einer Ecke eines kleinen Rastplatzes an einer langen Abfahrt in Nagadoches, Louisiana. Ich aß gerade was in der Stadt, als ich die Nachrichten sah: Ein Mann war von einer Brücke gesprungen, um einen fünfzehnjährigen Jungen zu retten, der bei seinen Großeltern lebte.

Das war der Punkt, der mich aufhorchen ließ. Mein Sohn wurde mir vor vier Jahren vom Gericht weggenommen und der Sippe seiner Mutter zugesprochen. Ich habe keine nennenswerte Familie. Die Großeltern lebten in Central Maine. Als wir noch verheiratet waren, haben wir sie mal besucht. Ich rechnete die vier Jahre zu dem Alter hinzu, das er hatte, als er mir weggenommen wurde.

Das ergab fünfzehn Jahre.

Jetzt wusste ich, wo mein verlorener Sohn zu finden war. Ich hatte nicht nach ihm gesucht, aber darum ging's nicht. In diesem segensreichen Lokal lief ständig derselbe Sender. Ich übernachtete draußen auf dem Parkplatz. Bei einem Sandwich und einer zerlesenen Zeitung schaute ich mir am nächsten Morgen die Wiederholung der Nachrichten an. Ich sah den Teich und die Brücke und den Sprung. Die Gestalt von Ross Point war mir vertraut und wurde im Lauf des Tages immer vertrauter.

Ich wusste, wo ich hinmusste.

Die Fahrt von Louisiana nach Central Maine war lang, doch Bryce Fowler schlief sechs Stunden und fuhr dann sechs Stunden. So machte er es vier Tage lang.

Die Menschenmengen bei seinem Eintreffen in Ross Point. Die Leute wollten massenhaft an diesem Wunder an der Brücke teilhaben.

Eine Schandtat hob sich für Bryce von allen anderen ab. Die Stadt versuchte, anhand seines Sohnes berühmt zu werden. Er parkte neben einem Wohnmobil auf dem Feld eines Farmers und begann, alles auszukundschaften. Zur Deckung fuhr er meilenweit in alle Richtungen.

Er fand Luke Roy und seine seltsamen Freunde. Obwohl Bryce nicht nach dem Weg fragen durfte, brauchte er auch nicht lange, bis er die Großeltern aufgespürt hatte. Sein Sohn lebte bei ihnen – eine Kleinigkeit, die man ihm verschwiegen hatte. In diesem gottverlassenen Kaff war es unklug, wenn sich ein Mann überall nach einem Jungen erkundigte.

Wie alle anderen mussten die Großeltern jedoch Lebensmittel einkaufen.

Er übernachtete auf dem Parkplatz des einzigen Supermarkts. Dort entdeckte er sie und folgte ihnen nach Hause.

Seit dem Tag des Gerichtsverfahrens, als sie mit ihrem neuenglischen Auftreten in Mississippi erschienen waren und seine Frau das Sorgerecht bekommen und sich aus dem Staub gemacht hatte, schienen sie sich nicht sonderlich verändert zu haben. Von einem bestimmten Punkt an altern offenbar ältere Leute nicht mehr. Die übrigen Veränderungen vollziehen sich in ihrem Innern.

Als landesweit über die Sache berichtet wurde, hatten sie sich vermutlich noch tiefer in ihr Schneckenhaus zurückgezogen. Sie wussten, dass Bryce Fowler jetzt jederzeit kommen konnte.

In seinem auf dem Feld des Farmers geparkten Pick-up hatte er im *Buch der Beleidigungen* über den Aufruhr der Gefühle geschrieben, den der Verlust seines Sohnes an vergleichsweise fremde Leute ausgelöst hatte.

2. November. Ross Point. Gott segne die Brücke.

Leute tun so was. Sie nehmen anderen Leuten die Kinder weg. Sie leben mit einem Kind, das sie gestohlen haben. Es ist kein Leben, das ihnen gehört. Mir wurde mein Sohn weggenommen, ein einsamer Junge ohne seinen Vater und verlassen von seiner Mutter. Ich habe ihren Unterschlupf gefunden. Im Süden der Stadt erhebt sich ein dreißig Meter hoher Hügel, von dem aus man mit einem Fernglas das Versteck sehen kann, das die Großeltern als Haus bezeichnen. Oh, ich kann sehen, wie sie hinter den Fenstern herumschleichen. Da sind sie, alt genug, um es besser zu wissen. Was haben sie sich dabei gedacht, ein Kind zu stehlen? Obwohl ihr Leben sich allmählich dem Ende zuneigt, schlagen sie zu wie Diebe, weil sie glauben, es besser zu wissen. Ich hätte das ganze Land durchkämmen können, die Highways und Nebenstraßen, ohne meinen eigenen Sohn je wiederzusehen. Gott segne diese Brücke. Und Gott segne Luke Roy.

54.

Nachdem er die Einzelheiten und sonstigen Umstände der Erschießung in seinem Notizbuch bewahrt hat, verlässt Bryce das Restaurant. Die Danksagung ist vollzogen.

Draußen auf dem Gehsteig schwingt er die Arme wie ein Bauarbeiter, unter der Last der unvollendeten Arbeit den Blick auf die Stiefel gerichtet. Er ist ein unauffälliger Mann am Ende einer unspektakulären Woche. Ihm bleibt nur noch eins zu tun.

Er sitzt eine halbe Stunde lang in seinem roten Pick-up und behält die Straße im Blick, um zu sehen, ob es irgendein Anzeichen gibt, dass er beobachtet wird: ein Fremder unter Fremden, ein langsamer Wagen unter langsamen Wagen. Jemand, der dasitzt, als ob er nichts beobachten würde.

Er streckt die Hand zur Sonnenblende und betrachtet Pauls Kindheitsfoto.

»Ich bin da. Mach dir keine Sorgen.«

Er steigt aus, geht um den Pick-up herum, um die Reifen zu kontrollieren, und achtet darauf, ob als Reaktion auf sein Verlassen des Wagens auf der Straße Unruhe aufkommt.

Er lässt den Motor an und reiht sich in eine langsame Kolonne ein, die immer kürzer wird, als Autos nach links und rechts abbiegen, um zu parken. Schon bald ist er ganz vorn und fährt kurz allein, bis sich hinter ihm ein Gefolge bildet, das ausschert und bremst. Immer in Eile, wenn sie hinter einem, nie in Eile, wenn sie vor einem sind. Er schenkt ihrem Ärger keine Beachtung. An der nächsten Ampel müssen sie sowieso wieder alle halten, und dann geht alles von vorn los.

Die Abzweigung kommt in der ersten Linkskurve nach dem Ortsschild. Er hat sie auf seiner Karte markiert. Es ist ein Privatweg, der zu einem weißen Eisentor und danach zu einem Haus führt, das in einem Ring aus Bäumen versteckt ist.

Er schätzt, dass die Fahrt fünf Minuten dauert.

Bryce bleibt unter dem Tempolimit, als er die Stadtgrenze überquert, und als er an dem Privatweg ankommt, biegt er nicht links, sondern rechts ab und begibt sich zu seinem Aussichtspunkt auf dem Hügel. Auf der Kuppe lenkt er den Wagen um zwei Bäume herum und parkt mit Blick auf das Haus.

Die Großeltern da unten haben einen Raub begangen. Um vier Uhr nachmittags wird er ihr Grundstück betreten. Er wird das Haus Zimmer für Zimmer durchsuchen. Seinen Sohn mitnehmen. Und die beiden Diebe – die werden auf der Treppe verrotten, bis der Gestank die Straße erreicht. Wenn die Polizei kommt, wird sie Fliegen vorfinden.

Auf Bryce Fowlers Uhr ist es 15:00 Uhr.

Wie schnell plötzlich alles geht.

55.

Zur selben Zeit sitzt Elena zehn Kilometer nördlich von da, wo Bryce Fowler wartet, in einer Anwaltskanzlei. Sie leistet die letzte der vierundzwanzig Unterschriften, mit denen sie alles Mögliche vereinbart und festlegt.

Der Anwalt der Käufer unterschreibt für seine Mandanten, die sich im Ausland aufhalten. Sie wollen das Haus an große Gruppen vermieten, für Feste. Sie schätzen sich glücklich, so ein Haus zu diesem Preis zu bekommen. Der Anwalt bedankt sich in ihrem Namen bei Elena.

Elena übergibt die Schlüssel. Nachdem sie eine Stunde lang Dokumente unterschrieben hat, wechselt das Haus den Besitzer, ohne sich einen Zentimeter vom Fleck zu bewegen.

Sie tritt in den wolkenlosen Nachmittag hinaus und begibt sich zu dem Café. Sie hat mit Luke keine genaue Uhrzeit vereinbart und nimmt an, dass er noch etwas Zeit mit seinen Freunden verbringen will. Er ist wurzellos. Auch sie wird bald wissen, was das bedeutet, denn von heute an hat sie keine Adresse mehr, unter der man sie finden kann.

Um 15:45 Uhr beschließt sie, nach Hause zu gehen. Nach fünf Minuten bleibt sie stehen. Das Haus gehört ihr nicht mehr. Am liebsten würde sie lachen, bringt es aber nicht fertig. Sie kehrt ins Café zurück, setzt sich an denselben Tisch und bestellt einen Tee. Dann liest sie Zeitschriften.

Wo bleibt Luke? Sie ruft Nestor an. Er hat ihn nicht gesehen. Vielleicht ist er mit Henry unterwegs. Henry hat außer dem Anschluss des Hausboots kein Telefon, und der ist nur noch Asche.

Ohne das Haus als Anker treibt die Zeit dahin und wartet auf sie.

Sie weiß, wo sich die Sonne in der Küche ihres frisch verkauften Hauses gerade befindet. Sie ist um den Rahmen der Verandatür geglitten und breitet ihr Licht viereckig auf den Bodenkacheln aus.

Elena hat immer alle fünfzehn Minuten ihren Stuhl umgestellt und ist ihr gefolgt. Doch die Sonne, die diesen leeren

Raum durchquert, ist nicht mehr ihre Sonne. Sie ist nicht länger an Elenas Gewohnheiten gebunden.

Elena stellt sich vor, wie sie durch die Zimmer geht. Sie riecht den Lavendel in den Fluren, den Kirschduft der Balken im Wohnzimmer, die Kerzen, die vom Feuer zurückgedrängten Winterabende. Glück und Kummer sind in dem Haus fein austariert. Das ist der Grund, warum sie dort kein neues Leben beginnen kann. Sie kann nur das alte beenden.

Im Schlaf wartet sie noch immer auf Danny. Das ist das Zimmer, das er bewohnt. Im Schlaf denkt sie, er muss andere Augen und eine andere Stimme haben.

Wenn er sich ihr zeigt, wie soll sie dann eine Stimme erkennen, die sie nicht hören, einen Körper, den sie nicht sehen kann? Wie soll sie wissen, dass sie sich wiedersehen? Das Bild ändert sich nie. Sie steht in einem Bahnhof voller Echos auf einem Bahnsteig, auf dem niemand zum Abschied oder zur Begrüßung winkt. Sie ist die einzige Wartende in einem kleinen Schmuckstein aus Licht, in dem sie den Traum sieht. Sie horcht, ob ihr Name gerufen wird.

Wenn sie in die Dunkelheit spricht, von der sie in diesem Bahnhof umgeben ist, stellt sie immer dieselbe Frage. »Warum hast du ein Mädchen gerettet, das schon tot war? Dolores Macy hat sich ertränkt. Dann hat sie auch dich ertränkt.« Und wenn sie keine Antwort hört, redet sie trotzdem weiter. »Ich kann nicht für den Rest meines Lebens mit dir in diesem Teich sein. Ich kann nicht so langsam ertrinken.«

Sie befindet sich oft in dem Bahnhof. Es ist ein stiller Ort. Sie könnte in ihren Träumen überallhin gehen, doch ihre Träume kennen nur das von ihrem Herzen für sie bestimmte

Ziel. Manchmal glaubt sie, ihren Namen zu hören, und wartet darauf, dass er noch mal erklingt. Doch das geschieht nie, und sie kann keinem Klang folgen, der nur einmal ertönt.

Vielleicht will Danny sich nicht verabschieden. Er will sie auch nicht begrüßen.

Sie ist ihm so oft begegnet, während sie die Sachen sortierte, die sie behalten oder zurücklassen wollte.

Er war überall.

Die ersten beiden Durchgänge fielen ihr leicht. Sachen, die sie gekauft und nur selten benutzt hatte, geerbt und nicht gewollt hatte, und all die Möbel, die sie nicht mitnahm. Alles, was die ersten beiden Durchgänge überstand, räumte Elena in ein Gästezimmer: vier Koffer mit Dokumenten, Papieren, Fotos, neun große Taschen mit Kleidung, zwanzig Kartons voller Bücher, unzählige Elektronikgeräte, ein elektrisches Klavier mit fünfundsiebzig Tasten, ein Teleskop, Dannys Tauchausrüstung, Werkzeuge, Tassen und Töpfe und Vorräte. Schüsseln, Vasen, Gemälde, Schmuck – das Gewicht der Sachen ist gleich, egal, ob man sie oft oder selten benutzt.

Beim dritten Durchgang begann sie, Sachen einzupacken. Am Ende stopfte sie alles in Müllsäcke und warf sie ebenfalls auf den Haufen, weil sie sie sowieso wieder auspacken würde.

Am vierten Tag kam sie zu dem Schluss, dass sie, sollte sie einen Umzugswagen brauchen, nicht bereit war umzuziehen. Sie dachte an Luke – er war völlig zufrieden mit dem, was er auf dem Leibe trug.

Sie ließ die Sachen auf dem Haufen liegen, aber jetzt war es das, was sie nicht mitnehmen wollte.

Und das war fast alles.

Sie stand in der Tür des Gästezimmers. Es war eine Pyramide, die bis zur Decke reichte – ihre Geschichte zu einem Hügel zusammengeweht. Losgelöst von ihrem normalen Platz im Haus, kamen ihr die Gegenstände fremd vor.

Alles sah aus, als würde es in einem Gebrauchtwarenladen zum Verkauf stehen.

Sie kippte alles, was sich in den Koffern befand, auf den Haufen. Die Andenken, die Notizbücher und Papiere rollten wie Kies von einem Berg herab. Sie sammelte alles ein, was sie noch im Haus fand, und warf es obendrauf. Je mehr sie auf dem Hügel ablud, desto weniger wurde er wert. Sie warf Sachen auf den Haufen, von denen sie sich nicht hätte vorstellen können, sie je wegzugeben: seine Messersammlung, ein Fernglas, seine Füller und Hemden und Schuhe, sein Rasierwasser. Als sie sich damit angefreundet hatte, loszulassen, reduzierte sich das Ganze von Listen und langen Tagen auf wenige Sekunden.

Der Strom des Abschieds verwandelte sich in einen wahren Wasserfall.

Sie kaufte dreißig reißfeste Laubsäcke, legte sie auf den Boden und brachte die Sachen von dem Haufen wie Laub darin unter. Sie achtete nicht mehr auf einzelne Gegenstände, sondern stopfte alles hinein. Die Säcke gingen an die Heilsarmee und an Obdachlosenasyle. Sie verschenkte die Koffer, faltete die Pappkartons zusammen, in denen die Bücher gewesen waren, und verbrannte sie.

Nachdem fünf Tage lang eine Flut von Besitztümern hindurchgerauscht war, hatte sich das Haus geleert.

Mehrere Autofahrten später hatte sie das Klavier, das Teleskop und das astronomische Zubehör weggeschafft. Ebenso die Fahrräder und die Fitnessgeräte.

So hatte sich das Haus von ihr und sie sich vom Haus befreit. Jetzt steht es hinter der verschlossenen Tür für sich allein da.

In dem Café blickt Elena auf die Uhr. 16:40 Uhr. Sie hat den Umschlag mit den Fotos behalten. Die kostbaren Dinge sind stets wenige und stets klein.

Um Radar kümmern sich die Nachbarn ein Stück weiter am Strand, die ihn genauso lieben wie sie. Bei ihnen dürfte er glücklich sein. Würde sie ihn seiner Gewohnheiten und geheimen Orte berauben, würde sie ihm wehtun, nur um sich selbst besser zu fühlen.

Wahrscheinlich liegt er gerade im Wohnzimmer neben dem Kamin.

Um fünf Uhr wird es allmählich dunkel. Sie ruft noch mal Nestor an.

Keine Spur von Luke, sagt er. Henry schläft oben. Das ist rätselhaft, denn Luke wollte die beiden besuchen. Nestor fragt Elena, ob sie nicht nach Ross Point kommen und in seinem Haus warten will. Doch sie hat keinen Wagen und will Luke nicht verpassen, wenn er nach Orchard zurückkommt.

Sie macht sich auf den Weg zum Strandhaus.

56.

Um vier Uhr lässt Bryce seinen Pick-up an und holpert den Hügel hinab zum Haus der Großeltern, in dem sie seinen Sohn versteckt halten.

Er greift hinter die Sitzbank und holt sein Gewehr hervor. Am Ende des Abhangs braust er über die Straße auf das weiße Eisentor zu. Als es jäh vor ihm auftaucht, tritt er heftig auf die Bremse. Paul sitzt auf dem Tor.

Bryce schaltet den Motor aus. Er lässt das Fenster herunter.

»Hallo, Paul.«

»Hallo, Dad.«

»Wusste nicht genau, ob du da bist.«

»Ich hab dich auf dem Hügel gesehen.«

Bryce kichert. »Das ist mein Sohn. Ein Blick für Details. Ruhig und besonnen.«

Keiner von beiden rührt sich vom Fleck.

»Wenn du mich gesehen hast, warum bist du dann nicht raufgekommen und hast mich begrüßt?«

»Wegen meinen Großeltern.«

»Die wissen, dass ich hier bin?«

»Nein. Sie schlafen. Dad, können wir ein bisschen rumfahren?«

Bryce gibt ihm das Zeichen, auf die Beifahrerseite zu gehen. Paul steigt ein. Als sie losfahren, mustert ihn Bryce von Kopf bis Fuß. »Du siehst älter aus.«

Paul vermeidet es, zum Haus zurückzublicken. Die einzige Möglichkeit, eine Konfrontation zu verhindern, besteht darin, genügend Abstand zwischen seine Großeltern und seinen Vater zu legen. Sonst bringt er die beiden um.

»Okay«, sagt Bryce. »Wo soll's hingehen?«

»Das entscheidest du.«

Bryce reibt sich das unrasierte Kinn. »Aber ich weiß nicht, wo in Central Maine die Rastplätze sind.«

Paul deutet durch die Windschutzscheibe nach Norden. »An der Küstenstraße gibt's einen, direkt an der Umgehung.«

»Na, dann los.«

Gegen 16:50 Uhr erreichen sie die Umgehungsstraße und fahren zwölf Kilometer westwärts, bis der Rastplatz am Horizont auftaucht. Er besteht aus einem einzigen Gebäude neben einer Rasenfläche und einem riesigen Parkplatz. Bryce nimmt die Ausfahrt und biegt mit Tempo dreißig ab. Er parkt neben dem Gebäude. Wie auf den meisten Rastplätzen gibt es Verkaufsautomaten, eine Toilette und Landkarten für Touristen.

Der Parkplatz ist leer, das Tageslicht wird langsam schwächer.

Bryce zieht die Handbremse an und schaltet die Scheinwerfer aus. Er lehnt sich zurück und zieht die Kappe nach vorn, um seine Augen vor dem gelben Licht direkt über dem Wagen zu schützen. Für ihn ist ein Rastplatz ein Zuhause. Die kleinen Rituale bedeuten ihm alles.

»Ich hoffe, du bist einverstanden, mit mir zu kommen«, sagt Bryce.

»Wohin denn, Dad?«

Bryce zuckt mit den Schultern und zieht eine abgegriffene Karte der Vereinigten Staaten hervor.

»Seit deine Mutter und ich getrennt sind, war ich nicht mehr im Westen. Da könnten wir hinfahren, Vater und Sohn. In die Prärie und zur kontinentalen Wasserscheide.«

Als Paul zu lange für eine Antwort braucht, klemmt Bryce die Karte in die Bankritze.

»Ich hätte dich in dem Haus lassen sollen.«

»Nein – ich würde gern mitkommen.«

Bryce macht eine Bierflasche auf und nimmt einen Schluck.

Paul hat die Geräusche aufgelistet, die er während der Fahrt im Führerhaus gehört hat. Alles, was locker war, was brummte, was klapperte. Dass der Schminkspiegel gegen die Sonnenblende rappelte und die Tür sich beim Einsteigen nur schwer schließen ließ. Es ist vier Jahre her, dass er zum letzten Mal in dem Pick-up saß. Wenn er geräuschlos hinauskommen kann, sobald sein Vater eingedöst ist, wird er wegrennen.

Er legt die Hand auf den Türgriff und zieht.

Eine Hand packt ihn am Arm.

»Nein.«

»Ich muss auf die Toilette.«

Bryce holt eine Liste von Rastplätzen und Schließungszeiten für Central Maine aus der Brusttasche.

»Die Toiletten hier werden um zehn Uhr abgeschlossen. Es ist erst sechs.«

»Ich muss aber mal, Dad.«

Bryce lächelt und schließt die Augen und tätschelt den Arm seines Sohnes. »Okay. Ich geh mit rein.«

Er starrt auf die halbgeöffnete Beifahrertür. »Mach sie zu.«

Paul zieht fest, und das Schloss klickt ein.

Als der Gebäudewart rauskommt, um das Laub von den Stufen zu fegen, flüstert Bryce.

»Was war los, Paul?«

»Wo?«

»Auf dem Teich.«

Paul versucht, sich trotz des wachsenden Drucks in seiner Blase zu konzentrieren.

»Es war eine Geburtstagsparty für mich. Ein paar Leute aus der Schule waren da. Sie haben alles organisiert.«

»Und?«

»Das Boot ist im Nebel irgendwo dagegengestoßen und untergegangen.«

Bryce beobachtet, wie der Gebäudewart unter der Lampe am Eingang fegt.

»Amphibienboote«, sagt er. »Nicht geeignet für Menschenmengen.«

Er streicht die Lenkradhülle glatt. Dann legt er die Faust auf Pauls Ellbogen und stößt ihn an: »Aber wehe, du lügst mich an.«

»Ich schwör's. Ich bin wie alle anderen in den Teich gefallen.«

»Bist du geschwommen?«

»Nein.«

»Na also.«

Bryce trommelt zu einer Melodie, die er in seinem Kopf hört, auf seine Schenkel. Er kippt den letzten Schluck Bier hinunter und macht eine zweite Flasche auf. Die leere steckt er zurück in den Sechserpack.

»Ich hab dir das Schwimmen beigebracht, Paul. Weißt du noch?«

»Ja.«

»Im Fernsehen hab ich das Geschrei gehört, und der Arsch mit der Kamera hat beschrieben, wie alles ringsum zum Teufel geht. Aber wie kommt's, dass ich dich nicht *schwimmen* gesehen hab?«

»Ich hab versucht, ruhig zu bleiben.«

Bryce kratzt mit dem Fingernagel am Flaschenetikett.

»Dad, ich muss wirklich.«

Bryce klopft mit der Flasche aufs Lenkrad. »Noch zwei Minuten.«

Er schwenkt den Kopf hin und her. »Ich versteh schon.« Er lockert die Schultern. Sein Adamsapfel wölbt sich, während er einen großen Schluck nimmt, und er japst nach Luft und schlägt aufs Armaturenbrett.

»Weißt du, ich muss mir den Film von der Rettung in der Raststätte in Nagadoches mehr als zwanzigmal angesehen haben.«

Er wendet sich Paul zu.

»Und da hab ich mich gefragt: Hat es auch nur den Anschein, als würde er's probieren?«

Paul spannt die Knie an. »Die Strömung war zu stark.«

Bryce stellt die Flasche auf seine Fingerspitzen und dreht sie.

»Ich bin nicht dumm. War ich nie.«

»Das weiß ich.«

»Was ist mit deinen Großeltern?«

»Was soll mit ihnen sein?«

»Haben sie noch diese Schrotflinte?«, fragt Bryce.

»Ja.«

»Die haben sie bloß meinetwegen, weißt du?« Bryce lacht und schlägt auf den Sitz. »Keine Sorge, Junge. Ich weiß, wie das läuft. Vor dem Sorgerechtsrichter haben sie mich als Teufel hingestellt. Und jetzt müssen sie das Haus vor dem Teufel schützen, den sie erschaffen haben. Und Satan ist eingetroffen.«

Er leert die zweite Flasche. »Noch irgendwelche?«

»Irgendwelche was?«

»Noch irgendwelche Flinten im Haus?«

»Nur die eine.«

Paul beugt sich vor und ballt vor Unbehagen die Hände zu Fäusten. Seine Blase tut weh.

Die Stimme seines Vaters klingt butterweich.

»Wann legen sie sich schlafen?«

»Um zehn.«

Plötzlich kommt Wind auf. Gelbe Blätter rieseln im Licht der Lampen herab.

»Das Wetter schlägt um, Junge. Spürt du's? Das ist der Geruch von Kälte.«

Paul riecht auch das Waffenöl im Führerhaus des Dodge. Sein Vater hat sein Gewehr gereinigt. Wenn er es benutzt hat, ölt er jedes Mal die Gewehrkammer. Aber Paul sieht keinen Hirsch auf der Pritsche.

»Hast du ein Telefon dabei?«

Paul nickt. »Es ist ausgeschaltet.«

Bryce streckt die Hand hinter die Sitzbank und holt eine Rolle Klebeband hervor.

Paul verzieht das Gesicht. »Dad, ich mach mir gleich in die Hose. Tut mir leid.«

Bryce hält sein Handgelenk fest. »Mach die Tür auf und stell dich neben den Wagen. Und dann tu, was du tun musst.«

Paul zieht am Türgriff. Er steigt aus, während Bryce rüberrutscht, um ihn festzuhalten. Um den Reifen bildet sich eine Pfütze.

Bryce lässt los, als Paul wieder im Wagen und die Tür geschlossen ist. Er betrachtet den Schatten des Mannes draußen.

»Werden deine Großeltern nicht nach dir suchen?«

»Sie glauben, ich bin in meinem Zimmer. Da halte ich mich meistens auf.«

Bryce zeichnet mit der Flasche im Führerhaus einen Kreis. »Ja, aber denk dran, wo du jetzt bist. Respekt.«

Er überprüft Pauls Telefon. »Wie du gesagt hast, es ist ausgeschaltet. Du hast die Wahrheit gesagt.« Er rupft mit den Zähnen ein Stück Klebeband ab und überklebt die Kamera.

»Kommst du mit dem Ding ins Internet?«

»Ja.«

»Los, wir sehen uns das Video vom Teich zusammen an, Vater und Sohn.«

Paul drückt auf den Knopf. Das Display erwacht zum Leben, und das Telefon dröhnt dreimal.

»Ich muss mich bei Facebook anmelden. Okay, fertig.«

Nachdem sich Paul eingeloggt hat, zieht ihn Bryce näher zu sich.

»Spiel's ab.«

57.

Kurz vor Einbruch der Dunkelheit steht Elena auf der Terrasse des Strandhauses.

Der Fußmarsch vom Café hat länger gedauert, als sie dachte. Sie ist müde.

Die Wellen sind nah. Nicht diese zahmen Wellen hinter den großen Wohnzimmerfenstern. Vor denen konnte sie sich immer an ein warmes Feuer zurückziehen. Sie hört ihr Klatschen und Rollen. Sie sind so laut, dass sie nach ihr greifen könnten.

Elena geht zur Haustür. Es ist abgeschlossen. Dann zur Hintertür – zwecklos.

Ihre Jacke reicht kaum, um sie warm zu halten, doch sie hat alles weggegeben. Als am Himmel eine Wolke vorbeizieht, verschwinden die Sterne in einer gezackten Linie. An der Meeresoberfläche frischt der Wind auf.

Sie geht wie früher am Strand entlang, doch es ist nicht länger ihr Strand. Dieses Stück Meer ist nicht ihr Ausblick. Der Himmel passt nicht mehr in den Fensterrahmen.

Er ist riesig und unbekümmert und zerstörerisch.

Luke lässt sich Zeit. Vielleicht ist er unsicher. Das ist ein Gefühl, das sie verstehen kann.

Sie wird es verstehen, wenn er nicht mitkommen will. Sie wird sich so oder so bei ihm entschuldigen. Wird alles tun, was sie versprochen hat. Sie werden zusammen weggehen.

Er ist ihr ans Herz gewachsen. Bei ihm gibt es nur wenig, was Aufmerksamkeit verlangt. In letzter Zeit hat sie manchmal vergessen, dass er im Haus war. Sie hat ihm in den letzten Tagen kaum Beachtung geschenkt, weil sie mit dem Packen beschäftigt war – alles umsonst, weil sie am Ende doch nichts behielt.

Als es zu regnen beginnt, verlässt sie die Terrasse und setzt sich in den Schuppen.

Von hier aus hat Danny durch sein Rohr mit den Spiegeln immer die Sterne betrachtet. Er hat nachts eine rote Glühbirne benutzt, um besser zu sehen.

Elena wartet, die Hände im Schoß gefaltet, der Rücken gerade, ihr Blick auf die Tür des Hauses gerichtet. Sie könnte ins Haus einbrechen, um dort zu schlafen. Das dürfte niemanden interessieren. Die Besitzer sind im Ausland. Aber auch am Morgen wird ihr das Haus nicht mehr gehören. Wie lächerlich, dass es vor ein paar Stunden noch in ihrem Besitz war und sie jetzt, vor dem Regen geschützt, im Schuppen sitzt und nicht weiß, wohin.

Sie bleibt sitzen. Sie weiß nicht, warum, denn sie hat sich eingeredet, dass Luke nicht zurückkommt.

Sie wartet auf den Sonnenaufgang, damit sie sich wieder rühren kann. Das Meer ist ein lautes, unablässiges Dröhnen unter den treibenden Wolken. Plötzlich hört sie ein Geräusch. Ein Schatten geht am Strand entlang.

Sie rennt nach draußen und den Pfad hinunter.

»Luke!« Sie bleibt stehen und lässt sich im Regen nieder. Der Schatten kommt aus der falschen Richtung. Sie hört Gebell.

Ein Paar kommt mit einem Hund am Wasser entlang.

Es ist schon zu spät. Radar hat sie gesehen.

Er erstarrt und stürmt los. Doch die Leine hält ihn zurück. Er zerrt und bellt.

»Wer ist da?«, ruft die Frau.

Ihr Mann schreit dem Hund zu, dass Elena weg ist. Radar zieht ihn hinter sich her wie eine nasse Papiertüte. Die beiden müssen ihn gemeinsam festhalten.

Elena schlüpft wieder in den Schuppen und hält sich die Ohren zu.

Radar jault, immer weiter entfernt, bis es nur noch ein Raunen im Wind ist.

Als Elena wieder allein ist, lauscht sie dem Regen und den Wellen und kann das eine bald nicht mehr vom anderen unterscheiden. Sie kann die Musik der an die Scheiben prallenden Tropfen nicht hören, die sie immer im Haus gehört hat. Kalt und ziellos fallen sie auf die schäumenden Wellen.

58.

Am Rastplatz blickt der Gebäudewart zu den beiden Gesichtern in dem Pick-up hinüber, der im gelben Lichtschein der Lampe steht. Es ist 21:15 Uhr. Sie sitzen schon seit vier Stunden da draußen. Ihm ist es egal, ob sie dort bleiben. Viele Leute machen hier halt und klappen die Sitze zurück, um kostenlos zu übernachten.

Bryce und Paul sitzen im Wagen, zwischen sich das flimmernde Display. Bevor sie sich das Facebook-Video ansehen können, kommt ein Werbespot für Flusskreuzfahrten auf dem Rhein.

Paul spielt den Film von dem kenternden Boot ab.

Bryce zeigt mit dem Finger darauf. »Siehst du das? Da.«

»Was denn?«

»Du rührst keinen Finger. Du lässt dich in den reißenden Strom ziehen.«

»Ich hatte Angst.«

Bryce schüttelt den Kopf. »Ich hab noch nie erlebt, dass du Angst hast. Ich hab's dir gesagt. Was hab ich dir gesagt? Ich hab dir gesagt, du sollst nichts vor mir verbergen. Du hast mich belogen.«

»Ich hab in dem Teich die Orientierung verloren.«

Bryce nickt. »Ja. Ja. So war's schon, als du noch klein warst. Nichts hat dich gekümmert. Es war, als wären wir anderen bloß ein Haufen Schaufensterpuppen.«

»Tut mir leid.«

»Lüg mich nicht an.«

Er nimmt Paul in den Schwitzkasten und lacht.

»Und du sollst dich auch nicht entschuldigen.«

Das Facebook-Video läuft in Endlosschleife. Ein weiterer Werbespot beginnt. *Sie können diese Werbung in fünfzehn Sekunden überspringen.*

Der blaue Lichtschein beleuchtet die Augen von Vater und Sohn.

Bryce lächelt. »Mal ganz offen. Hältst du mich für verrückt?«

»Nein.«

»Weil ich mir gerade ein Video von meinem fast ertrinkenden Sohn angesehen hab, das von einer Weinkreuzfahrt gesponsert wird.«

»Das ist Zufall, Dad.«

Bryce wiegt das Telefon in der Hand. »Und das ist ein tragbares Amphitheater.«

Er holt die Karte hervor. »Zeig mir, wo der Besitzer der Werbefirma wohnt.«

»Das weiß ich nicht. An vielen Orten.«

»Er kann immer nur an einem sein.«

Als Paul schweigt, setzt sich Bryce wieder hin. »Schon gut.«

Er dreht am Lenkrad, als würde er fahren, und starrt mit

abwesendem Blick in eine Erinnerung. Er spricht in einem Ton, der von der Gegenwart nicht mehr sonderlich betroffen ist.

»Ich möchte dir von einem Mann erzählen, den ich mal kannte. Er hat eine Tragödie genutzt, um damit Geld zu verdienen.«

Bryce stellt sein Bier hin.

»Als ich mit deiner Mutter am Golf gewohnt hab, hatten wir einen schönen Platz in einem Trailerpark, einer guten Gemeinschaft. Ich hab noch nie solche Blumen gesehen. Kleine Gärten und Anbauten mit Moskitonetzen für abends. Jeder hat jeden gekannt, den er kennen wollte.«

Bryce hustet. »Wenn du je so einen Trailerpark findest, abzüglich der zwielichtigen Typen, dann greif mit beiden Händen zu.«

»Ja, Dad.«

»Egal. Vier Häuser weiter wohnte ein Mann. Er war in der Werbebranche.

Netter Kerl. Susan mochte ihn. Ich auch. Immer ein echtes Lächeln, nichts Aufgesetztes, jemand, der sich nicht ›Fick dich‹ gesagt hat, sobald er weg war.

Seine Frau gab jedes zweite Wochenende eine Grillparty. Drei reizende Kinder. Alle wussten, dass er erfolgreich war, und alle gönnten es ihm.«

Bryce macht seine dritte Flasche auf und nimmt einen großen Schluck. »Er hat einen Werbespot für Limonade gemacht, der landesweit ausgestrahlt wurde – *Drei Engel für Charlie*, *Mannix*, *Columbo*, einfach überall. Wir freuten uns für ihn, als er verlauten ließ, er wäre in der Firma befördert worden.«

Bryce hält das Bier ins Licht, um zu sehen, wie viel noch übrig ist. Er neigt den Kopf in den Sitz zurück.

»Das hätte uns eine Warnung sein sollen. Diese Einstellung. *Ich bin besser als ihr.*

Eines Tages waren Susan und ich etwa hundert Kilometer von der Stadt entfernt unterwegs. Plötzlich sahen wir an der Autobahn eine große Reklametafel mit dem Foto von einem Verkehrsunfall. Neben dem Wagen lagen in Stücke gerissene Leichen. Alles natürlich nur schemenhaft. Einer von den Toten sah noch ganz jung aus. Der Kopf platt wie ein Pfannkuchen. Ich konnte keine Augen erkennen.

Es war ein herrlicher Samstagnachmittag. Wir gaben Gas, um das Bild wieder aus dem Kopf zu kriegen.«

Bryce hält inne. »Und ein Stück weiter ... da kam eine zweite Reklametafel.«

Bryce streckt beide Arme zur Windschutzscheibe des Dodge. »Ich sah die große Schrift eines Slogans: *Stellen Sie sich mit der Edgar-Price-Versicherung auf das Unerwartete ein.*«

Paul sagt: »Wo ...«

»Und da war es, das Porträtfoto unseres netten Nachbarn mit einer Telefonnummer drunter. Susan und ich sahen uns an. Langsam, ganz langsam fuhren wir weiter.

Eine Woche später erfuhren wir, dass es das Bild eines echten Unfalls war, der vor fünf Jahren passiert war. Unser Nachbar hatte seinen Chef überzeugt, dass ein Schockfoto die Leute davon abhält, unvorsichtig zu fahren. Im öffentlichen Interesse. Und die Leute würden eine Versicherung abschließen.

Der bei dem Verkehrsunfall gestorbene Junge hatte in einem benachbarten Trailerpark gewohnt.

Es war eine lange Nacht. Wir lagen im Bett und starrten

an die Decke. Die nüchternen Fakten. Unser Nachbar war ein Monster. Es war, als wäre die Atmosphäre aus der Luft gesaugt worden, und wir würden atmen, was übrig war. Wir fragten uns, warum die Welt, die wir kannten, im Sterben lag. Fragten uns, wer sie sterben ließ.«

Bryce neigt die Flasche und trinkt sie aus.

»Ich erinnere mich an Kennedy. Ich erinnere mich an Apollo 11.« Er rülpst. »Und an diese Reklametafel.«

Was dann passiert sei?

»Was passiert ist? Am Morgen sind die Gehwege leer. Es ist acht Uhr früh an einem Wochenende. Draußen hätten Kinder sein müssen. Susan sagt, sie kann nichts sehen. Sie sagt, da stimmt irgendwas nicht. Ich geh raus und seh einen Mann, der mir vom Rand des Parks aus zuwinkt. Als ich rübergehe, zeigt er auf ein Feld.

Für mich war die Sache klar. Jemand hatte den Werbefuzzi verprügelt. Lektion gelernt.

Ich ging auf das Feld und sah, dass er neben der offenen Tür seines Wagens lag und man mit Schaufeln auf ihn eingeschlagen hatte. Er war tot. Das Gesicht zertrümmert. Vielleicht waren die Eltern des toten Jungen da gewesen und längst wieder verschwunden. Ich stellte keine Fragen und sah auch nichts.«

Bryce seufzt.

»Also, Paul, du musst begreifen … das ist, wie lange, mehr als zwanzig Jahre her. Damals hatte noch niemand von so was gehört. Ich hab mich gefragt, warum sie ihn nicht kopfüber in seine Einfahrt gehängt haben, weil er mit dem Tod eines Jungen Geld verdient hat.

Siehst du dir die Videos an, Paul?«

»Ja.«

»Weißt du, nachdem deine Mutter und ich getrennte Wege gingen, zog ich in einen anderen Trailerpark in Nagadoches. Das war, bevor ich beschloss umherzuziehen. Es war kein richtiger Trailerpark, eher eine Tankstelle mit großer Grasfläche und Parkplätzen. Jeden zweiten Tag ging ich in das kleine Restaurant, um eine warme Mahlzeit zu essen.«

»Dad, ich wusste, dass du in dem Trailerpark in Nagadoches warst, aber ich durfte dich nicht besuchen.«

»Weil der Richter gesagt hat, ich wäre verrückt?«

»Ja.«

Um 22:00 Uhr zieht der Gebäudewart die stählernen Rollläden herunter und schließt sie ab. Er winkt. Seine roten Rücklichter gleiten die Ausfahrt entlang.

Vor sechs Stunden hat Paul den Pick-up seines Vaters auf dem Hügel am Haus seiner Großeltern stehen sehen. Er ist zum weißen Tor gelaufen, um zu verhindern, dass Bryce einfach durchbrettert.

Der Regen wirft sich gegen den Wagen, und der Wind lässt die Türen klappern.

GESCHICHTEN AUS KUBA

59.

Bryce ist ruhig. Er trinkt sein Bier.

»Da wir gerade von besseren Zeiten sprechen, weißt du, dass ich mal in Kuba war?«

»Du warst in Kuba?«

»Mein Dad hat mich mitgenommen, da war ich noch viel jünger als du. Wir sind von Mexiko nach Havanna geflüchtet, um den Verhören zu entgehen.«

»Das wusste ich nicht.«

»Hat deine Mutter nie von meinen Kindheitsreisen erzählt?«

»Nein.«

»Wahrscheinlich solltest du denken, ich wäre ein Hinterwäldler mit dummen Ideen. Aber ich hatte schon eine Vorstellung von der Welt, bevor ich deine Mutter kennengelernt hab.«

»Sie hat gesagt, du hättest Professor werden können, wenn dein Dad nicht in Monte Cassino gekämpft hätte«, sagt Paul.

Darauf folgt das längste Schweigen des Abends. Paul ist dem Kern der Vergangenheit seines Vaters zu nahe gekommen.

»Ja, sie hätten den Hügel umgehen sollen«, murmelt Bryce. »Sie saßen monatelang dort fest. Viele sollen den Verstand verloren haben.«

Er greift unter den Sitz und holt eine Handfeuerwaffe hervor. »Von der hab ich nichts gewusst, und du, Junge? Das ist eine Colt Kaliber .25. Die hat meinem Vater in Italien gehört.«

Er gibt Paul die Pistole. »Na los, nimm schon. Ich hab sie stets eingefettet, sie schießt noch wie am ersten Tag.«

Paul nimmt sie in die Hand und gibt sie unverzüglich zurück.

Bryce lässt den Kopf sinken. »Und deine Mutter hat das wirklich gesagt?«

»Dass du ein Professor sein könntest? Ja.«

Paul verschweigt, was sie danach gesagt hat: Bei Bryce habe man nie gewusst, woran man war. Im einen Moment sei er redegewandt gewesen und im nächsten ein Irrer. Ohne jeglichen Übergang. Urplötzlich sei er durchgedreht.

Bryce macht einen zufriedenen Eindruck. »Tja«, sagt er. »So, so.« Er legt die Pistole auf seinen Schoß.

»Ich muss dir was über Kuba erzählen.«

Der Sturm, der unbarmherzig im Kopf seines Vaters wütet, flaut ab.

Da ist etwas, was Bryce Fowler sagen will.

»In Kuba gibt es diese großen Zigarrenfabriken. Von dort kommen berühmte Zigarren. Sauteuer. Man spürt die Sonne darin und den Regen. Und in jeder Fabrik erzählt den Arbeitern der mit der schönsten Stimme Geschichten, während sie die Tabakblätter schneiden und wickeln, Hunderte von Arbeitern, die an ihren Tischen aufgereiht sitzen und zuhören. Der mit der besonderen Stimme sitzt auf einem Hocker und redet. Das ist seine einzige Aufgabe.«

»Was für Geschichten?«, fragt Paul.

»Romane, Abenteuer in fernen Gegenden. Gedichte, Naturbeschreibungen, Geschichten von historischen Ereignissen. Solche Sachen.«

Bryce lächelt seinen Sohn an. »Nicht schlecht, was?«

Paul stellt sich die Tabakblätter vor, den Duft der Plantagen, die kultivierte Stimme, die sich durch das Rollen und Schneiden in der beengten Fabrik windet.

Bryce legt die Hände an die Schläfen, um sich zu konzentrieren. »Ja. Zigarren werden beim Klang von Geschichten geboren«, sagt er. »Und sie sterben beim Klang von Geschichten.«

60.

Nach der Kuba-Geschichte ist die ganze Anspannung und Übelkeit verschwunden, und Paul glaubt, er könnte mit diesem Mann um die Welt reisen und den Pick-up ein Zuhause nennen.

Das ist der Vater, an den er sich erinnert, als er fünf war. Der Schwimmunterricht an weißen Stränden. Bryce bot ihm einen Silberdollar an, wenn er sich ins hüfthohe Wasser legen und vorwärtsbewegen könnte. Er hielt Paul an der Oberfläche fest und ermutigte ihn, sobald er Angst bekam. Könnte Paul sich doch bloß einen dieser tollen Tage aussuchen und ihn für den Rest seines Lebens immer aufs Neue erleben.

Die Ruhe hält nicht lange an.

Was auch immer Bryce aus den Fängen gelassen hat, ergreift

wieder Besitz von ihm. Seine Schultern straffen sich, und sein angespanntes Kinn kaut an unausgesprochenen Worten.

Er fuchtelt mit der Pistole herum und lädt mit einer schnellen, gleitenden Bewegung durch.

»Ja, mein Vater hat mir oft gezeigt, wie die Waffe funktioniert. Er hat mir beigebracht, wie man das Magazin im Dunkeln lädt und entlädt.«

»Warum?«

»Für den Fall, dass er mich bäte, ihn zu erschießen, und man kaum etwas sehen könnte.«

Bryce entsichert die Pistole. »Beim ersten Mal, als er das sagte, kamen mir die Tränen. Würde es dir nicht genauso gehen, wenn dein Dad dich um so was bäte? Aber ich hab geübt, weil ich's richtig machen wollte, wenn es so weit wäre. Und nach einer Weile kam es mir ganz normal vor.«

Bryce hat den Hahn gespannt. »Was meinst du?«

»Wozu?«

Bryce wedelt mit der Pistole. »Wer oder warum, das ist diesem Ding egal.« Er drückt sich die Mündung unters Kinn.

»Dad.«

»Lieber Gott, erlöse mich von dem Schmerz und allem, was ich je gekannt habe, was ein und dasselbe ist«, psalmodiert Bryce.

»Dad!«

Bryce wirft die Patrone aus. Er legt die Waffe unter den Sitz.

»Ich sag dir, ich habe Weisheit in mir. Ich hab einiges zu bieten.«

»Das weiß ich, Dad.«

»Du weißt, dass ich deiner Mutter nie was zuleide tun würde. Sie steckt in dir.«

»Ich weiß.«

Bryce gibt Paul ein Zeichen, das Handschuhfach zu öffnen. »Los, nimm dir das Kit Kat. Das ist die Sorte mit der speziellen Schokolade, der dunklen. Durch die Wärme der Lüftung hat sie sich verformt, aber die Schokolade ist noch in Ordnung.«

Paul reißt die Verpackung auf und isst. Er will Zeit verstreichen lassen, um den Dämon zu besänftigen.

»Die Geschichte aus Kuba«, sagt Paul.

»Ja?«

»Mom hat gesagt, sie wüsste nicht genau, wo du herkommst. Das hättest du ihr nie erzählt.«

»Sie hat *was* gesagt?«

Zu spät, Paul erkennt seinen Fehler. Er hat gesprochen, ohne es vorher zu proben, ohne zu sehen, ob die Worte richtig klangen. Er versucht, das Thema zu wechseln. »Die Geschichte über die Zigarren. Das klang, als würde ein Professor sprechen.«

Bryce nickt und schlägt aufs Lenkrad. »Komm schon … das ist noch nicht alles. Was hat sie gesagt, wo *sie* herkommt?«

»Sie hat gesagt, sie ist in New Orleans aufgewachsen.«

Bryce sieht ihn ungläubig an. »Wir haben in Pass Christian an der Golfküste gewohnt. Wunderschön. Weicher, heller Sand. Da kommt deine Mutter her.«

Er flüstert in die Öffnung der Bierflasche. »Da bin ich auch aufgewachsen.«

»Alle beide?«

»Jepp.« Bryce schlägt mit beiden Händen aufs Lenkrad. »So heißt es.«

Er summt eine Melodie. »Es heißt, du kommst da her, wo

du dich erinnerst herzukommen, und der wirkliche Ort spielt keine Rolle. Aber ich erinnere mich, wo ich herkomme …«

Er legt die Hand auf Pauls Ellbogen. »Es ist von Bedeutung.«

Bryce klopft kontrapunktisch aufs Lenkrad, zwei, drei Rhythmen auf einmal, und summt eine auf ihren Takt reduzierte Melodie, eine Wut, die nur aus Schlägen besteht.

»Das Schwimmen hab ich dir im warmen Wasser beigebracht, beim Duft der voll Louisianamoos hängenden Bäume. Die Leute wissen nicht, dass Mississippi eine tolle Küste hat. Sie wissen nicht mal, dass es überhaupt eine Küste hat.«

Paul erinnert sich an die heißen Strände. Er weiß noch, wie er in den Armen seines Vaters lag.

Ein Vater, der seinen ängstlichen Sohn ermutigt.

»Das Wasser ist fünfzig Zentimeter oder einen Kilometer tief. Dein Körper hat zwei aufblasbare Lungenflügel. Beweg deine Arme, als würdest du zum Abschied winken. So, begrüß jetzt den Himmel, gut so, das Kinn nach oben. Atme zwischen den Wellen. Du musst dich auf die Wellen einstellen, Junge. Stoß mit den Beinen. Du bist ein kleines Meeresgeschöpf, und das Meer liebt dich.«

Der Regen perlt in Ketten über die Windschutzscheibe.

Schließlich ergreift Bryce wieder das Wort. »Sie hat gesagt, dass sie aus New Orleans kommt?«

»Ja.«

»Und von allem, worüber wir in diesem Fahrzeug gesprochen haben, erinnerst du dich ausgerechnet daran. Wo *sie* herkommt, anstelle von all den Wahrheiten, die ich dir zu sagen versucht habe.«

Paul starrt geradeaus. Er weiß nach Gefühl, wo sich der Türgriff befindet. Er ist geübt. Braucht nicht hinzuschauen.

Er starrt geradeaus. Der alte Dodge hat Sicherungsknöpfe, zu weit entfernt, um sie schnell genug hochzuziehen.

Zum letzten Mal sind sie vor vier Jahren zu einem Rastplatz gefahren. Bryce hat es klar und deutlich gesagt. Jeder Versuch, den Dodge ohne Erlaubnis zu verlassen, ist ein Akt der Auflehnung.

Bryce führt Selbstgespräche. Seine Worte fließen heraus und zu ihm zurück. Er blinzelt. »Tja, es war aber Pass Christian.«

Seine Finger streifen Pauls Nacken in dem Versuch, zärtlich zu sein. Die blauen Augen starren ins Leere.

»Mein Dad«, sagt Bryce. »Er hat mir vorgelesen. Jepp, als ich klein war. Er hat all die Geschichten gelesen, der Wald, die Märchen, Jack und die Bohnenstange. Seine Stimme ist noch immer in meinem Kopf. Und ich bin ihm echt dankbar.« Bryce schluchzt. »Er hat Geschichten vorgelesen, weil er wollte, dass sie für jemand anders aus der Familie Wirklichkeit werden sollten, denn er war total am Arsch.«

Paul wirft einen Blick auf den Türgriff, während sein Vater in Tränen ausbricht. Jedes Fünkchen in ihm denkt an Flucht.

Bryce wischt sich mit dem Ärmel über die Nase. »Hast du dich mit Luke Roy getroffen?«

»Meine Großeltern haben es nicht erlaubt.«

Bryce wischt sich die Augen trocken. »Nein, natürlich nicht. Er hat dir dein verdammtes Leben gerettet.«

Bryce lässt den Blick über den Parkplatz wandern. Lehnt sich nach beiden Seiten und stellt die Spiegel ein.

»Irgendwann«, sagt er, »haben die Leute diesen ganzen Mist satt.«

Paul blickt in den Seitenspiegel und sieht sein Gesicht und das von Bryce in einer Reihe von Vätern und Söhnen bis zu den Bäumen vervielfacht.

Bryce schnäuzt sich. »Stimmt. Wenn man jemanden gern hat, bewahrt man ihn vor der schrecklichen Tat der Selbstzerstörung.«

Es tritt Schweigen ein.

»Was hast du getan, Dad?«

»Ich muss dir sagen, dass ich heute früh eine Stelle im hohen Gras gefunden hab, von der aus man die Brücke und die Stahlkabel sehen konnte. Ich hab auf das Leben gehofft.«

»Was hast du getan?«

»Nur Gutes – da kannst du dir sicher sein.«

»Aber was genau?«

»Luke und dieser verdammte Fluss. Die Macht, die der Fluss über ihn hatte.«

»Er wollte mich nicht kennenlernen«, sagt Paul. »Er hat nie nach mir gesucht. Um Luke Roy brauchst du dir keine Gedanken zu machen.«

Bryce hält die Hand hoch. »Das zeigt, wie klug er war. Aber ich rede von was anderem.«

In Pauls Vorstellung wird der Türgriff immer größer. Er ist bereit, danach zu greifen. Das ist seine Chance. Plötzlich ist Bryce völlig reglos. Er scheint bewusstlos zu sein.

Paul tippt ihm auf die Schulter, um zu sehen, ob es stimmt.

Bryce zuckt zurück. »Lass das, verdammt. Mach das nie wieder.«

»Nein, geht in Ordnung.«

Bryce seufzt. »Ja.« Er klopft aufs Lenkrad. »Ja.«

Die Innenbeleuchtung ist ausgeschaltet. Unten im Süden drangen die Insekten durch die löcherige Lackschicht ins Wageninnere, um zum Licht zu gelangen. Paul weiß nicht, welcher Vater aufwachen wird, wenn dieser hier einschläft.

Bryce trinkt noch eine halbe Flasche, und in dem Pick-up ist alles ruhig. Er schaltet das Radio ein, wo eine Talkshow läuft. Senator Michaud hat die Wahl gewonnen.

Sein Vater geht alle Sender durch. »Die Nachrichten sind auch nicht mehr das, was sie mal waren.«

Als ein Rauschen kommt, hört er auf.

Vor der Scheidung seiner Eltern hat Paul ähnliche Ausflüge mit seinem Vater unternommen. Stets fuhren sie mit dem Pick-up zu einem Rastplatz. Bryce zeigt Paul das Gewehr, er zeigt ihm ein Messer. Knufft ihn jovial in die Schulter. Die Klagen seines Vaters. Die Wut und die Freude.

»Du denkst, ich schlafe, oder?« Bryce schlägt seine blauen Augen auf.

»Nein.«

»Ja, ich bin's noch.« Bryce lacht in seine Hände. »Gott, bin ich müde.«

Mit geschlossenen Augen sagt er: »Ich muss die Fotos in den Taschen hinter der Sitzbank suchen. Sand wie Puder. Hab noch nie so viel Sonnenöl gesehen. Endlose Wochenenden. Wo sind die hin? Deine Mutter hat für den Strand immer Chanel No 5 aufgelegt.«

Der Kopf seines Vaters sinkt auf die Brust. Die Gedanken, die den ganzen Tag in der Hitze schmorten, haben sich in den Schatten verzogen. Immer, wenn er einschläft, geht es blitzschnell. Seine Finger halten die sechste Flasche am Hals, damit sie nicht zwischen seinen Knien auf den Boden rutscht. Sie ist ein Tropfen aus Glas, lang und dünn.

Bryce merkt, dass er eingenickt ist, und tastet nach seinem Gewehr.

Paul greift danach. »Nein. Wir sind hier. Ich bin's.«

Die Flasche rutscht weg, und Paul fängt sie gerade noch auf. Er verharrt in dieser gekrümmten Haltung, während Bryce leise schnarcht. Paul stellt die Flasche in die Mittelkonsole. Sein Arm ist ein langsam wachsender Ast. Seine Efeufinger fassen nach dem Türgriff und schlingen sich um ihn.

»Ich liebe dich noch genauso wie damals«, sagt Bryce leise und deutlich. »Du kannst alles werden, was du willst.«

Als Paul die Tür in einem plötzlichen Windstoß öffnet, aussteigt und sie wieder zuklappen lässt, regt sich Bryce nicht.

Im gelben Lichtschein der Rastplatzlampen läuft Paul zu dem südwärts führenden Highway.

Es ist der Anfang seiner Rückkehr nach Ross Point. Er muss Luke unbedingt warnen.

FACEBOOK-SELBSTMORD

61.

Nachdem Paul verschwunden ist, wartet Bryce noch ein paar Minuten. Er schaltet die Innenbeleuchtung ein und sieht das Handy. Informationen wuseln wie Ameisen auf dem Display.

Er dreht es auf die Seite, damit das Bild größer wird.

Dann klickt er sich auf Pfeilen durch Videos und aktivierte Feeds. Plötzlich sieht er ein Lesezeichen: immerhin etwas, das er versteht. Er tippt mit dem Finger darauf.

Ein Mädchen sitzt in einer mit Vorhängen abgeteilten Nische auf einer Matratze.

Sie trägt ein weiß-blaues Kleid. Sie sagt, sie sei zwölf. Bryce stellt das Smartphone aufs Armaturenbrett und lehnt sich auf der Sitzbank zurück.

Das Mädchen sagt, sie wohne mit drei Schwestern in einem Haus, in dem alles nur mit Vorhängen abgeteilt sei, doch Bryce hört keinen Lärm.

Sie hat schwarzes Haar und spricht Tausende Kilometer entfernt in ein Smartphone. Das Ganze nennt sich Facebook Live.

»Hallo?«, sagt Bryce.

Sie zeigt Fotos von ihrer Familie. Sie ist in Manila. Im Hintergrund steht ein kleines Regal mit roten und blauen Kämmen, Haarspray und einem Teddybär. Eine Glühbirne legt einen schmalen Lichtkranz um sie, der Rest ist schwarz.

Sie sitzt auf der Matratzenkante. Die rote Countdown-Uhr auf der linken Seite des Displays zeigt 13:43 Minuten an. Das Mädchen sagt: »Ich hoffe, ihr bleibt. Ich will nicht allein sein.«

»Hallo?«, sagt Bryce noch mal.

Das kann nicht live sein. Sie reagiert nicht.

Auf der rechten Seite des Displays schieben die Kommentare sich oben aus dem Bild, und unten erscheinen neue.

KOMMENTAR: Alle sind für dich da.

Bryce würde gern lauter stellen, doch er hat Angst, dass er den falschen Knopf drückt oder das Display berührt. Warum sitzt eine Zwölfjährige in Manila auf einer Matratze und hat eine Countdown-Uhr eingeschaltet?

Er hört das Mädchen atmen. Ein Urlaubs-Werbespot gleitet über den unteren Rand des Displays und zeigt eine Zahl und einen Gutschein-Code. Das Mädchen atmet lauter. Sie ist ganz zappelig. »Vielleicht warte ich noch«, sagt sie.

Der Countdown ist bei 6:12 Minuten.

Bryce sieht eine weitere Zahl, die ihm vorher entgangen ist. Es ist die Zahl der Seitenaufrufe: 6714.

KOMMENTAR: Du bist nicht allein. Menschen sind bei dir.

Der Countdown kommt bei 6:00 Minuten an und scheint länger dort zu verharren.

Die Nachrichten nehmen Fahrt auf. Bryce kann das Kauderwelsch aus Buchstaben und Zahlen nicht lesen, das die Leute anstelle von Namen benutzen.

Das Mädchen senkt den Kopf und scheint zu weinen, doch ihre Schultern bewegen sich nicht, sie ist sehr gefasst. Falls sie Angst hat, will sie es nicht zeigen. Sie kriecht über die Matratze, nimmt ihren Teddybär und hält ihn fest.

KOMMENTAR: Du bleibst unvergessen. Am Ende sind wir nicht mehr als Pixel.

Das Mädchen umklammert den Bär noch fester. »Ich kann weglaufen. Das geht.«

KOMMENTAR: Man stirbt nicht im Digitalen. Der Link zu deinem Friedhof ist fertig.

KOMMENTAR: Vergeude deinen Tod nicht an einem trostlosen Ort. Du wirst nie wieder herkommen. Wir werden nicht erfahren, was aus dir geworden ist.

KOMMENTAR: Ich bin dem Link gerade erst gefolgt und habe dein Grabmal besucht. Es ist wunderbar. Du solltest sehen, wie schön du bist. Und die Leute haben Zeit dafür investiert.

Bryce beugt sich vor. Was, zum Teufel, ist das? Inzwischen sind es 63 908 Seitenaufrufe. Die Zahlen schießen in einem Theatersaal ohne Raum in die Höhe.

»Moment mal«, sagt Bryce. »Ist das eine Show?«

Das Mädchen schüttelt den Kopf. »Ich hab's mir anders überlegt. Es war falsch zu posten, dass ich es mache. Tut mir leid für euch alle.«

KOMMENTAR: Du hast uns zusammengeführt. Die Leute sind versammelt. Auf Facebook läuft das anders.

Die Countdown-Uhr ist bei 3:04 Minuten. Die Kommentare fließen schneller.

Tu's.

Tu's nicht.

Du musst.

Ich hab die Polizei verständigt!

Versau's nicht.

Du kannst es nicht ankündigen und dann kneifen.

KOMMENTAR: Du musst nicht allein abtreten.

Das Mädchen betrachtet den Teddybär und streichelt sein Gesicht. Dann setzt sie ihn unter dem Regal wieder auf die Matratze.

Die Uhr ist bei 1:23 angelangt. Die Seitenaufrufe liegen bei 97 135.

Bryce sieht Kommentare, die nicht dem Mädchen gelten.

KOMMENTAR: Wo bist du? Du hast noch eine Minute.

KOMMENTAR: Ist es schon passiert?

Das Mädchen wischt sich mit dem Ärmel über die Augen. Sie holt ein Schild hervor und stellt es auf das Regal: *FACE-BOOK-SELBSTMORD.*

»Nein, nein.« Bryce beugt sich vor und flüstert ins Telefon. »Nein.«

Sie schlingt ein Seil um die Gardinenstange.

KOMMENTAR: Es ist die richtige Entscheidung.

Bryce beugt sich nah ans Telefon und sagt leise: »Hör mal, du Arsch. Du bist ein alter Knacker, das merk ich doch.«

Von außen betrachtet, redet Bryce Fowler nachts im gelben Regen auf einem leeren Rastplatz mit der Windschutzscheibe.

Die Uhr ist bei 0:17. Seitenaufrufe: 141 876.

Das Video wird durch einen Werbespot für eine Damenuhr unterbrochen. In einer Ecke des Werbefilms werden die letzten fünfzehn Sekunden heruntergezählt.

Das Video wird fortgesetzt, doch die Uhr steht immer noch bei 0:17.

Das Mädchen hebt den Blick und schaut in die Kamera, direkt in Bryce' Augen.

»Paul? Bist du das? Du hast mich gebeten, es nicht zu tun.

Du hast gesagt, du würdest nicht zuschauen. Aber ich weiß, dass du's irgendwann tust. Ich weiß es.«

Bryce hält den Atem an und drückt sich an die Rückenlehne, so weit weg wie möglich.

Sie steigt vom Bett und erschlafft. Die Stange über ihr knarrt. Bryce schlägt gegen die Tür.

KOMMENTAR: Wir sind da. Es ist okay, dagegen anzukämpfen.

KOMMENTAR: Sie kann es doch nicht lesen.

KOMMENTAR: Ich schaue bloß zu.

Die Reaktionen wirbeln übers Display.

Sie hat's getan.

Scheiße, da steht, sie ist zwölf.

Das ist Quatsch. Die ist mindestens fünfzehn.

Die ist aber schnell gestorben.

KOMMENTAR: Nicht so schnell.

Bryce sieht die Hüften schaukeln. »O mein Gott.«

Das Mädchen zappelt.

Sie wiegt sich hin und her. Wendet sich dem Teddybär zu. Ihr Bein stößt an die Matratze. Der Kamm fällt vom Regal. Ihre Arme heben sich steif. Ein schlürfendes Geräusch, ihre Zunge verstopft die Kehle. Sie bebt. An ihrem rechten Bein läuft Pisse herab.

Die Kommentare treffen langsamer ein.

Ich schaue zwischen gespreizten Fingern durch.

Genug, wie kann das sein.

Dürfen wir uns das ansehen?

was ist los

sie hat hinterm Kopf keinen Knoten gemacht. Sie erstickt.

Ihre Arme sinken herab. Ihr Haar hat sich im verdrehten Seil verfangen. Aus ihrem Rock fällt Scheiße. Das Seil knirscht, und sie fuchtelt mit den Armen. Sie kehrt sich der Kamera zu, aber nur weil das Seil sich dreht. Ihre Augen sind nass.

Sie strampelt heftig, ihre Knie schnellen hoch, und ihr Ellbogen krümmt sich.

Sie hat eine Hand am Seil.

Bryce beugt sich vor. »Schieb den Finger drunter. Na los! Du musst daran glauben!«

Der Arm sinkt, das Gesicht ist ganz blau, der Körper schaukelt und verdeckt das FACEBOOK-Schild.

Ein Neuankömmling schreibt:

Ich bin spät dran. Ist es schon gelaufen?

Spiel's einfach selber ab.

Ist nicht dasselbe. Mist Mist Mist.

Ich hab's gespeichert.

gespeichert.

Die Vorhänge bauschen sich von drei Uniformen und den geübten Handgriffen der Polizisten, die diese Rolle auswendig kennen. Einer hebt sie an den Hüften hoch, während ein anderer das Seil durchtrennt. Dann legen sie sie flach auf die Matratze und beginnen mit der Wiederbelebung.

Die Zuschauer an Computerbildschirmen, an Tablets und Handys bei Starbucks, in Flughafenlounges oder zu Hause, in Hotels, Wohnungen, auf der Straße oder am Strand, bei Tag oder bei Nacht, Millionen blau beleuchteter Gesichter, die zum ersten oder fünfzehnten Mal dabei zusehen. Die Leiche des Kindes ist ein Vakuum, jegliche Luft aus der Lunge herausgequetscht, die Augen blutunterlaufen. Die Frau mit den Sergeant-Streifen hat das Kommando, sie sieht, dass die Kamera läuft, und legt den Handschuh darüber. Das Display wird schwarz.

Es folgt ein Werbespot für eine Kamera. Dann eine skurrile Werbung für eine Hausratversicherung. Ein unbeschwerter Jingle. Ein Auto verbeult ein Tor. *Sie können diese Werbung in fünfzehn Sekunden überspringen.*

Bryce wiegt sich mit verschränkten Armen und blickt aufs Display. Er nimmt das Telefon und drückt auf KOMMENTIEREN, um etwas zu schreiben, doch es erscheint eine Wähltastatur. Er sieht das Akkusymbol rot blinken. Das Telefon schaltet sich aus. Bryce steigt aus dem Wagen und zertrümmert es auf dem Asphalt. Die Scherben funkeln im gelben Licht.

Er steht im Regen, den Kopf zum Himmel erhoben, den er nicht sehen kann, schließt die Augen und lässt sein Gesicht benetzen.

Er atmet nicht. Er saugt die Luft aus der Nacht, kalt und tief.

62.

Bryce sitzt wieder im Pick-up.

Er öffnet das Handschuhfach, zieht das *Buch der Beleidigungen* heraus und stößt auf einen Eintrag, den er eines Morgens im guten alten Florida vorgenommen hat. Seltsam, weil er nicht hineingehörte – niemand hatte ihm ein Unrecht angetan. Dennoch hat er die Geschichte festgehalten, die ihm ein alter Reisender beim Rauchen einer Zigarre im Grün eines Rastplatzes erzählte. Das ist das Wunder eines Notizbuches. Man gibt etwas und bekommt etwas.

Die Geschichte trug sich vor Hunderten von Jahren in einer Kleinstadt in Deutschland zu.

Es ist früh am Nachmittag. Die Leute hacken Holz oder machen Essen. Auf dem Markt gibt es einen Schmied und viele Händler. Alle haben zu tun. Die Stadt ist von Feldern umgeben, dann folgen ein Hügel und riesige Wälder, so wie es damals eben war.

Durch ein Tor dringt eine Melodie in die Stadt. Im hellen Sonnenschein treibt sie unter den Fenstern entlang. Eine wohlklingende Musik, die Funken gesprüht habe, so wurde sie später beschrieben. Und da ist er auch schon – der Mann, der die Melodie spielt, dieselben fünfzehn, zwanzig Töne stets wiederholt.

Er trägt ein buntscheckiges Flickenkostüm. Großgewachsen mit schlaffer Mütze, einer Art Kapuze. Den Kopf zur Seite geneigt, das Ohr der Musik zugewandt. Er marschiert eine Gasse entlang, und bald folgen ihm zwei Kinder, eins hinter dem anderen. Sie sehen ihn tänzeln und tanzen ihm nach, während er seine Melodie spielt. Der Flötenspieler geht in der Stadt umher. Sobald ihm genug Kinder folgen, schließen sich auch andere den Tanzenden an, da die große Anzahl Sicherheit bietet und keine Mutter etwas dagegen hat, dass eine Kinderschar einem Fremden folgt. Die Herde ist der beste Schutz der Natur. Sogar die Schüchternen gesellen sich schließlich dazu, Jungen und Mädchen von empfindsamer Art. Er lockt sie weg von ihrem Spielzeug und ihrem Zeitvertreib, von ihrer Arbeit, ihrem Schlaf und ihren Eltern.

Alle Kinder der Stadt marschieren ihm nach. Die Melodie nimmt sie gefangen. Die Mütter sind entzückt. Die Väter sprechen untereinander. Als die Melodie verklingt, macht niemand sich darüber Gedanken, bis die Stille erstmals zu hören ist. Plötzlich rufen alle nach ihren Kindern. Doch die Wege sind verlassen. Die Häuser leer. Die Gassen desgleichen. Am Hügel keinerlei kleine Gestalten. Die Einwohner versuchen, sich zu beruhigen. Sie warten, während die Sonne allmählich untergeht. Sie horchen auf die betörende Tonfolge. Die Dämmerung senkt sich über die Stadt, und Dunkelheit sickert aus den Bäumen an den Kerzen vorbei in die Fenster. Zwanzig Schritte hinter der Lichtung beginnt schon die Welt von Wildschwein und Wolf. Die Eltern beenden ihr Schweigen. Die Väter laufen mit ihren Äxten blindlings in die Finsternis.

Aus dem ummauerten Städtchen schreien Mütter nach ihren Kindern in die Nacht hinaus. Fackeln hoch oben in den Turmspitzen sollen ihren Kleinen den Weg nach Hause zeigen. Am Morgen suchen sie nach Kleidungsstücken, nach Leichen. Keinerlei Spur, kein Schuh und kein Ton.

Sie versuchen, eine Beschreibung des Flötenspielers zu geben. Doch sie können sich nicht auf sein Aussehen einigen, nicht mal darauf, ob es ein Mann war. Die Farbe seiner bunten Kleidung ist plötzlich zweifelhaft. Manche reden von gelben, lila und roten Tupfen. Andere sagen, es seien gelbe, weiße, rote und grüne Streifen gewesen. Bei dem Versuch, die Melodie zu summen, kann niemand die Sequenz vollenden, die sie so mühelos aufgriffen, als sie gespielt wurde. Warum können sie sich nicht daran erinnern? Wie konnten sie eine so einfache Melodie vergessen? Die wenigen, die sein Gesicht erblickten, sagen, der Flötenspieler habe dunkle, seelenlose Augen gehabt. Auf der Stadtmauer brennen eine Woche lang Leuchtfeuer. Söldner werden angeheuert. Sie suchen nah und fern, länger, als ihre Bezahlung reicht. Und dennoch finden sie nichts. Die Kinder tauchen nie wieder auf. 1384 lässt die Stadt ein Buntglasfenster für die Kirche anfertigen. Ein Rattenfänger, der, eng von Kindern umzingelt, davonzieht. Und man fügt eine Inschrift hinzu:

Es sind nun hundert Jahre, seit unser Kinder fort sind.

Das Leben auf Rastplätzen ist Bryce Fowler zur zweiten Natur geworden. In den Grenzen von Abfahrten, Warenautomaten und Landkartenständern kennt er sich am besten aus. Er bemisst seine Zeit nach dem Verlassen des einen und der Ankunft auf einem anderen Rastplatz.

An diesem Abend hat er einem Selbstmord zugesehen. Der wurde von Werbespots unterbrochen. Er weiß nicht, wann es passiert ist, aber es ist passiert. Man kann es noch mal abspielen und sich weitere Werbespots anschauen.

Bryce blickt auf die Scherben des Telefons hinaus. Er trägt eine Zeile in sein Notizbuch ein:

»Bin ich durchgeknallt, oder ist es die Welt?«

63.

Bryce weiß, dass er sich von seinem Sohn verabschieden sollte. Das ist das Mindeste, was er tun kann. Im Schein der Innenbeleuchtung beginnt er einen neuen Eintrag im *Buch der Beleidigungen*:

Wo mein Leben begann und Abschied
Ich bin in einem großen Haus in Pass Christian in Mississippi aufgewachsen. Sollte es irgendwo weißeren Sand

geben, so weiß ich nichts davon. Die bemoosten Bäume
haben weit ausladende Äste.

Mein Vater war gut zu mir. Meine Mutter war gut zu mir.
Aber sie waren nicht gut zueinander. Sie brüllten sich
ständig an. Eine Missetat vor meiner Geburt – oder viel-
leicht war ich die Missetat. Dieser Streit dauerte meine
gesamte Kindheit an.

Die Anspannung in diesem Haus. Nach der Schule bohrte
sie sich in meinen Kopf, sobald ich die Haustür anfasste.
Manchmal ergriff ich für meinen Dad Partei, manchmal
für meine Mom, ohne zu wissen, worum es ging. Ich war
der Riss im Stoff. All das war ein stetiger Schlag in den
Magen.

Sie ließen mich bei den Jesuiten erziehen. Das hab ich
nicht kommen sehen. Das einzig Gute, was sie getan ha-
ben. Ich lernte besser schreiben und sprechen, als es mei-
ner Herkunft entsprach.

Mein Vater kämpfte im Krieg in Italien. Das ist schon al-
les. Nachts hab ich den Kopf unter den Kissen vergraben.
Aber nichts kann den Lärm zweier Menschen blockieren,
die nach Einbruch der Dunkelheit brüllen. Auch noch so
viele Jahre nicht, denn ich höre sie bis auf den heutigen
Tag. Das Schlimmste, was ich je mitanhören musste.

Ich darf nicht länger tun, was ich getan habe. Ich darf
niemanden verletzen.

Viel Glück bei deinem Leben.

Er schlägt das Notizbuch zu und packt es ein. Nachdem er
einen alten Eintrag gelesen und einen neuen verfasst hat,
fühlt er sich besser. Das Schreiben vertreibt das Chaos aus
seinem Kopf.

Am Morgen wird er erwachen und für einen Moment nicht wissen, wo er sich befindet. Er wird seine Zahnbürste und die Zahnpasta hervorkramen, wird sich das Haar im Waschbecken waschen, seine Socken und sein Hemd reinigen und sich einen Kaffee am Automaten holen. Die Jesuiten haben ihm beigebracht, salonfähig zu sein. Dann sehen einen die Leute anders. Nachdem die morgendlichen Rituale vollzogen sind, wird er sich an einen der Picknicktische auf der Grünfläche setzen und eine Stunde lang mit Reisenden reden. Die können ihm viel vermitteln, auch die, die nicht viel zu sagen haben. Er wird sie nach den vor ihm liegenden Rastplätzen fragen und nach dem Verkehrsverhalten im Allgemeinen.

Vielleicht wird er auch nicht warten. Vielleicht wacht er früh auf und braust mit seinem roten Buch und dem Gewehr davon, würgt die Gänge rein, reiht sich in den Verkehr und fährt, bis es wieder Abend ist.

Bryce sichert die Türen und legt sich hin. Der Regen hilft ihm zu schlafen.

STURMVOGEL

64.

Paul steht am Rand des Highways. Er ist etwa zwanzig Kilometer vom Haus seiner Großeltern entfernt.

Er hat es Bryce nicht erzählt, aber er war schon auf diesem Rastplatz gewesen. Seine Großeltern hatten dort auf den häufigen Fahrten zu den angeheirateten Verwandten in Vermont Pause gemacht, als sie ihn noch dorthin mitnahmen. Es gab noch drei andere Rastplätze nach fünfzig, achtzig und hundertdreißig Kilometern, doch es musste stets dieser sein.

Gott, er kann die beiden nicht ausstehen. Nach der Trennung von Bryce und seiner Mutter war er ihnen vom Richter überantwortet worden. Eines Nachts hatte er gehört, wie sie die Monate bis zu seinem achtzehnten Geburtstag zählten.

Ihr unveränderlicher Gesichtsausdruck. Alle Tage sind gleich. Egal, welches der ursprüngliche Tag war, den sie nachzuahmen beschlossen haben, er war schon sehr lange her. Sie waren schon immer alt.

Er sehnt sich nach einem anderen Leben, auch wenn das kein Leben bedeutet.

In einem Jahr kann er den Führerschein machen. Sich einen Job suchen. Dann kann er verschwinden, und niemand wird wissen, wohin. Aber so lange kann er nicht warten.

Auf den ersten fünf Kilometern hält er sich vom Highway fern.

Danach gibt es nur noch eine ebene Landstraße.

Noch vier Stunden bis Tagesanbruch.

Paul geht oder läuft die Highwaystrecke entlang und wendet das Gesicht ab, wenn er Scheinwerfer kommen sieht. Wenn es regnet, hockt er sich hin und zieht die Jacke über den Kopf.

Zwei Stunden sind verstrichen, ohne dass es ihm aufgefallen ist, denn es fühlt sich einfach gut an, dem Pick-up entflohen zu sein. Er hört Füchse und ein Knurren. Er könnte mit einem Elch zusammenstoßen, der irgendwo in der Finsternis steht.

Zehn Kilometer vor der Stadt drosselt ein Wagen das Tempo, und die Bremsen quietschen. Ein Mann beugt sich aus dem Fenster.

»Alles okay?«

»Ja.«

»Bist du sicher?«

»Ja.«

Danach verlässt Paul die Straße, wenn er im Dunkeln Scheinwerfer nahen sieht.

Vier Stunden. Die Straße führt am Fluss entlang. Nicht mehr weit bis zur Stadtgrenze.

Die beiden Masten an der Hängebrücke fangen die ersten Risse ein, die zwischen den lilafarbenen Wolken klaffen. In dieser flachen Gegend von Maine legt sich das Wetter groß-flächig über das Land. Er ist nur noch eine knappe Stunde von der Abzweigung entfernt, die zu dem weißen Eisentor hinaufführt.

Das Prasseln lässt nicht nach, der Asphalt glitzert vom Regen.

So müde und durchnässt, wie er ist, stellt er sich vor, dass ein weites Meer vor ihm liegt, das sich über Nacht auf dem Planeten ausgebreitet hat.

Auf beiden Seiten der Straße warten die Wellen. Sie machen kein Geräusch.

65.

Paul erinnert sich an den Augenblick, als er am Morgen des Unfalls in den Teich stürzte.

Er streckte die Arme aus und strampelte mit den Beinen, um von dem sinkenden Boot wegzukommen. Dann legte er den Kopf zurück, wie Bryce es ihm beigebracht hatte, und blies seine Lunge auf wie einen Schwimmsack. Er hörte die panische Angst und wusste, wie nutzlos es war, zu schreien, wenn andere lauter schrien. Also ließ er sich geduldig treiben und begnügte sich damit, im Wasser zu bleiben.

Er heftete den Blick auf die Wolken am ruhigen Himmel. Als das Boot unterging, tauchte sein Kopf in der schwappenden Welle unter, und die Schreie wurden gedämpft. Und als er wieder die Oberfläche durchbrach, kratzten sie nur noch an seinem Gehör. Er holte tief Luft. Jemand würde ihn sehen und ein Seil in seine Richtung werfen. Er wusste noch, wie Bryce ihn an der Hüfte gehalten und gesagt hatte, er dürfe nicht gegen das Wasser kämpfen. Er solle es in dem Glauben lassen, es habe gewonnen.

Er ging wieder unter, blieb aber völlig gelassen. Betrachtete die strampelnden Beine der verzweifelten Leute. Er war noch nicht geboren. Er war noch nichts. Niemand hatte ihm einen Namen gegeben. Er fühlte sich von einem Wesen geliebt, das er nicht sehen konnte. Vielleicht war es der Junge, der damals geliebt wurde, aber jetzt nicht mehr. Heute war sein Geburtstag. Die Mutter eines Freundes hatte die Bootsfahrt auf dem Teich organisiert. Zwanzig Leute waren an Bord, bevor das Boot kenterte.

Irgendwann musste doch jemand fragen: *Wo ist Paul?*

Er begriff. Er war zu ruhig, um bemerkt zu werden. Alle Blicke waren auf die sich windenden, von Panik erfassten Körper gerichtet. Sie waren es, die gerettet wurden.

Anhand der reglosen Wolke über ihm schätzte er ein, wie schnell er davontrieb. Als die Schreie schwächer wurden, fragte er sich, ob die Leute ertrunken waren oder er sein Zeitgefühl verloren hatte: Vielleicht war der Morgen ja schon vorbei, und alle waren nach Hause gegangen.

Sie vergaßen ihn.

Der Himmel sagte ihm nicht, wo auf dem Teich er sich befand, nur dass er auf dem Wasser trieb. Er war ein Seemann, verschollen auf einem uralten Meer, ein paar Meter oder tausend Meilen vom Land entfernt. Es spielt keine Rolle – das war, was der Himmel zu sagen schien. Hier auf dem Wasser zu treiben, hatte er weder geplant, noch wehrte er sich dagegen. Er war dabei zu verschwinden. Er wollte verschwinden. Sie hatten ihn vergessen. Der Fluss wartete. Er war bloß irgendein Boot zum Meer.

Er flüsterte: *Gott, du hast mir das falsche Leben gegeben. Lass mich einfach los.*

Er spürte den Sog. Das Wasser gewann an Fahrt, und er hörte nur noch vereinzelte ferne Rufe. Sein Verlangen war einfach, und die Antwort, die er erhielt, kam schnell.

Als der Himmel zu kreisen begann, wusste er, dass der Fluss nah sein musste. Die unbewegliche Wolke, die sein Führer war, glitt rasch zur Seite und war nicht mehr zu sehen. Er trieb in das Nadelöhr, in dem das schnelle mit dem ruhigen Wasser zusammentraf und sich Strudel bildeten. Er wurde unter Wasser gezogen und tauchte in schäumenden Wellen, in Lärm und einer Kraft wieder auf, die alles Neue, das sie mit sich tragen mochten, gar nicht wahrnahmen.

Der Fluss hatte ihn an sich gerissen.

Ihm blieben nur wenige Sekunden, um sich an den Schlammwänden wieder in den Teich hinaufzuziehen, doch sie waren außer Reichweite, und niemand kann es mit den Strudeln aufnehmen. Er befand sich im Fluss, war einer ausweglosen Situation ausgeliefert. Was für ein neuartiges Gefühl, von einer so beiläufigen Kraft angehoben und wieder fallen gelassen zu werden. Schwerelos zu sein und keine Entscheidungen mehr treffen zu können.

Es war nichts zu machen.

Er schlingerte im tosenden Mill River, gefangen in einer Strömung, die sich zum Meer zurückzog. Sie hatte ihn verschluckt, und er befand sich in ihrem Bauch. Das Wasser schäumte über sein Gesicht, und er spie es aus. Eine Welle spülte ihn wieder nach oben, und er stürzte in freiem Fall hinab.

Jemand sah vom hohen Ufer aus zu, der flüchtige Schatten eines Mannes.

Paul kehrte das Gesicht wieder dem Himmel zu. Der Himmel sah nicht mehr friedlich aus, sondern aufgewühlt. Die Brücke bohrte sich in sein verschwommenes Blickfeld. Bald würde er gegen die Felsen auf der anderen Seite stoßen.

Die Brücke füllte alles aus – sie war jetzt fast über ihm.

Er schloss die Augen.

Ein eiserner Griff schlang sich um seinen Kragen und seine Haare. Eine Stimme rief, alles komme in Ordnung. Beim heftigen Aufprall auf die Felsen hielt ein Arm ihn fest.

Lukes Körper war der Puffer, der ihm das Leben rettete. Das Filmmaterial im Fernsehen zeigte nicht die erste Kollision – die schwere Risswunde auf Lukes Stirn. Es zeigte weder den freiliegenden Knochen noch die Blässe in seinem Gesicht.

Außer seinem Vater hatte niemand gefragt, warum er sich nicht bemüht hatte, dem Fluss fernzubleiben. Sein Vater hatte gefragt, weil er die Antwort kannte und wissen wollte, ob das Verlangen immer noch da war.

Im schmutzigen Licht eines feuchten Tagesanbruchs ringt Paul der Erschöpfung noch ein paar Schritte ab. Aber wohin soll er nach diesem Tag? Er wird nicht nach Hause gehen. Seine Großeltern wird er nicht wiedersehen.

Er kommt zu der einzigen Stelle, an der die Straße sich der langen Reise des Flusses anschließt. Im Scheinwerferlicht eines langsam vorbeifahrenden Wagens sieht Paul einen vertrauten Ort.

Dort endet die Aufgewühltheit des Flusses, wenn das Wasser seinen höchsten Stand erreicht. In einem Gehölz ragt eine Sandbank ins tiefere Wasser, wo man gut angeln kann. Die Fische, die den Fluss heraufkommen, versammeln sich in dem gemächlichen Hin und Her, und die Leute, die sie zu fangen versuchen, wohnen in vereinzelten Hütten in der Nähe der Holzfällerlager, in denen sie manchmal Arbeit finden.

Er hat schon viele Stunden mit ihnen verbracht. Er kann kein Spanisch, doch die Männer sind freundlich und heißen ihn stets willkommen, wenn er ab und zu vorbeikommt und sich die Zeit vertreiben will. Sie stellen ihm keine Fragen. Er muss dort niemand Besonderes sein.

Ein neuer Tag sickert durch die Wolken. Form und Farbe legen sich über den Fluss und die Bäume, deren Umrisse aus dem Dunkeln auftauchen. Er friert und ist müde und hungrig.

Als er sich unter einen Baum setzt, überkommt ihn der Schlaf wie ein leichter Wind.

66.

Einen Tag zuvor war Luke, nachdem ihn Bryce Fowler erschossen hatte, von Schmerzen durchzuckt, in die Tiefe gestürzt und auf die Felsen geprallt, die ihm das Leben nahmen.

Bryce schaute nicht nach: Der Sturz würde beenden, was die Kugel begonnen hatte. Er fuhr davon.

Die Leiche glitt von den Felsen hinab und dümpelte zwischen ihnen, gefangen hinter dem strömenden Wasserfall. Als der Flusspegel sank, trieb sie zu den kleineren Felsen. Die schreienden Möwen kreisten, bis sie über die Bucht zu einem Fischerboot flogen, das von den Fanggründen zurückkam.

Hoch über den Felsen zeichneten die Brückenkabel das Sonnenlicht nach, während die Schatten länger wurden. In der Stille zwischen Ebbe und Flut sangen die Vögel. Irgendwas werkelte in der Nähe der Leiche im Wasser. Kein einziger Mensch überquerte die Brücke an jenem Tag, und hätte es jemand getan, hätte nur ein Suchender ihn so weit unter dem Geländer entdeckt.

Aus der Stadt wusste niemand, dass Luke Roy tot war.

Am Abend stieg der Fluss wieder mit der Flut und hob seine Leiche an, bis sie sich von den Felsen löste.

Ohne sein Zutun begann Lukes Albtraum.

Die Leiche bewegte sich langsam. Sie schwappte an den Strudeln am Flussufer entlang. Zweige und der Müll von der Flut hielten sie hinter der Strömung.

Erst in der Abenddämmerung glitt Luke an dem Teich vorbei, der ihn einst fast umgebracht hatte.

Es war Nacht, als er langsam an der Fabrik vorbeitrieb. Immer weiter den Fluss hinauf, als sein eigener Leichenzug, zu dem Ort, an dem er einmal gewohnt hatte. Die meisten Einwohner schliefen, während er durch die Innenstadt schaukelte.

Die Leiche kam bei dem ausgebrannten Trawler an. Weiter oben blieb sie in den Felsen und Wurzeln vor einer Sandbank hängen. Diese Stelle war der letzte Ausläufer des gewaltigen Meeres.

Ihre Augen waren geöffnet. Am Übergang der Nacht zum Morgen waren sie erst schwarz, dann grau, dann bronzefarben, bis die Dämmerung zwei Silbermünzen aus ihnen machte.

67.

An der Sandbank ist Paul erwacht. Es war nur ein kurzer Schlaf. Er sieht einen Schemen im Wasser, an dem die umgeschlagene Strömung zerrt.

Er glaubt, es könnte einer der Tiefseefische sein, den das Meer manchmal freigibt. Die leben Jahrzehnte, ohne je die Sonne zu sehen. Dann sterben sie. Ein Sturm treibt sie an die Küste, statt sie auf den Meeresgrund sinken zu lassen. Die Leute machen Fotos, sie bestaunen die Hässlichkeit des garstigen Knäuels, das einmal das majestätische Meer durchstreifte.

Dann glaubt er, es könnte ein Baumstamm sein, der sich am Holzfällerlager gelöst hat. Aber da ist ein Gesicht. Da sind glänzende Augen.

Paul watet ins flache Wasser, doch die Leiche treibt außerhalb seiner Reichweite. Die Strömung wird bereits stärker. Er muss weiter in den Fluss, um den Leichnam zu fassen zu kriegen. Vorsichtig durchquert er die tiefe Stelle und packt den Hemdkragen. Die trotzige Kraft in diesem unbeholfenen

Griff! Er kämpft sich auf die Sandbank zurück und zieht den schweren Körper an Land.

Als der Leichnam flach daliegt, versinkt er in seinen Wunden. Aus einem breiten Krater in seiner Brust ragt ein Knochen hervor. Der Arm ist unter Wasser. Paul sieht den Schemen einer Hand.

Er streicht das Haar zur Seite. Die freundlichen Augen sind leer. Bei dem einen hängt noch immer das Lid herab.

Paul starrt reglos auf die sterblichen Überreste. Die aufgeblähten Wochen voller Helden und Schurken stürzen beim Anblick seines Retters an diesem Ort in sich zusammen.

Es ist der Morgen des Unglücks.

Luke hat ihn aus ebendiesem Fluss gezogen. Sie sind beide unter der Brücke gestrandet. Die Nachrichtensender müssen ihre Kameras erst noch losschicken. Bryce Fowler wohnt viertausend Kilometer entfernt neben einer Tankstelle.

Paul wurde von einem Mann, der sich umbringen wollte, davor bewahrt, sich umzubringen. Sie sind zwei Selbstmörder, die sich in die Quere gekommen sind.

Der Suchtrupp trifft ein. Ein Foto fängt Lukes Gesicht ein, als er über die Schulter blickt.

Luke ist vor dem Ruhm davongelaufen und kann ihm doch nicht entkommen. Er ist leicht zu finden. Die Dämonen drängen aus der Großen Anonymen Maschine hervor.

Sie loben ihn. Sie unterstützen ihn. Und dann rücken sie sich selbst in den Mittelpunkt und vernichten ihn.

Paul setzt sich neben die Leiche und spricht beim Plätschern des Flusses.

»Ich hab dich umgebracht.«

Er kann ihn nicht flussabwärts treiben lassen, und er kann ihn nicht hier liegen lassen. Er muss ihn zu den Freunden zurückbringen, die Paul nie kennengelernt hat, und um sie an diesem Morgen anzutreffen, muss er es den Toten gleichtun. Er darf nicht hungrig sein. Er darf nicht durstig sein. Er muss laufen und laufen und laufen.

Das Wetter klart auf. Als er an den ersten Häusern von Ross Point angelangt ist, sieht der Himmel aus wie flauschige Baumwolle. Ein Hund bellt, eine Ladentür öffnet und schließt sich, die Leute lassen ihre Autos an. Das Leben zündet eine kalte Stadt an, bis ein neuer Tag simmert.

Er biegt rechts auf die Uferstraße und kommt zur Gemeindewiese, die im Fernsehen Berühmtheit erlangt hat. Neben dem schwarzen Bootswrack sieht er ein kastenförmiges weißes Auto.

Ein bebrillter Mann im Flanellhemd steht mit einem kaputten Griffbrett da, an dem noch die Saiten hängen. Als er Paul sieht, ruft er: »Verschwinde. Ihr habt genug Schaden angerichtet.«

»Ich bin Paul Fowler. Luke Roy hat mir das Leben gerettet.«

Der Mann lässt das Griffbrett sinken.

»Aha.« Er winkt Paul, ihm zu folgen. »Ich bin Henry. Komm, wir holen ein Handtuch für dich.«

An der Tür dreht Henry sich um. Paul hat sich nicht vom Fleck gerührt.

»Alles in Ordnung?«

»Ich habe Luke gefunden.«

Von oben in seinem Beobachtungszimmer sieht Nestor Henry zum Boot gehen, sieht, wie er versucht, eine Zigarette zu drehen, und aufgibt. Henry stützt den Kopf in die Hände.

Nestor öffnet das Fenster und brüllt über die Wiese: »Was ist los?«

Henry beschirmt die Augen gegen die Sonne.

Als Nestor sich zu den beiden gesellt, sagt Henry: »Das ist Paul. Er hat eine Leiche gefunden. Der Fluss hat sich jemanden geholt.«

»Wo denn?«, fragt Nestor.

Henry ist unerschütterlich. »Es könnte sonst wer sein. Der arme Kerl erzählt bloß, was er gesehen hat.«

»Wo?«, fragt Nestor.

Henry wendet sich Paul zu. »An der Angelstelle, hast du gesagt?«

»Ja.«

Wortlos begeben sie sich zum Wagen. Paul setzt sich neben Henry. Nestor zwängt sich auf den Rücksitz. »Das kann nicht sein«, sagt er. »Ich weiß es einfach.«

Henry legt den Gang ein. »Wir werden sehen.«

»Nicht nach dem ganzen …«

»Wir werden sehen.«

An der Sandbank biegt Henry rückwärts von der Straße ab, und die beiden Freunde stapfen ins Unkraut.

Im Wagen hört Paul die schrillen Böen draußen. Die Kälte pfeift durch die Türrahmen. Er müsste eigentlich zittern,

doch in diesem seltsam zugigen, knarrenden, sonnendurch-
fluteten Gefährt ist ihm warm.

Die Stimmen draußen werden lauter. Die Türen öffnen sich.

»Und wenn wir ihn aufs Dach schnallen müssen«, sagt
Nestor, »wir müssen ihn unbedingt wegbringen, bevor ihn
die verdammte Stadt in die Finger kriegt.«

Sie setzen Luke auf den Rücksitz, und Nestor zwängt sich
daneben.

Für eine kurze Zeit sind die drei Lebenden und der Tote
eine Fahrgemeinschaft.

Henry schüttelt den Kopf. »Mein Gott.« Er dreht sich eine
Zigarette und zündet sie an. Dann pustet er die Flamme aus
und sagt hustend: »Ich kenne ein Boot, ein gutes Boot.«

In Nestors Haus sitzt Paul in seiner ausgebeulten Kleidung
am Tisch und isst Cornflakes.

Die beiden Freunde gießen sich Kaffee ein und streifen
getrennt durchs Haus, auf der Suche nach den richtigen
Worten.

Sie haben Paul nicht gefragt, wie er die Leiche entdeckt
hat. Haben nicht gefragt, wo er wohnt. In Ermangelung dieser Fragen könnte Paul den beiden Männern alles Mögliche
erzählen.

Er schläft mit dem Löffel in der Hand ein.

Nestor fasst ihn an der Schulter. »Wir müssen los. Es ist schon
eine Stunde vorbei. Wenn du willst, kannst du hierbleiben.«

»Ich würde lieber mitkommen.«

Nestor nickt. »Na klar.«

Draußen nähern sie sich dem Wagen. Luke lehnt in endlosem Schlaf am Fenster. Sie steigen ein und fahren auf der kurvenreichen Küstenstraße nordwärts. Auf dem ganzen Weg teilen sie sein Schweigen.

In Orchard Bay parkt Henry den Wagen im Sand. Die drei und eine Leiche, als würden sie eine Spritztour machen. Der Strand ist verlassen, der Himmel erstrahlt in dunklerem Blau.

Nestor ergreift als Erster das Wort. »Was ist mit Elena? Wir müssen es ihr sagen.«

Henry dreht sich um. »Sie kann das nicht noch mal durchmachen. Vor acht Jahren der Taucher und jetzt Luke? Kommt nicht in die Tüte.«

»Was sollen wir sagen? Sie wird uns fragen, ob wir ihn gesehen haben.«

Henry holt seinen Tabak raus. »Was auch passiert, wir sagen ihr nicht, dass der zweite Mann in ihrem Leben aus dem Wasser gezogen wurde.«

»Ich weiß nicht. Wir müssen es ihr doch sagen.«

»Gut«, sagt Henry. »Sie wartet dreihundert Meter den Strand entlang. Nur zu.«

»Das kann doch nicht wahr sein«, sagt Nestor. »Was, zum Teufel, ist bloß passiert?«

»Wir versuchen es mit der einfachsten Lüge.« Henry sinkt in den Sitz. »Luke ist weggegangen. Er hat es sich anders überlegt und ist abgehauen. Hat uns gebeten, es ihr zu sagen.«

Nestor starrt vor sich hin. »Mein Gott, das ist grausam.«

Im einsetzenden Wetterumschwung beginnt der Wagen zu schwanken. Paul glaubt, dass der Wind eine Seele hat, dass sie die Strände von Maine heimsucht. Im Wagen wird es wärmer, er kann kaum atmen.

»Was ist passiert?«, fragt Henry. »Ich hab keine Antwort. Er ist einmal zu oft zur Brücke gegangen. Aber er wollte nicht springen.«

Nestor und Henry schlagen die Plane über einem Ruderboot zurück, schleifen es zu den Wellen und ziehen es zu zwei Dritteln hinein.

Dann holen sie Luke aus dem Wagen. Die Leiche rutscht ihnen mehrmals aus den Händen, bevor sie sie ins Boot bugsieren. Henry verschränkt Lukes Arme, bindet Handgelenke und Knie mit der Halteleine zusammen und schlingt das Ende um einen Stein.

»Ich weiß nicht«, sagt Nestor.

»So sinkt er schnurstracks nach unten.«

Nestor verschränkt die Arme. »Er hat aufgegeben. Ich mache ihm keinen Vorwurf.«

Sie treten ein paar Schritte zurück, zwei Statuen in flatternden Mänteln. Sie überlegen sich einen Plan.

Sie wollen Luke dorthin bringen, wo es tief genug ist und die Flut ihn nicht zurückholen kann. Um diese Jahreszeit gehen die Tage schnell vorüber, deshalb müssen sie auf die Sonne achten – sie dürfen sich nicht auf dem nächtlichen Meer verirren. Es gibt an der Küste nicht genug Lichter, von denen sie sich zurückleiten lassen könnten.

Paul geht zum Boot. Im starken Wind kann er nicht hören, was die beiden sagen. Aber sie lassen ihn bestimmt nicht mitkommen.

Er betrachtet das schaukelnde Boot. Er zählt die Sekunden zwischen den Wellen, bis der Bug sich hebt, dann schiebt er mit aller Kraft. Das Boot gleitet problemlos vorwärts. Er schiebt weiter. Es löst sich aus dem Sand. Lukes Freunde dürften sich jeden Moment umdrehen und ihn ertappen. Er wird sagen, er habe das Boot fertig gemacht und hoffe, dass sie ihn mitkommen lassen.

Er steht bis zur Brust im Wasser und versucht, an Bord zu klettern.

Henry und Nestor haben ihn gesehen. Sie rufen, dass er warten soll.

Mit einem letzten Ruck hievt Paul sich ins Boot und schnappt sich die Ruder. Jetzt begreifen sie, was er vorhat, und rennen los. Er ist noch zu nah am Strand.

Als sie ins Wasser waten, erfasst eine Woge das Boot. Sie beugen sich vor und greifen ins Leere. Henry brüllt. Doch das Meer ist schon zu laut. Paul legt sich in die Riemen und starrt die beiden an, um die Orientierung nicht zu verlieren. Er rudert, bis sie nur noch halb so groß und schließlich noch kleiner sind.

Bis ihre Stimmen nur noch ein leises Lied in der Luft sind.

68.

Das Wasser klatscht an den Bootsrumpf. Hier draußen ist es ruhig.

Der Strand ist verschwunden, die Küstenlinie nicht zu sehen.

Paul ist unter einem anderen Himmel, ohne Gebäude oder Bäume, die die Weite in vertraute Formen fassen. Er lässt die Ruder sinken, weil seine Hände wund sind. Er ist weit genug in die Orchard Bay hinausgerudert.

Die Sonne ist sein einziger Zeitmesser, und sie ist tiefer gesunken. Er schwitzt und hat nichts zu trinken. Vor zehn Minuten hat er am Horizont die Schornsteine eines Schiffes gesehen. Durch die Erdkrümmung sah es aus, als würden sie kippen.

Er sollte Luke in die Wellen hinablassen und zum Strand zurückkehren, auch wenn er nicht genau weiß, in welcher Richtung die Küste liegt.

Er müsste bei den Inseln zwischen der Orchard Bay und dem offenen Meer sein, doch er kann nichts von ihnen sehen. Sollten sie sich in der Nähe befinden, dann liegen sie flachgedrückt auf dem silbernen Wasser, von der Krümmung der Erde verborgen.

Er weiß nicht, wo er ist.

Er entdeckt Tiere rings um das Boot. Tümmler haben sich am Bug versammelt und schwimmen voraus, wie sie es bei Trawlern gern tun. Doch das Boot hier bewegt sich kaum, und sie zerstreuen sich wieder.

Er rudert weiter, bis die Sonne untergeht und im Norden ein Licht pulsiert. Er ist müde und legt sich schlafen. Das Boot treibt auf dem nächtlichen Wasser, und die Sternbilder beugen sich über den schlafenden Jungen. Er hat die

Inseln tatsächlich passiert. Die Wellen verändern sich. Die Abstände zwischen ihnen werden größer. Sie sind geduldige Wesen.

Beim Erwachen sieht er einen glühenden Kreis vor dem Boot. Das ist eine andere Sonne als die, die er kennt. Ein unbarmherziger Glutofen.

Er rudert ostwärts, weg vom Land. Er ist überzeugt, dass er den Schutz der Bucht verlassen hat und bereits auf dem offenen Meer ist. Die Wogen bilden einen längeren Bogen. Sie nehmen den halben Himmel ein.

Er fühlt sich stärker, ihm ist wärmer. Er taucht die Ruder nur oberflächlich ein, denn er kann sie nicht richtig fassen. Er hält Ausschau nach seinen Begleitern von gestern, doch die Tümmler zeigen sich nicht.

Sein Durst dörrt ihn aus. Er betrachtet das Meer und stellt es sich ohne Salz vor. Kühles, klares Gebirgswasser.

Am Horizont hängen dunkle Regenschleier bis zum Wasser herab. Eine Böe streicht über die Wasseroberfläche, und als sie ihn erreicht, schäumen die Wellen und peitschen über das Boot. Seine Hände sind lila Klötze, und er kann sich nirgends verstecken.

Die Böen flauen ab, und es folgt eine eisige Ruhe. Er ist in ein Wetter geraten, das keinen Namen hat.

Kein Land in Sicht, und er betrachtet die mit einem Seil verschnürte Leiche. Der Kopf ist unbedeckt. Ich hätte dich längst fortlassen sollen, denkt Paul. Das ist ein endlos langes Begräbnis.

Er sieht, wie sich der Mund bewegt. Paul beugt sich näher heran, bis die Lippen sein Ohr streifen. *Du solltest versuchen zurückzurudern*, sagt Luke.

Mit den Ellbogen richtet Paul die Ruder parallel quer zum Boot aus und schiebt die Leiche auf ihnen entlang. Doch sie spreizen sich auseinander, und Luke rutscht dazwischen. Paul müht sich ab. Das ist viel anstrengender als rudern. Diesmal legt er die Leiche seitlich über die Ruder. Er zwängt seine Schulter drunter und schiebt, bis sie in die Wellen kippt.

Die Ruder gehen ebenfalls über Bord.

Das Wasser trägt Lukes Gesicht einen Augenblick, dann versinkt er.

Die Ruder treiben auf der Backbordseite davon. Paul ist überzeugt, dass er rausschwimmen, sich das eine schnappen und damit das andere heranziehen kann. Doch das hat noch Zeit. Erst einmal legt er sich auf den Boden des Bootes und lauscht dem Schmatzen und Klatschen des Wassers. Er beobachtet, wie die Wolken vorüberziehen.

Als er aus seinem Schlaf erwacht, ist es Tag. Aber nicht derselbe Tag.

Es tut weh, die Augen zu öffnen.

Die Wogen sehen inzwischen ganz anders aus. Das Meer und der Himmel sehen aus wie zusammengepresst, und irgendwas schwimmt um das Boot herum. Die Tümmler müssen zurückgekehrt sein, sie müssen von den Rudern wissen und wollen ihn zur Küste geleiten. Er zieht sich zum Dollbord hoch und sieht eine lila Welle, die sich in der Nähe erhebt, und die Welle wird immer höher, viel höher als das Boot, und wölbt sich zu einem durchs Wasser gleitenden Wal.

Der Wal ist vorsichtig aufgetaucht. Der riesige Kopf, halb unter Wasser, kommt näher. Paul sieht ein Auge, ein großes, altes Auge. Ein rauschender heißer Luftstrom trifft auf die kühlere Luft und bildet Kristalle in der Form eines Herzens.

Ein zweiter Wal erscheint. Sie sind ein Paar. Sie türmen sich auf wie Berge.

Paul beobachtet, wie die braune Haut des zweiten davontreibt und unter die Wellen gleitet. Nach einer kurzen Verzögerung wühlt er das Meer auf, lässt es weiß schäumen und taucht mit einer Drehung wieder ins Wasser. Würde er jetzt mit dem Schwanz schlagen, wäre das kleine Boot im Nu überschwemmt.

Doch ihre Welt ist älter als die Grausamkeit, die sie erfahren haben.

Als die beiden verschwunden sind, hört Paul eine vertraute Stimme. Die Worte sind Vibrationen in Blindenschrift auf dem Bootsrumpf.

Luke beschreibt, was er beim Versinken sieht. Aber all das ist mindestens einen Tag her. So lang brauchte die Nachricht, um an die Oberfläche zu kommen.

Luke sagt, dass das Sonnenlicht eine Tiefe von dreihundert Metern erreicht, bevor es auf den Rand der Dämmerung trifft. Er erzählt von einer einzelnen Meeresschildkröte, die durch Streifen von Sonnenlicht schwimmt. Ein Hai schlängelt sich in engem Bogen von der Wand einer unterseeischen

Schlucht davon. Zwei blaue Seewölfe beobachten aus ihrem Versteck aus Seegras und orangefarbenen Seeigeln, wie Luke vorbeitreibt.

Paul lässt das Ohr am Boden des Bootes. Dort herrscht Stille. Er spürt die Zeit nicht.

Als das Klopfen wieder beginnt, klingt die Nachricht angespannt und scharrt über den Bootsrumpf: *Ich bin in der Schwärze.*

Er muss sich in einem Tiefseegraben befinden. Er sieht einen Laternenfisch, der Lila und Grün verströmt. Ein Aal gleitet über seine Brust. Luke berichtet von weiterem Licht. Funken aus allen Richtungen.

Die Vibrationen gehen im Lärm des an das Boot peitschenden Meeres unter. Luke ist zu tief, um noch deutlich zu hören zu sein, und er sinkt immer weiter.

Einen Kilometer unter ihm schwebt ein kleiner Wal schräg im Wasser. Dieselben Riesen, die aus dem Meer hervorbrechen, können bei den Geschöpfen schwimmen, die noch nie die Sonne gesehen haben.

In der Nacht will Luke Paul erzählen, dass die Fische auf dem Meeresgrund Sterne sind.

Bei Tagesanbruch sind Pauls Augen Schlitze, sein Mund ist zugenäht.

Die Luft ist taub, der Himmel funkelt. Die Bretter des Bootsrumpfes sickern durch seine Haut, und er kann sich nicht mehr bewegen.

Sein Kopf hat sich von allen Sorgen geleert. Seine Augen zucken von links nach rechts, angezogen von dem Gewirr weißer Flocken und dem auf das Boot prasselnden Hagel.

Der Hauch eines Gedankens klingt nach:

Wir sind so weit gekommen, um zusammen zu sterben.

Eine weitere Böe fegt übers Meer, und schon bald weht der Wind in stetiger Schrille. Auf Dollbord und Freibord bildet sich Eis. Am Abend, der auf diesen Tag folgt, glüht der Himmel rot.

Wochen später nähert sich weiter nördlich ein Hochseevogel einem Boot.

Er ist aus den Sturmwolken herabgeflogen, wo er zu lange gegen die Winde gekämpft und die Orientierung verloren hat. Der Sturmvogel schwebt in der Luft, er sinkt und steigt in den Böen, erschöpft, aber wachsam. Er fliegt einen weiten Bogen, doch bei seiner Rückkehr hat sich die Gestalt im Boot nicht bewegt.

Der Vogel landet auf dem Bug und zieht die Flügel ein, um sich auszuruhen.

NARZISS LEBT

Ein Nachwort von Gerard Donovan

Die Leser von *Winter in Maine* wissen vielleicht noch, wie die Herrschaft des riesigen Waldes die Atmosphäre des Buches bestimmte, in den Beschreibungen wie in den Gedanken der Hauptfigur, die einem Flüstern glichen. Wenn Julius Winsome redete, sprach der Wald.

In meinem Roman *In die Arme der Flut* ist es das Wasser, das spricht. Ein gewaltiges, herrliches, unbarmherziges Wasser, das die wichtigsten Erlebnisse – Kindheitserinnerungen und Umbrüche im Lauf eines Lebens – heraufbeschwören oder blitzartig die Existenz eines Menschen auslöschen kann.

Das Fließen des Wassers zeigt sich auch im Erzähltext. Eine Flut durchströmt die Syntax, die zwischen kurzen und längeren Formulierungen wechselt. Mal treiben die wellenartigen Passagen die Handlung voran, mal verlangsamen sie sie und geben der psychologischen Entwicklung den Vorrang. Die gespenstischen Möwen, die am Anfang des Buches am Himmel schweben, stellen die geflügelten Geister des Meeres dar – so wie der Nebel die zeitweilige Verkörperung des Meeres ist und es ihm ermöglicht, in die menschliche Dimension einzudringen, bis er vom Sonnenschein aufgelöst wird.

Wasser nimmt die Form des Gefäßes an, in dem es sich befindet. Die Handlung versucht nicht, über das hinauszugehen, was die Geschichte dem Leser vor Augen führt. Der Nebel und die Möwen verwandeln sich in andere Bilder und

Erinnerungen und erfüllen die Vorstellungskraft. In diesen Passagen genießen die Erfahrungen des Lesers überall Vorrang, wo normalerweise die Romanhandlung jeglichen Raum für sich beansprucht. Inhalt und Form dürfen nicht im Widerspruch stehen. Ich glaube an die geistige und emotionale Autonomie des Lesers. Ich stelle die Dinge bloß dar. Irgendwann müssen Worte sich in eine Erfahrung verwandeln, die Worte übersteigt, denn allzu oft engen sie die Geschichte ein, statt sie zu befreien.

Wenn der Roman ein Thema hat, dann ist es die fehlende Besinnung in unserem Leben. Einst blickte Narziss ins Wasser einer Quelle und verliebte sich in sein Spiegelbild. In unserer heutigen Zeit ist Narziss wieder am Leben. Er lebt, weil das Spiegelbild auf dem Display eines Handys zu seicht ist, um darin zu ertrinken. Er kann sich nur darin treiben lassen. Die Spiegelung dauert nur einen Augenblick. Und auch die nächsten Spiegelung dauert nur einen Augenblick.

Luke Roy ist der Anti-Narziss. Er starrt in den unter ihm strömenden Fluss und sieht dort keinen Beweis seiner Existenz. Er versteht nicht, warum er sich in dem Leben, das er führt, nicht erkennen kann. Doch sein Nachdenken wird ihn nicht retten.

Ein beherrschendes Motiv von *In die Arme der Flut* sind Gesichter, die das falsche Licht von Textnachrichten ausstrahlen und dabei so gut wie nichts wahrnehmen. Die Moralgeschichte ist auf den Kopf gestellt. Unsere Welt ist von Toten bevölkert. Sie reagieren nicht auf die Reize von Gedanken, sondern von Informationen. Aufgebrachte Menschenmengen bilden sich, als hätte jemand sie angeschaltet. Sie sind Tote, die in eine Welt eindringen, die ihre Anwesenheit nicht überleben kann.

Die Ursache dieser Leblosigkeit sind die sozialen Medien. In meinem Roman bringen Twitter und Facebook den Tod hervor. Facebook ist die Arena, in der aus Gewinnstreben menschliches Leid, insbesondere das Leid von Kindern, präsentiert wird.

An dieser Stelle möchte ich einen Satz formulieren, der etwas benennt, das die Dimension des Romans übersteigt:

Werbefachleute sind unsere neuen digitalen Könige.

Ist die Kultur des generationenübergreifenden Lernens stark genug, um der unweigerlich in Zwang übergegangenen Macht der Beeinflussung, in der Botschaft und Medien identisch sind, zu widerstehen? Mein Roman sagt nein.

Ich kann mir vorstellen, womit sich Außerirdische bei einem Besuch auf der Erde als Erstes befassen würden. Sie würden sich den Meeren zuwenden, die zwei Drittel des Planeten bedecken. Sie würden mit den hochintelligenten Geschöpfen kommunizieren, die die Meerestiefen bevölkern, und rasch Kommunikationsmethoden erlernen, die uns noch unbekannt sind. Wenn Außerirdische ein Antriebssystem entwickelt hätten, um die Weiten des Weltraums zu durchqueren, wären sie wohl auch so intelligent, den Anschein und die Projektion von Macht außer Acht zu lassen. Sie dürften imstande sein, gleichzeitig mit einer Vielzahl von Geschöpfen zu »reden«, die über die ganze Welt verstreut sind. Vermutlich würden sie die Menschheit als ein Virus betrachten, das größtenteils an Land vorkommt und alles zu töten versteht, von dem es nicht selbst bedroht wird – sofern es nicht gerade seine eigene Art ausradiert. Ja, ich glaube, dass es Meereslebewesen – anders als uns – unter der Herrschaft von Außerirdischen ziemlich gut gehen würde.

Im Hintergrund meines neuen Romans wechseln Ebbe

und Flut unter dem Einfluss des Mondes, wie sie es schon lange vor dem Erscheinen des Menschen taten. Die Wellen rollen in einem zeitlosen Rhythmus ans Ufer, während die neue digitale Lebensform lernt, ihrem eigenen Antrieb zu folgen, und ihre ersten Reiche erschafft.

GERARD DONOVAN, 5. Oktober 2021

Gerard Donovan

Winter in Maine

Roman

208 Seiten, btb 74224
Aus dem Englischen von Thomas Gunkel

**»Dieses Buch ist irre. Wenn Sie es gelesen haben, werden Sie
verstehen, warum.«**

Christine Westermann, WDR

Julius Winsome lebt zurückgezogen in einer Jagdhütte in
den Wäldern von Maine. Der Winter steht vor der Tür, er ist
allein, aber er hat die über dreitausend Bücher seines Vaters
zur Gesellschaft und vor allem seinen Hund Hobbes, einen
treuen und verspielten Pitbullterrier. Eines Nachmittags
wird sein Hund aus nächster Nähe erschossen, offenbar mit
Absicht. Der Verlust trifft Julius mit ungeahnter Wucht.
Und er fasst einen erschreckenden Entschluss …

»Ohne Moral, ohne Wertung. Blutig, berührend.
Irritierend, groß.«
Die Welt

btb

Gerard Donovan

Ein bitterkalter Nachmittag

Roman

336 Seiten, btb 74395
Aus dem Englischen von Thomas Gunkel

»Ein erbarmungslos guter Roman.«
Hörzu

Ein Nachmittag in einem Dorf irgendwo im winterlichen
Europa. Ein Mann gräbt auf einem Feld ein großes Loch,
ein anderer wacht über ihn. Der Schnee fällt, Soldaten
marschieren vorbei, Lastwagen karren Dorfbewohner an
den Waldrand. Während rings umher ein Bürgerkrieg tobt,
beginnen die beiden Männer miteinander zu reden.

**Gerard Donovan Debütroman erzählt von Gut und Böse,
von Kälte und Gewalt und von den Abgründen, die sich
seit Jahrhunderten zwischen den Menschen auftun,
immer wieder.**

btb

Hernan Diaz

In der Ferne

Roman

304 Seiten, btb 77199
Aus dem Englischen von Hannes Meyer

**»Hernan Diaz' Roman versetzt einen zurück in die
Kindheit, als Bücher noch von Abenteuern erzählten,
Welten erschlossen und an unsere tiefste Angst rührten.«**
Brigitte

Der Hawk ist eine Legende im Kalifornien des Goldrausches:
Riesenhaft soll er sein, furchtlos, wild. Doch hinter dem
Mythos steht die Geschichte von Håkan, der einst aus der
schwedischen Heimat nach New York geschickt wurde,
zusammen mit seinem großen Bruder, den er unterwegs
verliert. Er landet in San Francisco, auf der falschen Seite
des unbekannten Kontinents. Fest entschlossen, den Bruder
zu finden, macht er sich zu Fuß auf den Weg, entgegen dem
Strom der Glückssucher und Banditen, die nach Westen
drängen, hin zum neuen gelobten Land. Noch ahnt Håkan
nicht, dass er sein Leben lang unterwegs sein wird.

Nominiert für den Pulitzer-Preis

btb

Thomas Savage

Die Gewalt der Hunde

Roman

352 Seiten, btb 77221
Aus dem Amerikanischen von Thomas Gunkel

»Die Wiederentdeckung
eines Klassikers, besser als ›Stoner‹«
The Guardian

Montana in den 1920ern. Ein intensives
Psychodrama um das althergebrachte Ideal
männlicher Härte und die Beziehung zwischen
zwei vollkommen gegensätzlichen Brüdern.

»Es ist ein Grund zur Freude,
dass ›Die Gewalt der Hunde‹ jetzt
eine zweite Chance erhält …
ein brillantes, knallhartes Buch,
ein literarisches Kunstwerk.«

Annie Proulx

btb